A SEGUNDA MORTE

das

IRMÃS BOND

Amanda Glaze

A SEGUNDA MORTE

das

IRMÃS BOND

TRADUÇÃO
Luciana Dias

FARO
EDITORIAL

Diretor editorial **PEDRO ALMEIDA**
Coordenação editorial **CARLA SACRATO**
Assistente editorial **LETÍCIA CANEVER**
Preparação **DANIELA TOLEDO**
Revisão **BÁRBARA PARENTE e THAÍS ENTRIEL**
Adaptação de capa e diagramação **VANESSA S. MARINE**

DADOS INTERNACIONAIS DE CATALOGAÇÃO NA PUBLICAÇÃO (CIP)
JÉSSICA DE OLIVEIRA MOLINARI CRB-8/9852

Glaze, Amanda
   A segunda morte das irmãs Bond / Amanda Glaze ; tradução de Luciana Dias. —
São Paulo : Faro Editorial, 2023.
   256 p.

ISBN 978-65-5957-347-9
Título original: The second death of Edie and Violet Bond

1. Ficção norte-americana 2. Espiritualidade I. Título II. Dias, Luciana
23-1334   CDD 813

ÍNDICES PARA CATÁLOGO SISTEMÁTICO:
I. FICÇÃO NORTE-AMERICANA

 FARO
EDITORIAL

1ª edição brasileira: 2023
Direitos de edição em língua portuguesa, para o Brasil, adquiridos
por FARO EDITORIAL
Avenida Andrômeda, 885 - Sala 310
Alphaville — Barueri — SP — Brasil
CEP: 06473-000
www.faroeditorial.com.br

Para Blake

VIOLET ESTAVA ATRASADA.

Edie puxou para o lado as pesadas cortinas de veludo da menor sala de estar no segundo melhor hotel de Sacramento e espiou a noite lá fora. Os lampiões a gás estavam acesos havia uma hora, e, até onde ela sabia, não existia nenhum sinal de incêndio nem qualquer outro desastre natural se formando em lugar algum da cidade que pudesse impedir sua irmã de chegar no horário.

O último comerciante trancou a porta de sua loja e colocou o chapéu ao sair para a fria noite de primavera. Uma fila contínua de carruagens passava devagar pela Rua K, as janelas abertas revelavam mangas de seda e chapéus com penas. O cheiro de café recém-passado vindo das carrocinhas de lanche noturno perfumava o ar, misturando-se com o incessante odor de estrume, ainda mais forte ali por conta dos estábulos do outro lado da rua.

Tudo e todos exatamente no devido lugar. Menos sua irmã gêmea. Que estava atrasada.

Edie fechou a janela e puxou as cortinas com um pouco mais de força do que o necessário, grunhindo quando o movimento do veludo franjado provocou uma rajada de ar e apagou uma vela na mesa atrás dela. As três velas de cera eram as únicas fontes de luz na sala de estar do pequeno hotel. Ela tivera um trabalho infernal para convencer o zelador a apagar as luzes do chamativo lampião a gás, pendurado no teto com seus globos de vidro (o segundo melhor hotel de Sacramento ainda não tinha luz elétrica instalada).

Mas, senhorita, não vai dar para ver nada!

Bem, *sim*. Era exatamente esse o objetivo. Como alguém realizaria uma sessão espírita direito se o cliente conseguisse *ver* tudo?

Mas, claro, ela não falou isso. Apenas abriu um sorriso forçado e se queixou de dor de cabeça. Sempre que necessário, vale se queixar de dor de cabeça.

Edie tirou uma caixa de fósforos da bolsinha de seda do seu bolso. Um intenso cheiro de ervas secas foi emanado, mas ela amarrou o cordão apertado antes que o aroma trouxesse qualquer lembrança. Então tornou a acender a vela que havia se apagado e guardou a caixa de fósforos de volta no lugar.

Logo o zelador do hotel se acostumaria com os métodos das irmãs. Ele não teria outra opção quando visse que aquela era só a primeira de muitas sessões espíritas que ela e Violet iriam realizar ali enquanto estivessem na cidade para sua turnê espiritualista. Edie se ajoelhou sob a mesa redonda e conferiu outra vez o fino pedaço de fio que tinha amarrado em volta de uma das pernas da cadeira. Depois, testou o discreto pedaço de madeira que havia enfiado embaixo da mesa, perfeitamente posicionado para garantir um pouco de levitação quando fosse a hora certa.

Para Edie, a razão pela qual alguém acharia que um espírito ia surgir sacudindo os móveis era um mistério, mas era o que os clientes pagavam para ver, então era o que elas faziam.

Uma risada familiar soou do lado de fora, no corredor. Em seguida, ela ouviu uma voz masculina grave. Edie atravessou a sala pisando forte e escancarou a porta, as sobrancelhas erguidas.

— Você está atrasada.

Uma confusão de tecido cor-de-rosa e preto logo se dissolveu em duas figuras distintas. A primeira era um jovem que parecia ter dezoito ou dezenove anos, vestindo um terno preto bem cortado. Um bigode desagradável e oleoso com as pontas finas e curvas ocupava a maior parte de seu rosto, fazendo com que ele parecesse uma morsa.

Ao seu lado estava uma garota de dezessete anos usando um vestido de seda rosa adornado com todos os enfeites da moda. Uma monstruosidade que Edie ainda tinha dificuldade de olhar sem sentir uma pontada de dor, já que havia custado às gêmeas o equivalente a um mês inteiro de trabalho. Seu cabelo castanho-avermelhado estava preso em um coque com alguns cachos elegantes emoldurando seu rosto redondo e corado.

O homem-morsa teve a decência de ficar vermelho com a interrupção súbita. A irmã gêmea de Edie, Violet, entretanto, abriu um sorriso largo e alegre, como se não houvesse nada de errado no mundo.

— Edie! — gritou ela com sua voz melodiosa. — Estou ansiosa para apresentar vocês. Sr. John Billingsly, esta é minha irmã gêmea, srta. Edith Bond.

— Gêmeas! — O homem-morsa bateu as mãos com satisfação e depois fez uma rápida mesura. — Meu Deus, achei que eu estava vendo em dobro. Se não fosse pelo cabelo... — ele fez um gesto vago em direção à própria cabeça —, bem, eu teria pensado que estava ficando louco.

Edie levou a mão automaticamente ao cabelo antes que pudesse se conter. Um gesto de insegurança, que ela tinha tentado controlar, sem sucesso.

Violet e Edie eram idênticas em quase todos os aspectos — pelo menos por fora. Quando as duas eram recém-nascidas, tinham o mesmo nariz arrebitado, olhos verdes brilhantes e tufos de cabelo castanho-avermelhado. Com o passar dos anos, a cor do cabelo de Violet se tornou mais escura e intensa enquanto Edie experienciou o inverso: seu cabelo ficou mais claro a cada ano que passava, até ficar quase branco.

Edie encarou o morsa com o seu olhar mais frio.

— Sim. O senhor percebeu, que inteligência extraordinária. — Ele abriu a boca para responder, mas Edie o interrompeu: — E mesmo tendo certeza de que é um prazer conhecê-lo, sinto dizer que precisamos nos despedir. Violet está atrasada para um compromisso.

— Edie!

A irmã levou a mão ao peito com o mesmo exagero com que tinha erguido as sobrancelhas na encenação anual de Natal da cidade onde cresceram, quando o professor de catecismo cometeu o erro de escalá-la para o papel de Maria.

— Sr. Billingsly, por favor, não repare. Minha irmã pode ser extremamente *grosseira*.

Ela dirigiu a última palavra à irmã, com um olhar reprovador, mas Edie a ignorou.

— Posso até ser grosseira, mas você está atrasada.

Edie estendeu o braço, pegou a irmã pelo cotovelo e a puxou para dentro da sala de estar.

O morsa estufou o peito, como se fosse protestar pelo modo com que Edie tratou a *própria* irmã, mas Violet só riu e lançou para ele um dos seus sorrisos espetaculares.

— Parece que a festa acabou por hoje. Vamos ao Metropolitan no sábado, está bem?

Edie fechou a porta na cara do morsa antes que ele pudesse responder.

Violet girou para escapar das mãos de Edie assim que a porta se fechou.

— Francamente, Edie. Você precisava ser tão horrível? John é *gerente de teatro*, pelo amor de Deus. Ele acha que eu tenho talento de verdade.

Edie não conseguiu se conter e revirou os olhos.

— Ah, pare com isso — prosseguiu Violet. — Ele tem ótimos contatos em São Francisco, se você quer saber. *E* em Nova York.

Edie cruzou os braços.

— Ah, é, tem mesmo? Um homem tão esperto e com a idade dele...

— Você sempre tem que pensar o pior de *todo mundo*? Acontece que o teatro é um negócio de família e o pai dele...

— Não me interessa se ele diz ser dono da Broadway inteira, Vi! A srta. Crocker está para chegar a qualquer momento...

— E eu estou aqui — disse Violet, tirando as luvas. — Pronta para trabalhar.

— Isso também significa que você leu a lista que eu lhe dei?

Violet tirou o chapéu e o pendurou em um cabideiro ao lado da porta.

— Violet. Você leu? Temos que estar preparadas...

— Ah, pelo amor de Deus, Edie. É um maldito *gato*!

Sob circunstâncias normais, Edie talvez tivesse rido. Para falar a verdade, ela não conseguiu conter um pequeno sorriso. Seria *mesmo* uma das sessões mais ridículas que realizariam, e elas tinham uma bela coleção de pedidos estranhos desde que adotaram a profissão de médiuns espíritas um ano antes.

A srta. Crocker era uma dama idosa. Uma dama idosa muito *rica*; e seu gato, que ela sem explicação chamara de Thomas, fora sua única companhia. Ela estava inconsolável desde a morte dele um mês antes e queria fazer contato pela última vez.

— Bem — disse Edie. — Sim, tecnicamente, é o espírito de um gato. Mas ele era mais como um parente...

Uma risadinha de Violet interrompeu Edie. Seguida por um soluço. Os olhos de Violet se encheram de lágrimas enquanto ela tentava conter a gargalhada.

— Sim, acho que é bem engraçado, mas...

— Engraçado? — resmungou Violet, balançando os ombros.

Ela enfiou a mão no bolso do vestido e pegou a lista que Edie tinha deixado na mesa de cabeceira do quarto delas no hotel naquela manhã. Por uma porcentagem da remuneração do que elas cobravam, o sr. Huddle, o homem encarregado da turnê espiritualista, ajudava coletando informações úteis sobre os espíritos com quem os clientes queriam entrar em contato. Os detalhes costumavam ser sobre *hobbies*, interesses e manias de um ente querido já falecido. Mas nesse caso...

— Aparência exterior? Preto com a barriga branca — disse Violet, lendo a lista. — Comida preferida? Fígado de galinha, cru e picado. E, por último, mas não menos importante, passatempos preferidos: deitar-se ao sol, arranhar o sofá.

Violet tirou os olhos da lista, lágrimas correndo por seu rosto ao tentar segurar uma risada.

— Edie. Por favor.

O último resquício de tensão entre as duas sumiu, e Edie sentiu o aperto no peito se afrouxar. E então ela também começou a rir. Gargalhadas agudas, que levaram sua irmã a um ataque de riso ainda maior. Elas riram assim por um minuto inteiro, até Violet ser forçada a se sentar, e Edie se dobrar, apoiada ao encosto de uma cadeira de jacarandá.

— Pode imaginar um destino pior? — perguntou Violet, controlando a respiração aos poucos. — O grande amor da sua vida não ser nada mais do que um gatinho?

Violet balançou a cabeça com pavor; mas Edie, por sua vez, apenas deu de ombros e pegou um lenço para enxugar os olhos. Ela não tinha a menor vontade de discutir com a irmã sobre a natureza do amor, mas no fundo discordava. Sua mãe tinha amado seu pai um dia; e se o resultado de amar uma pessoa era aquilo, Edie preferia o gato.

Alguém bateu na porta da sala de estar, e todos os pensamentos sobre mães, e pais, e amor desapareceram da cabeça de Edie. Ela se endireitou e empurrou a cadeira de volta para o lugar.

— Só um instante — gritou. Então, em um sussurro, disse para Violet:

— Sei que acha que isso é ridículo, mas você vai se esforçar ao máximo, não vai? A srta. Crocker provavelmente vai falar com Mary Sutton, e uma boa propaganda pode...

— Sim, sim. Peixe pequeno, peixe grande. Eu entendo muito bem, Edie. Vou me comportar, prometo.

Para mostrar que estava falando sério, Violet se posicionou em uma cadeira e colocou ambas as mãos sobre a mesa com a palma virada para baixo. Depois, em seu melhor e mais espiritual tom de voz, gritou:

— Pode entrar.

O velho e magro zelador abriu a porta e deixou entrar uma mulher corpulenta usando uma faixa de crepe preto e um longo véu de viúva que caía por suas costas. Atrás dela, Edie ouviu com clareza Violet abafar uma risada.

De fato, era *demais* vestir o traje completo de luto pela perda de um gato.

O zelador lançou um olhar desconfiado a Edie antes de fechar a porta com pompa. Era nítido que ainda estava incomodado com o incidente do lampião.

— Srta. Crocker. — Edie inclinou a cabeça e tomou cuidado para manter a voz baixa e solene. — Sinto profundamente por sua perda. Por favor, sente-se. Minha irmã Violet e eu vamos fazer o que pudermos para trazer um pouco de paz para a senhora.

Edie ofereceu o braço. A srta. Crocker o aceitou e apertou sua mão, ávida.

— Obrigada, minha querida. Sei que não é comum, mas eu realmente sinto muita saudade dele.

Uma onda de compaixão cresceu dentro de Edie, e, por uma fração de segundo, ela quase desejou que elas *pudessem* invocar o gato da pobre mulher.

Edie posicionou a srta. Crocker do lado direito de Violet e tomou seu lugar à esquerda da irmã.

— Agora, antes de começarmos — disse Edie, o tom delicado —, há a questão do...

— Ah, sim, claro.

A mão da srta. Crocker mergulhou em sua bolsinha de seda após abrir o cordão e emergiu com uma nota de dinheiro. Edie apanhou a nota depressa e a deslizou para dentro do bolso. Depois olhou para Violet, que fez um discreto gesto afirmativo com a cabeça. Elas estavam prontas para começar.

— Agora — tornou Edie. — Vamos todas dar as mãos.

As três mulheres entrelaçaram as mãos.

— Devemos começar cantando um hino?

Edie detestava essa parte da encenação. Mas as irmãs tinham descoberto que dessa forma conseguiam acalmar as velhotas que ainda tinham qualquer dúvida quanto ao fato de ser ou não *correto* invocar espíritos.

O próprio Jesus Cristo, Edie dizia com frequência para algum cliente hesitante, *retornou como espírito com a sua ressurreição. Então nosso trabalho aqui certamente não vai contra Deus.*

Elas começaram com o primeiro verso de "In the Sweet Bye and Bye".

Existe uma terra que é mais bela do que o dia,
E com fé podemos vê-la ao longe.

A voz de Violet era doce e cristalina, a de Edie, caracteristicamente monótona. Mas a estrela do trio foi a srta. Crocker. A idosa não se reprimiu. Seu meio-soprano desafinado retumbou na pequena sala de estar.

Às vezes, quando a baboseira religiosa a irritava de verdade, Edie se satisfazia imaginando a reação do pai se descobrisse que era *assim* que as filhas estavam usando sua educação religiosa.

Não que ela tivesse qualquer intenção de que ele descobrisse.

Elas terminaram a canção, e o silêncio se instaurou. Depois de respirar algumas vezes em um ritmo calculado, Violet acendeu a lavanda seca que estava em um prato no centro da mesa — a fumaça das ervas era uma marca registrada do número das irmãs — e então sua voz suave e onírica encheu a sala.

— Sinto a presença de um espírito entre nós.

O pé de Edie encontrou a tábua de madeira que ela tinha encaixado embaixo da mesa. Devagar e com cuidado, ela pressionou a tábua até a mesa parecer estar levitando do chão.

— Os espíritos estão aqui! — gritou a srta. Crocker.

— Silêncio! — advertiu Edie. — Minha irmã entrou em transe.

E, de fato, a cabeça de Violet estava jogada para trás e seus olhos estavam fechados. Edie voltou a pressionar o pé na tábua, dessa vez balançando a mesa até uma das velas no centro crepitar e se apagar.

— A vela se apagou — sussurrou Edie, o espanto na voz.

A srta. Crocker engoliu em seco, mas não ousou falar novamente.

Edie tinha preparado a vela, claro, cortando o pavio bem curto e puxando a cera para fora de modo que, quando a mesa balançasse, a cera derretida apagasse a chama.

Violet sacudiu a cabeça para cima e endireitou a coluna de repente. Com o corpo ereto e os olhos fechados, ela parecia um fantoche sendo controlado por uma corda. Edie não tinha nenhuma vontade de encorajar o amor impossível da irmã pelo palco, mas, na verdade, ela era uma atriz bem talentosa.

— *Margie?* — A voz de Violet soou áspera. Edie estava imaginando que tipo de voz a irmã escolheria para o gato e achou graça ao ver que Violet se decidira pelo tom de homem velho. Fazia sentido. O gato era um *ancião* quando finalmente morreu.

— Thomas? É você?

Uma espiada no brilho ansioso dos olhos da srta. Crocker, nos movimentos de sua cabeça, concordando e balançando, e Edie percebeu que não precisava se preocupar com a encenação, afinal de contas. Essa mulher tinha ido ali, como tantas outras, pronta para acreditar no que quer que contassem a ela.

— *Querida Margie* — falou Violet com a voz áspera. — *Estou com tanta saudade de você.*

Lágrimas correram livremente pelo rosto da srta. Crocker enquanto ela se inclinava sobre a mesa, e uma série de perguntas eram feitas e respondidas.

Ele estava feliz no além?

Sim, bastante satisfeito. Havia muitos peixes.

Ele sentia alguma saudade dela?

Ele sentia uma saudade terrível. Mas será que ela não conseguia sentir que ele estava cuidando dela? Que estava sempre com ela, apenas em um plano diferente?

A srta. Crocker admitiu que sim, ela achava que havia sentido a presença dele, só não tinha certeza.

— Você está sempre comigo mesmo, Thomas? Não importa aonde eu vá?

— *Sempre* — entoou Violet. Apenas Edie conseguia perceber o vestígio de risada por trás daquelas palavras. — *Em qualquer lugar que haja um pedacinho de sol, saiba que eu estou lá.*

A srta. Crocker suspirou, e um sorriso feliz tomou conta de seu rosto.

— *Só que eu preciso ir agora, minha querida* — disse Violet. — *Saiba que eu amo você sempre e...*

Uma tosse interrompeu a despedida de Violet. Ela limpou a garganta e abriu a boca para falar novamente, mas outro acesso de tosse tomou conta dela.

Isso não fazia parte da atuação.

A srta. Crocker se virou para Edie, a sobrancelha erguida.

— Ela está bem?

— Sim. — Sua voz estava calma, mas seus olhos examinavam Violet. — Tenho certeza de que é só... hum, as cócegas do espírito. Eles podem... se contorcer muito.

Violet tossiu de novo. Um som profundo, gutural.

E foi quando Edie sentiu. Um vento frio na nuca.

À sua esquerda, a srta. Crocker se virou na direção da janela, sem dúvida imaginando que o vento tinha vindo de uma rajada do ar noturno. Edie aproveitou o lapso de atenção momentâneo para fechar os olhos e estender o braço, tateando em busca do Véu entre a vida e a morte.

Só que não estava lá. Ou melhor, *estava*, mas mais fino do que deveria. Como uma fina teia de aranha em vez do grosso rolo de seda habitual.

Sempre que uma morte ocorria, o Véu se afinava, mas ele estava mais fino do que seria justificável por apenas uma morte. Será que Violet tinha feito de propósito? Ela havia acendido a lavanda, mas o plano nunca tinha sido invocar um espírito, tendo em vista que o espírito em questão era o de um gato.

Edie abriu os olhos e apertou a mão de Violet. Perguntou em silêncio: *É você?*

Violet manteve os olhos fechados, mas respondeu balançando de leve a cabeça. Ela não tinha feito aquilo.

Uma espécie de risadinha abafada saiu do fundo da garganta da srta. Crocker. Ela tinha desviado a atenção da janela — sem dúvida descobrindo que estava fechada — e nesse momento olhava de uma irmã para a outra, os olhos arregalados, os lábios entreabertos nos estágios iniciais de um choque.

Violet apertou a mão de Edie. Um impulso rápido. *Deixe comigo.*

Um sinal de que Violet ia discretamente lidar com o que quer que estivesse acontecendo com o Véu, o que significava que o papel de Edie era manter a srta. Crocker calma.

Era exatamente por esse motivo que as gêmeas fingiam na maioria das sessões espíritas. Porque, uma coisa era brincar de receber mensagens de entes amados do além-túmulo — ou *gatos* amados, nesse caso —, outra bem diferente era sentir a realidade da morte. Aquele formigamento frio no fundo da mente. Os arrepios subindo e descendo pela espinha. Era, sinceramente, desconcertante para a maioria das pessoas. Aquelas que achavam o contato com espíritos nada mais do que um jogo de salão para passar o tempo.

Edie pigarreou, preparando-se para desviar a atenção da senhora. Mas então, logo antes de falar, seu estômago se revirou e ela sentiu uma vertigem.

Alguma coisa se moveu na morte.

Mas não foi o toque leve de um espírito curioso atraído pela fumaça da lavanda. Não. Havia um peso no movimento que fez com que ela trincasse os dentes.

Uma memória indesejada surgiu em sua mente. A de um espírito que não parecia certo e um súbito e inexplicável afinamento do Véu.

O coração de Edie martelava no peito. Antes de se dar conta do que estava fazendo, ela se jogou para a frente, agarrou um pires de chá em cima da mesa e o bateu com força sobre o prato de lavanda, cortando a espiral contínua de fumaça.

Com o som de um prato se chocando com o outro, a srta. Crocker deu um pulo, soltando um gritinho.

Os olhos de Violet se abriram um segundo depois. Arregalados e confusos. Ela encarou Edie com um olhar interrogativo. *O que foi aquilo?*

Mas Edie apenas balançou a cabeça. Seu coração continuava acelerado, sua respiração, superficial e tensa. Ela fechou os olhos por um instante, tateando o Véu novamente. Ainda estava fino. Mas qualquer que tivesse sido a presença que ela sentiu na morte já havia ido embora.

Violet estreitou os olhos para Edie. Edie respondeu inclinando a cabeça na direção da velhinha. Violet bufou, mas depois voltou ao personagem. Ela jogou a cabeça para trás, inspirou profundamente e gritou:

— Eu sinto a partida dele! O espírito deixou este plano!

A srta. Crocker balançou a cabeça.

— Thomas, espere! Volte!

— Ele se foi! — interveio Edie.

Do outro lado da mesa, Violet ergueu as sobrancelhas de modo questionador outra vez, mas Edie a ignorou e se levantou para ajudar a srta. Crocker.

— Vamos, madame, foi uma provação e tanto. Vamos lhe servir um chá.

— Acho — replicou a senhora, deixando-se guiar — que eu poderia tomar alguma coisa mais forte. Para acalmar meus nervos, sabe.

— Claro — murmurou Edie. O mal-estar no estômago tinha passado, mas sua cabeça ainda girava. Ela precisou se esforçar para manter o rosto neutro e sereno. — Tenho certeza de que podemos providenciar alguma coisa.

Edie abriu a porta, mas, antes de passar, a senhora parou e voltou a olhar para ela com um rosto ansioso e esperançoso.

— Ele parecia… feliz. Não parecia, querida?

Edie encontrou o olhar da mulher, o coração se acalmando com a carência que viu nos olhos dela.

— Sim, senhora. Acho que Thomas encontrou uma enorme paz no além.

A srta. Crocker continuou fitando Edie por um longo e demorado momento. Então ela abriu um sorriso lacrimoso e concordou com a cabeça.

— Sim, minha querida. Acho que você está certa. — Ela suspirou e deu um tapinha no braço de Edie. — Bem, mostre-me o caminho. Estou tremendo bastante, e meus velhos ossos precisam mesmo é de um gole de conhaque.

Edie acenou com a cabeça, concordando com a senhora. Ela conseguia sentir os olhos da irmã cravados em sua nuca, mas não se virou. Violet ia querer saber por que ela terminou a sessão de uma maneira tão abrupta, e Edie precisava de tempo para formular uma resposta que satisfizesse a irmã. Então ela manteve os olhos fixos na srta. Crocker, guiando-a pela porta e para a sala ao lado.

2

As GARRAFAS ALTAS COM OS GARGALOS LARGOS QUE ENCHIAM AS PRATELEIRAS da Farmácia Capital: *Farmacêutico e Boticário* piscaram para Edie quando captaram a luz do sol da tarde. O farmacêutico calvo atrás do balcão, entretanto, não fez nada além de levantar com firmeza as sobrancelhas, demonstrando reprovação.

— Mas, senhorita — disse o farmacêutico, estufando tanto o peito que Edie receou que o botão do meio do colete fosse explodir —, se me disser o que está sentindo, posso indicar um remédio...

— Não preciso de remédio — interrompeu Edie. Com paciência. Pela *terceira* vez. — Só cada erva separada já está ótimo.

O farmacêutico franziu ainda mais a testa. Pelo visto, Edie estava irritando o velho, que não conseguia entender que ela sabia o que queria.

— O que a senhorita parece não entender — continuou ele, a condescendência transparecia na sua voz — é que eu sou mais *qualificado* para formular um comprimido ou uma solução líquida...

— Ah, deixe seus comprimidos para lá — disse Violet, andando até Edie.

Era evidente que ela já tinha esgotado seu interesse nos artigos de cosméticos dispostos na frente da loja e havia decidido se juntar à batalha.

— O senhor poderia, pelo amor de Deus, dar à minha irmã as ervas que ela pediu, quaisquer que sejam, para que possamos seguir nosso caminho, por favor? Já perdemos tempo demais do nosso dia.

Edie suspirou, mas ela não tinha como reclamar da eficácia dos métodos de Violet. Só foi necessário um olhar de três segundos da irmã para mandar o farmacêutico presunçoso se apressar até as prateleiras para buscar o pedido de Edie.

Era a primeira vez que elas iam se abastecer das ervas em uma farmácia. Até então, elas tinham conseguido fazer as sessões usando nada mais do que lavanda. Era estranho ver o farmacêutico medir uma porção de artemísia, tirando a erva de um dos inúmeros recipientes de estanho etiquetados e dispostos em uma prateleira bem organizada. As ervas de sua mãe sempre haviam ficado expostas, afixadas em qualquer superfície disponível com pedaços de barbante ou fitas descartadas. Sem nenhuma caligrafia minúscula e cuidadosa que diferenciasse uma erva da outra. Era preciso distinguir cada uma somente pelo visual, pelo cheiro, pelo toque.

Edie deu um passo para trás da bancada brilhante de mármore e se virou para Violet.

— Obrigada.

— Ainda acho essa reação bastante exagerada.

— Vi...

— O dinheiro que estamos gastando aqui seria muito melhor investido consertando o enfeite do meu chapéu. Olhe esta pena!

Violet inclinou a cabeça para que Edie pudesse ver a pena branca de avestruz que estava mesmo deformada.

— Se conseguirmos o dinheiro da recompensa de Mary Sutton — disse Edie, baixinho, para o farmacêutico não ouvir —, vamos comprar um chapéu *novo* para você.

— Por novecentos dólares, eu espero mais do que *um* chapéu novo.

Edie sorriu.

— *Cinco* chapéus novos.

— Dez! — rebateu Violet tão alto que sua voz ecoou pelas paredes da farmácia, levando o farmacêutico carrancudo a parar no meio do seu embrulho de galhos compridos de alecrim com papel pardo e barbante. Mas quando ele lançou um olhar aborrecido para Violet, ela respondeu simplesmente mostrando a língua para ele.

— Vi! — sussurrou Edie, dividida entre rir e se irritar. — Pare!

Violet colocou a língua para dentro e exibiu para o farmacêutico um dos seus sorrisos fascinantes. O homenzinho pigarreou e voltou ao trabalho.

Edie engatinhou o braço no de Violet e a arrastou para longe do balcão. Parou na frente de uma prateleira com cartões postais e pegou um qualquer para disfarçar. Ela não queria que o farmacêutico escutasse o que diria a seguir.

— Sei que acha que estou sendo cautelosa demais — disse Edie, a voz baixa. — Mas não podemos nos dar ao luxo de alguma coisa dar errado amanhã à noite. Não com Mary Sutton assistindo.

Violet revirou os olhos, mas não disse nada. Provavelmente porque sabia — assim como Edie — que as sessões espíritas privadas de Mary

Sutton eram apenas para convidados. O que significava que elas precisavam impressioná-la no palco na noite seguinte para garantir um convite.

Bufando, Violet também pegou um cartão-postal, porém, em vez de olhar para a paisagem idílica representada nele, ela encarou Edie.

— Nada deu *errado* na noite passada. Eu tinha tudo sob controle até você se alvoroçar e assustar aquela senhorinha.

Edie baixou os olhos e encarou o cartão em sua mão. Era uma litografia colorida de um pomar de laranjas da Califórnia, o sol claro e brilhante. O tipo que em geral era enviado para parentes da nevada Costa Leste; e era recebido, sem dúvida, com o apropriado grau de inveja.

Sua irmã estava certa, claro. Ela havia exagerado abafando a fumaça tão de repente na noite anterior. Elas não estiveram em perigo. O Véu podia ter afinado. Edie podia ter sentido um movimento na morte. Mas, a não ser que ela ou Violet tivessem mesmo *aberto* o Véu, nenhum espírito podia forçar passagem para a vida.

A verdade era que Edie ainda não entendia *por que* ela havia reagido daquela maneira. Havia sido por instinto. Uma resposta inconsciente à lembrança que surgiu em sua mente de forma repentina. Uma lembrança que ela normalmente manteria trancada com chave e cadeado. Uma lembrança que ela nunca tinha dividido com a irmã.

Ela piscou para o cartão-postal em sua mão, surpresa por vê-lo amassado. Uma dobra passava agora pelo meio das laranjeiras, estragando o cenário perfeito. Esticando a dobra o melhor que pôde, Edie colocou o cartão de volta no expositor. Depois forçou uma expressão neutra no rosto e encarou a irmã.

— A última coisa de que precisamos é um espírito inquieto interrompendo sua apresentação quando Mary Sutton estiver na plateia amanhã. — Edie deu de ombros, tentando mostrar indiferença. — Só quero estar preparada para o caso de eu precisar atravessar.

Violet lhe lançou um olhar curioso, questionador.

Cada irmã tinha herdado metade das habilidades da mãe: Violet podia canalizar espíritos, e Edie podia atravessar por entre a vida e a morte. Mas, diferente de Violet, Edie não usava seu dom havia quase um ano. Desde o dia em que a mãe morreu.

Violet inclinou a cabeça, analisando a irmã, e Edie soube — como em geral sabia — o que a irmã ia falar antes dela.

Não foi culpa sua.

Mas ela não queria ouvir aquelas palavras em voz alta. Não porque achasse que a irmã não estava sendo sincera. Ela sabia que Violet acreditava nisso. Mas era só porque ela não sabia a verdade.

As irmãs ouviram uma tosse baixa atrás delas, e se viraram para ver o farmacêutico engomado as fitando com frieza. Ele segurava meia dúzia de pacotes de papel cheios de ervas.

— Deu exatamente dois dólares, senhorita.

Violet soltou um gemido alto. E, por dentro, Edie foi forçada a concordar. Era uma alta quantia e faria uma falta significativa. Ela desconfiava de que o homenzinho tinha inflacionado o preço, talvez irritado por Edie ter rejeitado seus remédios chiques. Mas ela não queria dar a Violet a satisfação de admitir que podia ter exagerado com o pedido. Então, em vez disso, enfiou a mão na bolsa e pagou ao homem, embora com muita dor.

Edie enfiou as ervas na bolsa de tecido, e ela e Violet saíram para a movimentada rua principal do centro de Sacramento, um tráfego constante de carroças, carruagens e bondes puxados a cavalo que passavam sacolejando.

Enquanto seguiam pelas calçadas de madeira da cidade, que — devido ao frequente transbordamento do Rio Sacramento — tinham sido construídas diversos centímetros acima do chão, um arrepio percorreu as costas de Edie, mas não tinha nenhuma relação com o clima ameno da primavera.

Ela não gostava dessas calçadas. Não gostava de sentir como se ela e Violet estivessem em exibição, para todo mundo ver, enquanto caminhavam pela Rua 3. Embora não achasse muito justo culpar as calçadas, já que ela estava sentindo esse mesmo desconforto desde que chegou à estação de trem de Sacramento, dois dias antes.

Dois dias se passaram. Só faltavam mais cinco.

Quando o sr. Huddle anunciou as datas novas da turnê em Sacramento, Edie pensou seriamente em não ir, porém sabia que prejudicaria a posição delas no show. Depois de seis meses em turnê pelo leste e pelo centro-oeste, ela havia se acostumado a certa sensação de segurança. Voltar para a Califórnia — que ficava a menos de um dia de viagem de carruagem da cidade onde as gêmeas tinham sido criadas — parecia desafiar o destino.

Mas então o sr. Huddle lhe falou sobre Mary Sutton. Uma rica dama de Sacramento que oferecia uma quantia absurda de dinheiro como recompensa para qualquer médium capaz de contatar um espírito não identificado. Uma recompensa que nem mesmo as médiuns mais proeminentes do oeste tinham conseguido ganhar. Dinheiro que — supondo que o espírito que essa mulher procurava estivesse vagando em algum lugar perto dela no Véu —, para Edie e Violet, seria tão fácil de conseguir como tirar doce de criança.

Sete meses antes, quando acabou a última parte do dinheiro das irmãs, e elas mal conseguiam sobreviver, à base de uma mísera refeição por dia, Edie tinha jurado a si mesma que encontraria uma maneira de reconstruir a vida que ela fizera as duas perderem. Entrar na turnê do sr. Huddle havia sido um começo, mas uma soma alta como a que Mary Sutton estava oferecendo podia tornar as irmãs *realmente* independentes pela primeira vez na vida delas.

Era uma oportunidade boa demais para ser desperdiçada. E, além disso — Edie havia se convencido —, já tinha se passado quase um ano desde que elas fugiram. Com certeza, voltar por apenas uma semana seria seguro o bastante.

E até agora — exceto pelo momento esquisito com a srta. Crocker na noite anterior —, as coisas tinham corrido bastante bem, de fato. O espetáculo de abertura da turnê no Teatro Metropolitan havia sido muito bem recebido nas duas noites anteriores. As gêmeas já tinham diversas sessões privadas agendadas para o restante da semana, e a própria Mary Sutton havia confirmado seu comparecimento ao segundo show da dupla no Metropolitan no dia seguinte.

Edie se sacudiu um pouco e tentou acalmar seu coração acelerado. Não havia razão para se preocupar. Estava tudo indo bem.

Ela e Violet viraram a esquina na Rua K e se encaminharam para o Hotel Union, sua moradia pelo resto da semana. Como a maior parte dos edifícios do centro, ele tinha uma aparência desbotada e antiquada. Podia ser 1885 no restante dos Estados Unidos; mas em muitas partes de Sacramento, ainda podiam ser vistos resquícios dos dias da mineração de ouro que havia atraído garimpeiros mais de trinta anos antes. E o Hotel Union não era exceção. O que uma vez deve ter sido uma fachada branca brilhante havia amarelado com os anos, e as amplas varandas ao longo do segundo andar remetiam ao estilo arquitetônico popular quando essa terra era uma parte do México.

No entanto, apesar das óbvias marcas do tempo, o Hotel Union era um estabelecimento respeitado — conhecido por hospedar senadores quando estavam na cidade para sessão legislativa — e então era considerado aceitável pelo sr. Huddle, que sabia que qualquer dinheiro que gastasse em assegurar acomodações elegantes para as médiuns lhe retornaria em dobro quando fosse para atrair uma clientela rica para as sessões espíritas.

Um bonde azul brilhante puxado a cavalo passou por elas sacolejando, forçando passagem ao longo dos trilhos pré-assentados no centro da rua, e levantou uma nuvem de poeira. Quando a poeira baixou, Edie avistou algo na frente do hotel, no meio da fila de carruagens e veículos de aluguel à espera, que fez seus olhos se arregalarem de surpresa.

— Aquela é…

— Ruby? — gritou Violet. — O que diabos ela está *vestindo*?

Ruby Miller, uma jovem com cabelo louro brilhante, virou-se ao ouvir seu nome. Estreitou os cintilantes olhos azuis enquanto examinava a calçada abarrotada, ignorando os olhares boquiabertos que muitos dos homens e das mulheres elegantes entrando e saindo do saguão do hotel lançavam em sua direção. Não que Ruby não estivesse acostumada a chamar atenção. Com seu rosto redondo e rosado, e a figura delicada e curvilínea, ela com frequência se sobressaía como a mais bonita das médiuns da turnê. Mas não era sua beleza que estava chamando atenção naquele dia, mas sua roupa estranha.

Diferente de Edie e Violet, que vestiam saias longas e blusas abotoadas até o pescoço, Ruby usava o que aparentava ser um par de calças azuis brilhantes, que inflavam para fora do corpo, junto com uma casaca xadrez marrom de mangas bufantes.

Ruby as avistou na multidão, sorriu em reconhecimento e acenou para elas com entusiasmo. Violet murmurou alguma coisa em voz baixa sobre crimes contra a moda, mas Edie a ignorou. Em vez disso, sua atenção estava focada na magnífica bicicleta de metal que sua amiga segurava pelo guidão. Bicicletas estavam na moda; mas, como as irmãs tinham passado metade do ano anterior viajando de uma cidade para a outra, Edie nunca havia tido a chance de andar em uma.

— Podem acreditar? — gritou Ruby quando as gêmeas se aproximaram, girando o guidão de modo que as rodas da bicicleta reluziram no brilhante sol da tarde. — Vou ficar com ela por dois dias inteiros!

Edie olhou a bicicleta de cima a baixo, observando o selim de couro triangular, a barra central se estendendo para baixo e a cestinha de vime presa ao guidão.

— Ah, Ruby, é incrível!

Ruby sorriu.

— É mesmo! Quando o rapaz para quem eu li hoje de manhã descobriu que eu nunca tinha andado de bicicleta, me emprestou a da irmã dele. Ela está viajando...

— Esqueça a *bicicleta* — interrompeu Violet. — Ruby, parece que você fugiu de um circo! O que são essas... coisas *horrendas*?

Edie deu uma cotovelada em Violet, mas Ruby só riu.

— São *bloomers*. — Ela mostrou a roupa levantando a perna direita e apontando para a barra, que era apertada no tornozelo. — Não é incrível? Meu cliente disse que eu deveria usar o modelo completo para aprender a pedalar.

Ruby corou um pouco com essa última declaração, sua pele clara deixando transparecer o rubor. Edie inclinou a cabeça e a examinou.

— Esse rapaz — disse Edie, devagar — parece ser extremamente...
atencioso.

Ruby deu de ombros, mas seu rosto ficou ainda mais corado.

— Acho que *talvez* seja porque eu prometi ir a um piquenique com ele amanhã antes do nosso show. Ele também tem uma bicicleta, sabe, e disse que nós poderíamos ir para...

— Ah, Ruby — suspirou Edie. — *De novo*, não.

Ao mesmo tempo, Violet disse:

— Ah, Ruby, ele é bonito?

O rosto de Ruby estava escarlate nesse instante. Ela era só um ano mais velha do que as gêmeas e, portanto, jovem demais (na opinião de Edie, no caso) para se apaixonar e desapaixonar com tanta frequência. Principalmente porque seus casos amorosos *nunca* terminavam bem.

Só no mês anterior, enquanto a turnê estava em Rochester, ela havia faltado a um fim de semana inteiro de shows, porque algum conquistador barato tinha piscado para ela e a convencido de que eles deveriam fugir para as Cataratas do Niágara. Por sorte, Ruby recuperou o juízo antes de consumar a fuga, mas o sr. Huddle não a expulsou da turnê por um triz. A única razão pela qual ele não fez isso foi porque Ruby, assim como Violet, era um sucesso no palco. Ela não tinha nenhuma habilidade real com o Véu — pelo menos, Edie tinha quase certeza disso. Não era algo que os médiuns costumavam discutir abertamente, mas, como Violet, ela era uma atriz excelente e intuitiva.

— Bem — tornou Edie, a voz resignada. — Só não fuja com esse, está bem?

— Ah, ignore a minha irmã — Violet disse a Ruby. — Eu ainda acho que aquilo tudo foi absurdamente romântico.

— Foi *absurdo*, é verdade — murmurou Edie.

Violet girou depressa a cabeça na direção da irmã.

— O que disse?

— Ah, nada. Eu só estava pensando como pode ser considerado *romântico* que um homem cinco anos mais velho que Ruby tente seduzi-la para uma vida de submissão, mas talvez eu...

— Uma vida de *submissão*? Sinceramente, Edie. Nem todo casamento é...

— Não comece com *nem todo*...

— Quem quer andar de bicicleta?

As duas giraram para encarar Ruby, que sem querer tinha soltado a pergunta alto o suficiente para chamar a atenção de diversos pedestres. Ruby balançou o guidão de novo, fazendo os pneus de borracha dançarem.

— Vamos — incentivou ela. — Meu cliente me falou sobre um caminho onde dá para pedalar perto do rio. Preciso de *alguém* lá para me ajudar quando eu cair de cara no chão.

— Aceito dar uma volta — disse Edie. — Vi?

— Eu vou assistir — disse ela, dando de ombros. — Mas não importa o que *qualquer uma* das duas vai dizer. Não há a menor possibilidade de eu colocar um par de calças e subir nessa coisa.

— Ai, meu Deus, ai, meu Deus, ai, meu Deus!

— Você consegue, Vi. Só lembre-se de...

— Não largue, Edie! Se você largar, juro que...

— Não vou largar, Vi. Prometo. Agora só pedale um pouco mais rápido...

— Não consigo! Vou cair!

— Você não vai cair. Estou segurando. Prometo.

A água azul-esverdeada do rio Sacramento fluía tranquila, enquanto Edie e Violet cambaleavam descendo o caminho de terra. Violet estava empoleirada no selim de couro da bicicleta, suas saias compridas amarradas em um nó totalmente deselegante e bastante escandaloso que deixava seu tornozelo à mostra, enquanto Edie corria ao seu lado, segurando a parte de trás da bicicleta para manter o equilíbrio da irmã.

Era uma técnica que ela e Ruby haviam aprimorado meia hora antes, quando uma ajudou a outra a aprender a pedalar. Mas foi só depois que Edie *e* Ruby tinham conseguido pedalar com sucesso, subindo e descendo o caminho sem ajuda, que Violet anunciou — sem nenhuma surpresa — que tinha mudado de ideia e queria tentar.

Do lugar onde estava esparramada, no início da trilha, Ruby dava gritos de incentivo, mas Violet só balançava a cabeça.

— Não consigo — ela guinchou de novo, mas em voz baixa para que só Edie pudesse ouvir. — No segundo em que você soltar, vou cair de cara no chão. Então ficarei horrorosa, e nunca vou virar atriz, e...

Edie, sem fôlego depois de correr tanto, bufou uma risada.

— Estou falando sério! Eu vou cair! Eu vou cair! E sei que você acha que é bobagem...

— Vi, escute.

— Mas o palco é meu sonho, e a mamãe queria que nós...

— Vi, eu não estou segurando a bicicleta.

Violet, que estava pedalando sem ajuda pelos últimos trinta segundos, olhou para os pés e gritou.

— Consegui! Edie, estou pedalando sozinha!

Infelizmente, o choque ao se dar conta disso atrapalhou seu equilíbrio ainda instável, e ela logo tombou para o lado.

Edie correu na direção da irmã.

— Você está...

Suas palavras foram interrompidas pelo baque dos braços de Violet em volta de seu pescoço. Violet tinha se levantado do chão com a agilidade de um coelho e abraçou Edie, pressionando a face esquerda contra a da irmã.

— Isso. Foi. *Maravilhoso.*

O rosto de Edie relaxou, e ela abriu um sorriso, pressionando ainda mais o rosto ao de Vi. Elas costumavam fazer isso quando crianças: grudar a bochecha na da outra quando queriam se consolar ou dividir alguma emoção poderosa que não conseguiam nomear. E Edie certamente podia sentir a euforia de Violet nesse momento.

Há quanto tempo não faziam isso?

Violet se afastou do abraço.

— Quero ir de novo. Agora.

Edie riu.

— Preciso descansar primeiro. Estou cansada demais para correr ao lado...

— Deveria ter pensado nisso antes de me enganar, não é? Você *prometeu* não me soltar.

Uma hora depois, as três jovens voltaram ao hotel, caminhando ao lado a bicicleta emprestada de Ruby — que Violet tinha se recusado a entregar —, pois precisavam se preparar para as sessões espíritas da noite.

Estavam somente a um quarteirão do hotel quando Edie avistou uma mulher de meia-idade vestida com roupas elegantes parada na esquina da Rua Front com uma pilha do que pareciam ser panfletos nas mãos. Ela usava uma faixa de seda amarela com as palavras *Votos para Mulheres* costuradas de forma ousada na frente.

Sem querer, Edie diminuiu o ritmo. A mulher na esquina percebeu. Ela analisou Edie, seguiu para Ruby — prolongando-se um instante nos seus *bloomers* — e depois deslizaram para a bicicleta nas mãos de Violet. Ela fez um aceno rápido com a cabeça, tirou um dos panfletos da pilha e caminhou até elas, alcançando-as no meio da calçada.

— Vocês parecem jovens sensatas. — Ela estendeu um panfleto para Edie. — Acho que iriam gostar de ouvir o que a srta. De Force tem a dizer.

Quando Edie não se mexeu para pegar o panfleto, Ruby suspirou alto e ela mesma o pegou, murmurando um agradecimento. A mulher avaliou as três moças por um bom tempo, depois voltou para a esquina, examinando de novo os pedestres.

Ruby olhou para o panfleto enquanto as três continuavam andando pela calçada. Soltou um assobio baixo e então entregou o papel para Edie.

IGUALDADE POLÍTICA!

UMA PALESTRA NA RUA 6, Nº 52

POR

LAURA DE FORCE

SOBRE O TRATAMENTO INJUSTO COM

A SRA. DOROTHY DRYER.

ORGANIZADORA DAS ASSOCIAÇÕES ESTADUAIS DE SUFRÁGIO DAS MULHERES

DOMINGO, DIA 21 DE MARÇO ÀS 15 HORAS

TODOS CONVIDADOS

Edie mal tinha terminado de ler o texto quando Violet arrancou o panfleto de sua mão e começou a lê-lo em voz alta. Ao chegar ao nome de Dorothy Dryer, parou e olhou para Edie.

— Essa é a mulher que...

— Que foi internada em um sanatório por tomar remédio para evitar gravidez — interrompeu Ruby. — Sim, é ela.

Edie e Violet se entreolharam, em um entendimento silencioso.

— Eu li tudo sobre esse caso no *Daily Union* — continuou Ruby, balançando a cabeça. — O marido que-não-prestava-para-nada simplesmente a jogou naquele sanatório. Não interessava se o médico tinha dito que mais um bebê poderia matá-la. Ou que trancar a mulher significava que não haveria ninguém para tomar conta dos dois filhos que ela já tinha.

As gêmeas concordaram, bastante cientes a respeito do sistema que permitia aos guardiões — fossem eles maridos, pais ou irmãos — trancafiar mulheres em sanatórios por quase qualquer razão.

Ruby fez um gesto com a cabeça em direção ao panfleto.

— Você deveria ir amanhã, Edie. Temos o dia de folga. E parece o tipo de coisa pela qual os *espíritos* podem se interessar, não acha?

Ruby arqueou uma única sobrancelha, e os cantos dos lábios de Edie se contraíram em resposta.

Diferentemente de Violet, cuja habilidade para invocar espíritos se prestava bem ao que o público esperava de uma médium, a habilidade de Edie era definitivamente menos... *teatral*. Quando seu espírito atravessava o Véu para a morte, ela deixava seu corpo para trás. E ela tinha bastante certeza de que *nem mesmo* o sr. Huddle, seu esforçado gerente de turnê — caso soubesse de sua habilidade — conseguiria encontrar uma maneira de cobrar entrada pela honra de assistir a Edie permanecer imóvel, como se estivesse tirando uma soneca, enquanto sua pele se tornava cada vez mais pálida e fria.

E assim, Edie havia encontrado outra maneira de ganhar seu espaço na turnê. Alguma coisa que se encaixava muito bem com seu interesse bastante impróprio por assuntos políticos: apresentações sob transe.

Elas eram bem simples, na verdade. Edie entrava no palco e anunciava ao público que iria invocar alguns dos maiores pensadores do mundo — isto é, *já falecidos*. Figuras admiradas como Aristóteles, George Washington ou Descartes. Ou mentes políticas respeitadas como Benjamin Franklin ou John Locke. Uma vez, ela havia feito uma apresentação particularmente comovente usando a voz de um marinheiro sábio chamado Jed, que tinha algumas coisas para desabafar.

A verdade era que não importava *quem* Edie invocava. Contanto que estivesse morto — e fosse homem, de preferência —, Edie podia fazer uma apresentação sobre quase qualquer tópico que desejasse, e o público aceitava.

Ela gostava de pensar que a multidão era estimulada pelo seu talento verbal — habilidades que ela havia desenvolvido, por ironia, dos vigorosos debates teológicos que costumava travar com seu pai. Era mais provável, claro, que a multidão simplesmente apreciasse a novidade de ver uma adolescente, sem estudo, usando palavras difíceis que ela não deveria saber.

Violet entregou o panfleto de volta para Edie, que correu os olhos pelo texto novamente.

Edie tinha lido tudo sobre Laura de Force no *The Pioneer* antes de o pai descobrir sobre a assinatura de cunho político e cancelá-la. Como Edie, Laura havia começado como médium espírita em turnês pelo país, fazendo apresentações sob transe, seus pensamentos e ideias eram atribuídos aos espíritos que ela invocava. Mas então ela fez o impensável e processou a Faculdade de Direito Hastings, em São Francisco, quando recusaram seu ingresso, assim como a de outra mulher. Processou e ganhou. Agora Laura de Force era uma famosa advogada de defesa e, sempre que falava em público, todos sabiam que as ideias que expressava eram dela mesma.

Mordendo o lábio, Edie dobrou o panfleto e o deslizou para dentro do bolso.

— Acho que não posso ir — disse ela. — Se o sr. Huddle descobrir...

— Ah, bobagem — interrompeu Violet. — Como ele vai saber?

Edie balançou a cabeça.

— Não vale o risco, Vi.

— Esqueça o *risco*! Além disso, aquele homem não se importa quando você prega igualdade no palco. Então qual o problema se for vista indo a uma palestra sobre o assunto?

— Ele não se importa quando o *espírito de Benjamin Franklin* prega igualdade no palco — corrigiu Edie. — Você sabe que ele só está sendo pragmático. Ninguém compraria ingresso se achasse que as ideias são *nossas*.

Violet franziu os lábios, mas não argumentou. Essa era a armadilha das apresentações sob transe. Sim, elas davam uma liberdade a Edie no palco de que poucas mulheres usufruíam, mas assim que alguém suspeitasse que os pensamentos e as opiniões vinham da sua própria cabeça, seria o fim da história.

— Se a mamãe estivesse aqui — começou Violet —, ela iria querer que você...

— Bem, ela não está. — Encarando Violet, Edie ergueu as sobrancelhas e desviou o olhar de forma rápida, mas significativa, para Ruby, que observava as duas com atenção.

Violet franziu os lábios em uma linha fina, desviou os olhos de Edie e mirou à frente com firmeza, deixando bem claro que, embora tivesse recebido a mensagem de Edie para deixar o assunto para lá, não estava feliz com isso.

Forçando um sorriso no rosto, Edie se virou para Ruby e logo trocou o tópico da conversa. Um minuto depois, ela estava rindo enquanto Ruby contava sobre um cliente tão determinado a provar que ela era uma fraude que contratou um fotógrafo para pular de trás da tela de seda no meio de uma sessão espírita, mas apenas conseguiu apavorar um dos outros convidados, a ponto de ele dar um salto da mesa e quebrar um conjunto de porcelana inestimável.

Contudo, mesmo rindo de verdade com a história de Ruby, Edie não conseguiu evitar uma profunda sensação de perda ao olhar de relance para a irmã. O rosto de Violet estava contraído e fechado, o exato oposto do rosto iluminado menos de uma hora antes. Rindo com o vento no cabelo. Implorando para Edie nunca largá-la.

EDIE DORMIU ATÉ TARDE NA MANHÃ SEGUINTE E, QUANDO ACORDOU, VIOLET tinha saído. Em um bilhete na mesa entre as camas estava escrito:

Vou encontrar o sr. Billingsly esta manhã.
Vejo você à noite.
— V.

As coisas tinham ficado tensas entre as gêmeas na noite anterior durante as sessões na sala de estar do andar de baixo. Não que os clientes tenham percebido. Agora, ela e Violet já eram peritas em se apresentar de forma unida, mesmo quando em desacordo. Mas se Violet tinha decidido sair de fininho de manhã, antes de Edie acordar... sua irmã devia estar mais chateada do que ela havia pensado.

Ela não deveria ter sido ríspida com Violet na frente de Ruby no dia anterior.

Edie afundou de volta nos travesseiros. A única coisa boa sobre a noite anterior foi que nada estranho tinha acontecido com o Véu. Não houve necessidade de abri-lo durante as sessões, claro. Ambos os clientes tinham sido cuidadosamente pesquisados pelo sr. Huddle, os espíritos que eles queriam contatar eram fáceis de descobrir e imitar. Mas mesmo assim Edie ficou tensa.

Ela empurrou as cobertas e saiu da cama. Enquanto refletia se deveria ou não descer para o café da manhã na sala de jantar do hotel, percebeu que Violet já devia ter tomado café com John-o-morsa-Billingsly, enquanto Edie ainda estava dormindo. Sem dúvida ele tinha passado o tempo fantasiando enquanto os dois apreciavam ovos *poché*: fantasias que iriam ruir assim que a realidade se manifestasse.

Mais do que qualquer coisa, Edie queria avisar à irmã para se afastar do morsa. O problema era que Violet sonhava com uma vida nos palcos desde que, aos onze anos, as irmãs haviam visto um cartaz anunciando uma produção itinerante de *Muito Barulho Por Nada*. Não importava que elas não tivessem tido permissão para de fato *assistir* à produção. Violet teve a prova de que uma vida assim era possível e começou a memorizar os solilóquios de Shakespeare logo no dia seguinte.

Mesmo depois de o pai proibir Violet de *pensar*, quanto mais *falar*, sobre a vida de pecados de uma atriz, sua mãe — bem acostumada a desobedecer o marido — tinha encorajado sem fazer alarde.

Edie não tinha visto problema na época. Mas agora um jovem bonito havia chegado para se aproveitar completamente da esperança ingênua da irmã. As reais intenções dele eram muito nítidas para Edie, mas apontá-las para Violet só iria incentivá-la ainda mais a seguir esse caminho. Só o que ela podia fazer era esperar tudo desmoronar e torcer para conseguir recolher os pedaços quando acontecesse.

Esse pensamento roubou qualquer apetite que ela tinha, forçando uma decisão quanto à dúvida sobre o café da manhã: ela comeria mais tarde, depois que as ervas da noite fossem preparadas.

Sem se importar em trocar de roupa, ela vestiu um robe maltrapilho, pegou as ervas embrulhadas em papel — pelas quais ela tinha pagado mais do que deveria no dia anterior — e se acomodou na escrivaninha de jacarandá ao lado da única janela do quarto de hotel. Se estreitasse bem os olhos, ela conseguiria ver até um pedacinho do rio Sacramento com seu brilho azul-esverdeado além dos trilhos de trem.

Dos pacotes, tirou uma dúzia de caules de artemísia seca e os alinhou ao longo da mesa. Abrindo uma gaveta da escrivaninha, Edie tirou um estojo de couro gasto que havia guardado lá quando elas desfizeram as malas. Ela soltou o fecho e tirou uma faca pequena e afiada com um cabo peculiar de osso branco.

Sempre mantenha a faca afiada, querida.

Foram as palavras de sua mãe em seu aniversário de quatorze anos. Elas estavam na horta de ervas quando ela deu a Edie a faca que um dia pertenceu a uma avó que ela não chegou a conhecer. Sua avó tinha sido uma famosa parteira, que — para a clientela certa — também podia ajudar com assuntos menos mundanos. A mãe de Edie deveria ter seguido os passos dela, mas se apaixonou pelo filho de um pastor e se casou com ele três meses depois.

Edie piscou, expulsando a lembrança, e focou-se em pressionar a lâmina afiada contra os caules verde-musgo de artemísia para cortar as pontas irregulares. Mas então viu como a faca estava tremendo em sua mão e a colocou de volta na mesa.

Você consegue fazer isso.

De novo, pegou a faca. De novo, sua mão tremeu.

Edie fitou a artemísia seca em cima da elegante escrivaninha de jacarandá. Tão inofensiva. Tão benigna. Pedacinhos de flores redondas e amarelas caíam do caule, seu aroma penetrante, parecido com sálvia, enchia o pequeno quarto de hotel mesmo sem a ajuda das chamas.

Violet usava ervas soltas nas suas sessões, salpicando-as em um pequeno prato redondo antes de atear fogo nelas. Mas Edie precisava de alguma coisa que ela pudesse acender com facilidade enquanto estivesse no Véu, e então sua mãe lhe havia ensinado como arrumar as ervas em galhinhos que queimavam sem parar quando acesos.

A última vez que ela havia preparado as ervas dessa maneira tinha sido naquela tarde um ano antes. Uma tarde que havia começado o mais normal possível, Violet assumindo sua vez de cuidar do jardim, Edie preparando os molhos de ervas na sala de estar — o único cômodo da casa em que o pai nunca entrava —, enquanto sua mãe estava sentada no chão em cima de uma almofada, com as pernas cruzadas, sua posição preferida quando seu espírito atravessava para o Véu da morte.

Edie só sabia duas coisas sobre a cliente que havia contratado sua mãe para um trabalho com a morte naquele dia. A primeira era que sua mãe havia mentido para o marido sobre visitar um membro da igreja gravemente doente para conseguir usar a carroça e se encontrar com a cliente fora do vilarejo. E a segunda era que a consulta havia sido possibilitada por um boca a boca velado e secreto de mulheres que, assim como a mãe de Edie e Violet, sabiam a verdade sobre a morte, a verdade que ela transmitiu às filhas no dia em que completaram treze anos.

A morte, sua mãe havia explicado, não era como o pai delas pregava no púlpito. Não havia céu e inferno em uma morte para os honrados e outra para os malditos. A verdade era que todo mundo — pessoas boas ou pessoas ruins — experimentava os mesmos dois tipos de morte.

O primeiro, a morte do corpo.

O segundo, a passagem do espírito.

Quando o corpo de uma pessoa morre, ela disse para as gêmeas naquela sua voz suave e encantadora, *o espírito dela atravessa para o Véu da morte. A maioria dos espíritos fica lá por um tempo, encontrando conforto na proximidade do Véu com a vida. Mas em algum momento, todos os espíritos sucumbem à mesma coisa, um* puxão *que os arrasta para o interior do Véu e os leva... para o além.*

Essa é a segunda morte. A morte final. Da qual nenhum espírito retorna.

Ela continuou explicando que havia, claro, alguns espíritos que resistiam a esse puxão. Com frequência, aquela resistência podia ser sentida pelos seus entes queridos em vida, e ela havia mostrado às gêmeas meios de ajudar com essas coisas. Algumas vezes, um espírito precisava de uma comunicação final com uma pessoa que amava — ou detestava — e que ainda caminhava em vida. Outras vezes era necessária uma dose generosa de alecrim combinado com um pouco de camomila para ajudar um espírito a se libertar de memórias desagradáveis às quais estava muito preso.

Algumas vezes eram necessárias medidas ainda mais significativas.

Edie abaixou a faca. E então, como se em transe, sua mão se moveu para a bolsinha de seda branca pousada no canto da escrivaninha. A que estava cheia de ervas e que ela mantinha por perto o tempo todo. Ela desamarrou o cordão e vasculhou lá dentro, seus dedos se movendo por vários pacotes até encontrar uma coisa grossa bem no fundo. Uma coisa nodosa e torcida.

Uma raiz de beladona.

Que muitos consideravam uma planta mortal.

Era uma erva que, quando acesa na morte, mandava qualquer espírito no seu campo de alcance para além do Véu para a morte final. Incluindo aquele que a havia acendido.

A primeira vez que Edie pôs os olhos nessa raiz venenosa foi naquela mesma tarde um ano antes. Era sua vez de ficar de vigia, enquanto a mãe andava na morte. Era fundamental que o pai das gêmeas nunca descobrisse sobre as atividades particularmente não cristãs da mulher, então ela sempre garantia que uma das filhas estivesse junto dela quando atravessava o Véu a fim de procurar um espírito para um cliente. Ainda havia um risco de ser descoberta, mas ela o corria por causa do modesto valor que cobrava pelos seus serviços, um valor que ia diretamente para as pequenas, mas crescentes economias que ela guardava às escondidas atrás de um tijolo solto na sala de estar. Economias que ela planejava dar às filhas um dia.

Quero que vocês tenham as oportunidades que eu nunca tive.

Naquela tarde, não foram os passos do pai na porta de entrada do andar de baixo que causaram preocupação a Edie. Foi a ponta torcida de uma raiz de beladona — instantaneamente reconhecida das ilustrações da mãe — saltando para fora da bolsinha de ervas. Uma raiz tão perigosa que sua mãe havia feito as filhas prometerem que nunca a teriam à mão.

Então por que ela tinha?

Nervosa, Edie deu uma olhada no relógio em cima da lareira. Havia um tempo limitado para um espírito permanecer na morte sem causar danos a seu corpo físico em vida. Edie mantinha suas passagens por cerca de quinze minutos. Se ficasse mais, passaria o resto do dia com ânsia de vômito de qualquer comida que parasse em seu estômago. A tolerância da mãe era um pouco maior; ela podia resistir meia hora no Véu sem qualquer efeito significativo.

Só que, pelas contas de Edie, naquela tarde o espírito da mãe estava no Véu havia muito mais tempo do que sua usual meia hora. Aquele fato, combinado à presença ameaçadora da beladona, fez Edie correr pela sala até estar ajoelhada na frente do rosto imóvel e impassível da mãe.

Seu cabelo louro-branco — clareado por atravessar o Véu durante três décadas — estava enrolado em seu coque habitual no topo da cabeça. Suas pálpebras estavam fechadas, escondendo os olhos verde-escuros que as filhas haviam herdado. Sua pele estava pálida e fria ao toque; sua respiração, tão ocasional que era indetectável ao olho destreinado.

Porém, tudo isso era esperado após passar mais de alguns minutos no Véu. Do lado de fora, tudo parecia ótimo — tão perfeitamente normal que Edie sabia que deveria ignorar a sensação incômoda de que alguma coisa estava errada.

Mas ela não ignorou.

Em vez disso, deixou de lado da raiz de beladona, acendeu um maço de lavanda e abriu o Véu.

Assim que seu espírito atravessou para a morte, Edie ficou surpresa ao captar cheiros entremeados de erva-doce, artemísia e heléboro. Era uma rara combinação de ervas, capaz de prender um espírito ao desejo do médium e forçá-lo além do Véu para a morte final. Uma medida drástica que sua mãe só tomava quando um ente amado em vida era assombrado por um espírito a ponto de causar angústia extrema.

Depois de assegurar que o Véu estava fechado atrás de si, Edie se levantou de um salto e correu em direção ao cheiro. O Véu, que sempre mudava de aparência, tinha tomado a forma de floresta, e ela precisou ziguezaguear em um bosque de árvores até encontrar o espírito luminoso da mãe sentado de pernas cruzadas no gramado de uma clareira, de costas para Edie. Névoa era comum na morte, e sua mãe estava envolta em neblina, dando à silhueta do seu espírito um brilho suave, turvo.

Aquela imagem era tão familiar que, por um instante, Edie se permitiu relaxar, aceitar o fato de que tinha exagerado, e até mesmo ficar mentalmente preparada para a bronca que sem dúvida receberia quando a mãe descobrisse que ela havia entrado na morte sozinha e sem permissão.

Mas então ela olhou para cima, viu o espírito parado às margens da clareira e todo o seu alívio foi embora.

A fumaça das ervas de sua mãe envolvia o espírito em amarras intercruzadas de dourado profundo, como uma teia de aranha cintilante. Mas estava nítido, até mesmo para Edie a alguns metros de distância, que as ervas não estavam surtindo seu efeito habitual. A fumaça combinada deveria ter mandado o espírito além imediatamente.

Mas não mandou.

E havia outra coisa: a luz do espírito estava brilhante o suficiente para indicar que era uma morte recente, mas, em vez de um brilho constante, contínuo, a luz do espírito parecia estar... oscilando. Mais forte e mais fraca. Como a chama de uma vela.

Edie nunca tinha visto um espírito tremular daquela maneira antes.

Ela deu mais um passo adiante; ao se aproximar, a cabeça de sua mãe se virou, e ela arregalou os olhos, assustada.

— Edie?

Atrás dela, a teia de fumaça de ervas começou a se esvanecer. Edie estremeceu. Sua aproximação havia distraído a mãe, fazendo com que as amarras da fumaça se partissem, enfraquecendo sua conexão com o espírito.

Edie pegou sua própria bolsinha de ervas. Ela podia consertar isso.

Contudo, antes que pudesse abri-la, sua mãe deu um pulo, ficando de pé, e se aproximou dela.

— Você precisa voltar, Edie. Agora.

— Mas eu...

— Não, Edie! Não tenho tempo para explicar.

Edie hesitou, os olhos saltando da mãe para o espírito às margens da clareira. A teia de fumaça dourada tinha quase sumido agora, e o espírito — instáveis pulsações de luz emanando de sua silhueta — logo se libertaria.

Ela não entendia o que estava acontecendo ou *por que* sua mãe estava tentando mandar esse estranho espírito com espasmos para além do Véu. Ela só sabia que a mãe havia arriscado ficar além do tempo usual de sua permanência na morte por causa disso, então devia ser importante.

— Mas eu posso ajudar. Posso...

As palavras de Edie foram interrompidas por uma mudança súbita na morte. Uma alteração na pressão que fez sua cabeça girar e seu estômago se revirar.

O Véu tinha afinado.

Só que isso não era possível. Porque nem ela nem sua mãe tinham queimado lavanda ou qualquer outra erva de passagem. Uma rápida olhadela lhe mostrou que nenhum espírito novo tinha aparecido, o que significava que o Véu não havia afinado por causa de uma morte recente.

— O que foi...?

Sua mãe segurou seus ombros com ambas as mãos e a virou para o outro lado.

— Você precisa correr, Edie. Saia do alcance.

Edie girou a cabeça para o outro lado.

— Mas por que...?

— Vá para aquela árvore. — Sua voz estava firme e urgente. — O carvalho torto fora da clareira. — Ela deu um empurrão forte em Edie. — Vá para a árvore, abra o Véu e atravesse.

O empurrão mandou Edie cambaleando para a frente, mas ela logo recuperou o equilíbrio e se virou. O espírito estava completamente livre das ervas de aprisionamento agora, e Edie finalmente podia ver sua aparência com clareza. Era o espírito de um homem. Alto e magro. De meia-idade com bochechas encovadas, pálpebras caídas e olhos escuros, quase pretos.

E ele estava se movendo na direção delas. Veloz.

Sua mãe caminhou pela clareira para encontrar o espírito. Ela olhou rápido por cima do ombro, e, quando viu que Edie ainda não tinha se movido, seu rosto se contorceu em uma expressão nítida de medo.

— Vá! *Agora.*

Era um tom que não tolerava negociações. Antes de se dar conta, Edie estava se virando aos tropeços e correndo a toda velocidade para o carvalho torto. Segundos mais tarde, ela estava tateando atrás de um maço de lavanda na bolsinha, os dedos tremendo violentamente enquanto ela acendia a ponta e abria o Véu de novo.

Foi nesse momento — logo antes de atravessar para fora da morte — que ela captou. Um aroma na névoa. Fresca e verdejante. Como tomates verdes crescendo em uma trepadeira.

Saia do alcance.

O significado real das palavras da mãe ficou claro tarde demais para Edie. Um grito de negação rasgou sua garganta quando ela se virou. Claro que ela estava errada. Claro que sua mãe não iria fazer…

Mas ela fez.

Edie assistiu com pavor quando a mãe levantou um dos braços bem acima da cabeça e, em sua mão brilhante, uma raiz de beladona — quase idêntica à que Edie havia encontrado perto de seu corpo em vida —, da qual esvoaçava fumaça preta da ponta retorcida.

A névoa ondulou com o movimento enquanto o espírito passou pela mãe, em direção a Edie. Mas não importava. Não com a fumaça preta saindo da beladona e subindo em movimentos circulares. Fumaça que atingiria todos os espíritos ao seu alcance, forçando-os para além do Véu para sempre.

A fumaça não se importava que sua mãe ainda estivesse viva. Que ela possuía um corpo respirando em vida. Duas filhas que *precisavam* dela. A beladona não tinha discernimento. E Edie, ainda entorpecida retornando à vida, sabia que, quando a fumaça tomasse o espírito tremeluzente, levaria sua mãe também.

Naquele momento, de volta ao quarto de hotel, Edie apertou a raiz retorcida que guardou desde aquele dia. Forçou seus dedos a soltá-la, abrindo um de cada vez. Devagar deslizou a mão para fora da bolsinha de seda, amarrou o cordão para fechá-la e pegou a faca da mãe mais uma vez. Uma nova determinação percorria suas veias.

Ela nunca contou a Violet a verdade sobre o que havia acontecido naquele dia no Véu.

Sua irmã tinha entrado na sala, enquanto Edie e a mãe ainda estavam na morte. Foi ela que viu o pai ajoelhado em frente à esposa e à filha, gritando o nome delas e balançando o corpo frio das duas, sem sinais de respiração.

Violet o vira recuar em choque quando a pele de Edie de repente voltou à vida. Quando seus olhos se abriram de súbito e ela se jogou por cima do corpo da mãe, tentando conseguir em vão qualquer resto de conexão com o espírito dela. Implorando, em meio a soluços desesperados, para ela encontrar uma maneira de voltar à vida.

Filhas anormais.

Vocês vão ser salvas.

Mais tarde, Edie deixou Violet pensar que ela não encontrara a mãe no Véu. Que ela tinha voltado sozinha e então sentiu o espírito da mãe passar para o além. Ela justificou a mentira dizendo a si mesma que não queria condenar a irmã ao mesmo estado angustiante da dúvida. De incompreensão com *o que* havia acontecido e *por quê*.

As gêmeas fugiram naquela noite. Depois de trancar as duas no quarto, o pai havia saído para fazer arranjos imediatos para o *tratamento* delas. Mas Edie e Violet amarraram um lençol em outro, desceram pela janela e pegaram primeiro uma carroça do correio e depois uma balsa para São Francisco.

Embora Violet tivesse conseguido pegar a pequena soma de dinheiro que a mãe escondia para elas, não era suficiente para mais do que alguns meses. Adotar a profissão de médiuns fazia sentido, dados os seus dons naturais. Mas Edie também tinha outras motivações.

Enquanto Violet dormia um sono agitado na carroça do correio na manhã em que elas fugiram, Edie havia encontrado, enfiado entre as notas de dinheiro, algo enrolado em um dos velhos lenços da mãe.

Uma lista com três nomes escritos à mão.

Dois dos nomes, Edie conseguiu localizar graças a seus contatos recentes no mercado local de médiuns. Ela havia conseguido confirmar suas suspeitas de que eram mulheres com quem sua mãe se correspondia para marcarem as sessões, mas infelizmente nenhuma delas sabia nada sobre o último cliente da mãe.

O terceiro nome da lista, ela localizou em um conjunto de quartos perto da Rua Market, onde uma senhoria furiosa informou a Edie que, sim, a srta. Nell Doyle tinha alugado essas acomodações nos últimos três anos. Mas isso foi antes de ela fugir no meio da noite sem pagar pelo quarto e pelas refeições.

Então, quando ela e Violet saíram para a turnê Espiritualista do sr. Huddle por seis meses, Edie não estava mais perto de descobrir a identidade do último cliente da mãe — ou a razão pela qual ela havia recorrido à beladona — do que no dia em que ela morreu.

Piscando, Edie voltou a olhar para a faca na sua mão. Dessa vez, quando a pegou, sua mão não tremeu. Ela tirou as pontas dos caules de artemísia, pôs a faca de lado e pegou um pequeno pedaço de barbante cru. Com ele, amarrou a ponta das ervas com um nó firme e apertado.

Em seguida, desenrolou um segundo pedaço de barbante, mais longo, dobrou-o ao meio e começou o processo cuidadoso de amarrar as ervas em maços, cruzando sucessivamente o barbante mais longo em um formato de X a cada nó firme.

Quando terminou, deslizou o maço para dentro da bolsinha de seda branca.

Depois pegou um pacote de caules de heléboro seco e começou o processo todo de novo, as mãos firmes enquanto trabalhava até a manhã passar e a bolsinha estar cheia.

EDIE CONFERIU O ENDEREÇO NO PANFLETO.

Ela não tinha a intenção de ir à palestra de Laura de Force naquele dia, mas ainda era meio-dia e meia quando terminou de preparar as ervas, e ainda faltavam horas para o show da noite.

Primeiro, ela tentou trabalhar na sua apresentação sob transe para a performance da noite, selecionando as matérias de jornal que havia separado e guardado nas páginas de sua agenda. Cada história, fosse sobre um caso de tribunal onde um marido mais uma vez tinha recebido um poder injusto sobre a vida de sua mulher, ou um artigo de opinião argumentando contra a educação igualitária para garotas, acendia uma chama de indignação profunda em sua alma. Mas quando tentava canalizar aquela raiva e frustração em uma apresentação persuasiva, ela empacava. Distraída demais por seu desentendimento com Violet. Nervosa demais pela presença de Mary Sutton no show daquela noite.

Então decidiu dar uma volta para espairecer. Talvez ver os pontos turísticos de Sacramento, que ela nunca havia visitado apesar de ter crescido a apenas um dia de viagem de carruagem de distância.

Ela bateu na porta de Ruby antes de sair, mas a amiga não atendeu. Então lembrou que, como Violet, Ruby estava passando o dia com um homem que mal conhecia.

Era uma caminhada de quinze minutos até o prédio do Capitólio do Estado. Quando chegou lá, olhou com respeito para o edifício branco com uma cúpula redonda, sentou-se em um banco embaixo de uma das cheirosas e frondosas árvores de magnólias no novíssimo parque, recém-plantado em volta da sede do governo da Califórnia — a qual, se os jornais mais radicais estivessem certos, foi em grande parte comprada e paga por empresários podres de ricos.

E então ela parou de mentir para si mesma, levantou-se e caminhou ao longo da Rua G.

Ela ouviu a voz antes de avistar a aglomeração. A voz de uma mulher, ressoando alta e clara. Quando virou a esquina na Rua 6, encontrou um grande grupo de cerca de cinquenta pessoas reunidas na ampla entrada de veículos de cascalho do que parecia ser uma grande casa protegida por um par de portões pretos de ferro forjado.

A maior parte da multidão era formada por damas intelectuais bem-vestidas com chapéus elegantes e roupas bem cortadas. Mas também havia um bom número de atendentes de lojas e trabalhadoras com filhos agarrados às suas pernas. Muitas das mulheres usavam broches dourados e brilhantes nas lapelas ou faixas douradas cruzando o peito, as palavras *Votos para Mulheres* estampadas em letras ousadas. A distância, Edie podia distinguir a silhueta de uma mulher, trajando um conjunto cinza, de pé em um palanque improvisado na frente da multidão.

Quando Edie se aproximou, grandes aplausos se irromperam, aprovando alguma coisa que a mulher tinha dito. As ouvintes se lançaram adiante, e Edie foi levada junto, pressionada contra diversos corpos muito próximos ao seu até que teve uma visão clara da mulher no pequeno palanque.

Laura de Force era exatamente como Edie havia imaginado: imponente e elegante. Seu vestido era simples, mas a favorecia; como único enfeite, usava uma rosa amarela — a cor do sufrágio das mulheres — presa ao peito. Seu cabelo castanho-claro estava preso em um coque prático, mas diversas mechas estavam soltas em volta do rosto, dando a impressão de que não existia nada nessa mulher que seria reprimido.

Laura de Force levantou as mãos cobertas pelas luvas e os aplausos cessaram.

— Há muito tempo — gritou ela, a voz clara e segura —, existe um sistema de repressão e opressão praticado contra as mulheres. Com muita frequência, a menininha que ousar dar sua opinião em oposição à, digamos, visão do seu irmão sobre algum assunto, encontra uma lembrança insultante e irritante de sua inferioridade, expressa com: "Bem, você é uma garota. O que entende sobre isso?".

A multidão silvou, concordando com raiva. E, embora Edie também tivesse vaiado, um pequeno canto da sua mente ficava se lembrando de um tipo de homem diferente: o pai que ela havia conhecido quando era pequena. Um homem que, quando sentia o interesse dela, a encorajava a ler o jornal junto com ele de manhã. Seus olhos azuis brilhantes dançavam de orgulho quando ela usava o que tinha lido para sustentar um argumento. Um pai que a levava para a igreja vazia quando treinava seus sermões e com paciência explicava a arte da oratória.

O homem que ele tinha sido antes de tudo mudar.

Você não é mais uma criança, Edith. Já aceitei esse interesse anormal por tempo demais.

— Tanto a lei quanto a igreja — continuou Laura de Force — se uniram contra a mulher para mantê-la em uma posição artificial e subserviente. Na lei, ela sempre ficou tutelada. Primeiro sob a tutela do pai e depois e sempre, do marido. Mas estou aqui hoje diante de vocês e digo que a mulher não se contenta mais em ser subordinada!

Mais gritos irromperam. Dessa vez Edie se juntou, berrando até se sentir rouca.

Laura levantou as mãos pedindo silêncio, esperando que a multidão se acalmasse antes de continuar:

— A sra. Dorothy Dryer — disse ela solenemente —, esposa e mãe de dois filhos, é apenas a mais recente de muitas mulheres que sofrem nas mãos das leis injustas deste país. Leis que são *feitas* por homens. *Interpretadas* por homens. E *aplicadas* por homens. Este governo, que funciona com impostos *pagos por mulheres*, obriga mulheres a obedecerem a leis para as quais elas não deram consentimento! E então, essas mesmas leis as aprisionam e condenam, sem um julgamento por um júri com suas semelhantes mulheres!

Outro urro da multidão, esse com um pouco mais de paixão. A raiva transbordando.

— Tenho uma lista aqui — gritou Laura, segurando um maço de papéis que, pela capa e a tipografia, parecia um documento oficial — de razões aceitáveis para um homem internar sua mulher, filha ou tutelada em um sanatório para loucos. E acreditem quando eu digo, o ônus da prova não recai sobre *ele*!

Ela continuou:

— Vocês sabem, é claro, que tomar remédio para evitar gravidez, mesmo quando essa ocasião em geral feliz possa trazer muitos perigos para a mãe, está na lista. Mas também está o ato de *ler romances*! O crime de *ter más companhias* e até mesmo a ofensa de *experimentar entusiasmo político*!

Outro burburinho furioso do público, como um zumbido de abelhas, firme e ameaçador.

— Mostrem-me um único homem — gritou Laura — que tenha sido mandado para um lugar assim — ela estendeu a mão e indicou as grades pretas de metal atrás de si — por *expressar entusiasmo político*. Porque, se isso é um crime mental de verdade, então, acreditem em mim, tenho uma longa lista de homens cujas mentes devem ser as mais insanas possíveis!

A multidão em volta de Edie explodiu em uma grata gargalhada para romper a tensão. Mas Edie não riu. Ela nem sequer sorriu. Em vez disso, focou os olhos nas grades pretas de metal atrás de Laura de Force, observando-as com atenção pela primeira vez, os olhos se arregalaram com a enorme monstruosidade gótica além daqueles portões, formada por muros de pedra escura e uma quantidade enorme de torres grandes e pequenas.

E lá estava. Uma placa no topo que dizia: SANATÓRIO DE SACRAMENTO PARA LOUCOS.

O corpo inteiro de Edie paralisou.

Ela não deveria ter ido até ali.

Mas, antes que pudesse se virar e sair correndo, houve um tumulto ao final da multidão. Um grupo de homens estava forçando a passagem em direção à frente. Seus olhos captaram de relance algo branco em volta do pescoço de um homem à frente do grupo. Um colarinho de padre, despontando por baixo de um terno preto.

Edie tentou se afastar, mas a multidão estava muito unida e não daria para recuar sem criar uma confusão ou chamar atenção. Seu coração martelava no peito. Uma voz cresceu em sua mente.

Filhas anormais!

Seu corpo estremeceu, da mesma maneira como aconteceu naquele dia um ano antes, quando seu pai bateu a porta do quarto dela e de Violet, virando a chave na fechadura.

Vocês vão ser salvas.

O homem com o colarinho de padre falou:

— Desviem os olhos dessa pecadora filha de Eva!

Mas não. A voz estava toda errada. Aguda e anasalada, enquanto a do seu pai era grave com um leve vestígio de uma antiga língua presa.

O clérigo gritou de novo:

— Voltem para suas casas!

Não era ele.

— Voltem para suas tarefas femininas. Não esqueçam as palavras de São Paulo, que proclamou no capítulo quatro de Coríntios, versículo trinta e quatro: *Permaneçam as mulheres caladas nas igrejas: pois não é permitido que elas falem.*

Edie já tinha ouvido a citação desse versículo. Mas por um homem diferente.

Laura de Force se virou para olhar para o clérigo que protestava, o olhar fixo e impassível. Mas Edie não compartilhava da confiança dela. Ela só tinha olhos para os policiais se movendo em direção à multidão.

Ela não tinha se dado conta da presença deles antes. Estava muito hipnotizada pelas palavras de Laura de Force. E também admirada por uma mulher que podia falar com tanta autoridade e com voz própria. Tão fascinada que nem percebeu que havia ido até os portões do mesmo sanatório que teria sido o seu destino e o de Violet, se elas não tivessem fugido naquela noite um ano antes.

Um tipo de gargalhada histérica borbulhou de seus lábios. Ela sentiu que poderia até mesmo enlouquecer se permanecesse ali.

Precisava se afastar daqueles portões pretos. *Imediatamente.*

Edie virou-se às pressas e começou a abrir passagem em meio à multidão.

Atrás dela, Laura de Force falou novamente:

— Por muito tempo — disse ela, as palavras reverberando atrás de Edie —, o bastião da igreja tem sido ignorância e degradação em relação às mulheres!

Outras mulheres também começaram a notar os policiais invasores. Edie percebeu mais de um olhar preocupado. Ela apertou o passo.

Um pouco mais à frente, o clérigo começou a falar novamente. Mas Edie só conseguiu ouvir uma palavra ou outra, e *blasfêmia* parecia ter sido a preferida.

E então, assim que ela estava se aproximando da calçada, uma confusão começou no meio da multidão. Segundos depois, o apito de um policial soou. Era tudo o que os guardas estavam esperando. Eles avançaram para o grande grupo de mulheres, a determinação estampada no rosto.

Edie olhou por cima do ombro e viu um policial com olhos pequenos e atentos, o cabelo oleoso despontando por baixo de seu capacete redondo, encaminhando-se em sua direção.

O pânico comprimiu seu peito e, por um momento, ela não conseguiu respirar. Era improvável que ela fosse presa, mas esse policial poderia detê-la como testemunha. Descobrir o nome dela. Seu nome *verdadeiro.*

Ela segurou as saias, virou-se e correu rumo à calçada. Porém, seu caminho foi bloqueado por algo alto e sólido. Edie bateu nele com tanta força que perdeu o equilíbrio e teria tombado no chão se a mão de alguém não tivesse surgido e segurado seu cotovelo, apoiando o seu corpo. Ela vislumbrou uma coisa branca esvoaçando para o chão.

— Senhorita, está tudo bem?

Edie olhou para o rosto preocupado de um jovem. Um rapaz bastante bonito, ela não pôde deixar de notar apesar da ameaça atrás de si. Ele devia ser só um pouco mais velho do que Edie — ela lhe daria uns dezessete ou dezoito anos —, estava vestindo um respeitável, apesar de um tanto gasto, terno folgado de linho. Tinha a pele clara e uma cabeleira escura, com cachos desarrumados que saíam por baixo do chapéu. Ele a encarava com certa preocupação em seus olhos castanhos e gentis.

Uma de suas mãos ainda segurava o cotovelo de Edie. A outra tinha se abaixado para resgatar a coisa branca que tinha flutuado para o chão, enfiando-a no bolso do paletó.

Outro apito policial soou. E de repente, Edie teve uma ideia.

Ela agarrou a mão do homem e ajeitou rapidamente o seu braço para enlaçar o dele. Então ficou na ponta dos pés e disse em um tom de voz baixo e veemente:

— Faça cara de zangado e diga algumas palavras de reprovação.

O homem franziu a sobrancelha.

— Perdão?

— Um pouco melhor do que isso! — Edie ajeitou seu braço entrelaçado com o dele. — Tente olhar para mim com menosprezo, balançando a cabeça. Como se estivesse muito decepcionado; isso, assim está bom.

Não estava bom *de verdade*. Embora o homem estivesse sem dúvida balançando a cabeça, ele parecia muito mais confuso do que irritado. Mas teria de servir.

Edie sacudiu o braço dele, puxando-o em direção à calçada.

— Agora, precisa parecer que o senhor está me tirando daqui.

— Senhorita — interrompeu o homem. Ele tinha um leve sotaque sulista. — Eu realmente não…

Mas ele parou de falar quando Edie travou de repente. Ela se virou e olhou diretamente nos olhos dele. E apenas por um momento, ela baixou a guarda.

Seu ímpeto voltou em segundos, mas o que quer que o rapaz tenha visto no rosto de Edie por aquele breve instante deve ter sido suficiente para convencê-lo a entrar na encenação, porque, logo em seguida Edie notou a mão em sua cintura, conduzindo-a com firmeza — mas de forma delicada — para longe da multidão.

Edie fingiu resistir. E, em um desses movimentos de resistência, aproveitou para olhar para trás. O policial que se encaminhava até ela tinha voltado sua atenção para outra jovem desacompanhada.

Edie tornou a se virar e deixou o homem de olhos castanhos conduzi-la pela rua. Ela estava perto o suficiente para sentir um leve aroma de madeira na pele dele. O aroma se mesclava a alguma coisa penetrante que Edie não conseguia identificar, mas mesmo assim ela se focou no cheiro para estabilizar sua mente apavorada.

Foi só quando eles viraram a esquina que Edie se permitiu respirar de alívio. Ela logo se desvencilhou do rapaz, ainda atordoada pelo pavor, de certa forma, e se dirigiu para o outro lado da rua.

Ele a deixou se soltar com facilidade, mas, quando ela começou a atravessar a rua, ele a chamou:

— Espere!

Edie ficou tensa.

— É só... — Ele fez uma pausa, como se não soubesse o que falar. — É só isso?

Ela se virou e ergueu as sobrancelhas.

— Não vou lhe agradecer por fazer o papel de responsável masculino — retorquiu ela, o tom de voz tanto cauteloso quanto atrevido. — Então se é isso que está esperando...

— Não — disse ele, interrompendo-a. — Eu só quis dizer... é razoável. A senhorita está bem?

Por um instante traiçoeiro, Edie refletiu sobre a pergunta.

Ela *estava* bem?

Seu coração ainda martelava no peito por ter ficado tão perto dos portões daquele sanatório. O sanatório onde ela seria trancada se seu pai a encontrasse. E ela tinha acabado de ficar a centímetros de distância de um policial, que poderia muito bem ter o nome dela e de Violet — o nome verdadeiro das irmãs, no caso — na lista das fugitivas menores de idade naquela região.

Edie encarou o homem em desafio.

— Claro que estou bem — disse ela, ajeitando-se para ficar o mais ereta possível. — Por que eu não estaria?

Então ela se virou e seguiu seu caminho. Seus ossos estavam tremendo e havia um brilho de suor em sua testa por causa do pânico, mas também havia outra coisa pulsando nela. Um novo tipo de percepção e foco.

A inspiração finalmente havia chegado, e ela tinha uma apresentação sob transe para preparar.

5

Nos camarins do Teatro Metropolitan, na Rua J, reinava o caos habitual.

Botões de vestidos soltavam. Meias desfiadas eram substituídas às pressas. O cheiro de cabelo um pouco chamuscado ao cachear permeava os corredores.

O único lugar de relativa paz era a o Salão Verde, onde Edie, já usando seu figurino do show — uma roupa branca e levemente transparente que o sr. Huddle alegava deixá-la com a aparência *etérea* —, estava acomodada em uma poltrona, fazendo anotações para sua apresentação sob transe.

Além da caneta-tinteiro riscando o papel, o único som na sala vinha de um suave tilintar de vidros, enquanto Lillian Fiore, uma jovem de vinte anos cuja ascendência italiana era evidente pela pele marrom-clara e cabelo preto, separava e rotulava cerca de uma dúzia de garrafas de tônicos, que ela dava aos clientes como parte do seu ato de cura espiritual.

Sobre o colo de Lillian, Ada Loring, uma mulher negra de vinte e um anos, descansava seus pés cobertos por meias. Ada escrevia em um caderno próprio e, após alguns minutos de silêncio e concentração, baixou a caneta e entregou o caderno aberto a Lillian.

Lillian colocou de lado a garrafa âmbar na qual estava colando um rótulo, leu a página do caderno e então sorriu para Ada, dando-lhe um beijinho na ponta do nariz.

— Ficou incrível.

Ada enrugou o nariz de forma brincalhona e se recostou na cadeira, esticando mais as pernas para melhor acomodá-las no colo de Lillian. Ada era uma poetisa, e seus versos com métrica eram tão extraordinariamente lindos que, mais de uma vez, tinham levado Edie às lágrimas. Era um talento do qual Ada fazia uso na turnê espiritual desde que tinha doze anos, quando havia se levantado no meio de uma igreja em Nova Orleans e recitado um poema original tão sofisticado que deixou a congregação inteira imóvel e impressionada por vários minutos.

Depois de todos terem recobrado os sentidos, foi unanimemente decidido que a única explicação possível era que um espírito havia falado através dela. Ela fazia turnês pelo país apresentando seus poemas espirituais desde então.

Ao chegar ao fim de uma reflexão, Edie baixou sua própria caneta-tinteiro e se espreguiçou, soltando um suspiro.

Ada olhou para Edie.

— Planejando alguma coisa nova para hoje à noite?

Confirmando com a cabeça, Edie se levantou da cadeira e pousou o caderno na mesa entre Ada e Lillian. A dupla tinha imediatamente colocado Edie e Violet sob suas asas quando as gêmeas se juntaram à equipe, e Edie pegou o hábito de compartilhar os tópicos de suas apresentações com uma delas, ou as duas, antes de subir ao palco.

Inclinando-se por cima do caderno, Ada e Lillian leram a página aberta ao mesmo tempo. Um minuto depois, Lillian se endireitou e assobiou.

— Não vai poupar nada hoje, hein?

Ada passou os olhos pela lista de argumentos de Edie mais uma vez antes de devolver o caderno a ela.

— A desigualdade nas leis do casamento é um assunto muito difícil, Edie. Até mesmo para você. Posso perguntar por que está tão obcecada com isso?

Edie deu de ombros, tentando mostrar indiferença.

— Parece um tópico importante.

Lillian lhe lançou um olhar avaliativo, e Edie tentou não ficar agitada.

Embora Lillian não pudesse *de fato* curar uma pessoa pousando as mãos sobre ela e invocando o mundo espiritual, ela tinha um dom incrível para diagnosticar as pessoas. Era sempre a primeira a saber se alguém tinha dormido mal na noite anterior. Sempre a oferecer uma xícara de chá quando alguém se sentia desanimado. Não seria surpresa nenhuma se ela tivesse intuído que o interesse de Edie nesse assunto não era apenas acadêmico.

Quando Lillian continuou a encará-la à espera de uma resposta, Edie se virou e voltou para a poltrona.

Ela não queria conversar sobre a razão verdadeira por trás de sua necessidade súbita de atacar uma lei comum que anulava a personalidade da mulher depois do casamento. Uma lei que impedia uma mulher como sua mãe de ir embora com as filhas depois que o homem quieto e curioso por quem havia se apaixonado aos dezenove anos tinha se transformado completamente por causa das ideias dos presbíteros de sua igreja.

— Se quer saber — disse Edie, ansiosa para mudar de assunto —, eu fui a uma palestra da Laura de Force esta tarde que me deu esta ideia. Não que o sr. Huddle precise saber disso — acrescentou às pressas.

— *Hum*. — Lillian cruzou os braços e se recostou na cadeira. — Não tenho uma opinião formada sobre essa mulher.

Perplexa, Edie encarou Lillian.

— Achei que vocês, de todas as pessoas, apoiariam as ideias dela. Uma mulher que está usando sua considerável influência para protestar contra o confinamento injusto de mulheres perfeitamente sãs e inocentes em um sanatório.

— Mas é justamente por isso — interrompeu Ada. — Alguém como Laura de Force fica feliz em mostrar seu apoio publicamente a uma mulher como Dorothy Dryer. Uma mulher respeitável, *inocente*, como você diz. Mas eu não a ouço, aliás, não ouço ninguém do alto escalão da associação de sufrágio feminino causando tumulto por causa de todas as mulheres desaparecidas de Belden Place.

O ar pareceu pesar com as palavras de Ada.

Em voz baixa, Lillian disse para Edie:

— Ada recebeu outra carta hoje de manhã.

Edie olhou para Ada.

— Igual às outras?

Devagar, Ada concordou com a cabeça.

— Polly Edwards. Acho que você não chegou a conhecê-la.

Edie balançou a cabeça. Quando ela e Violet chegaram a São Francisco depois de fugirem de casa, conheceram algumas mulheres que moravam em um beco bastante decadente chamado Belden Place. Mulheres que ofereciam seus serviços como médiuns, mas que também eram compelidas pelas circunstâncias a oferecer outros serviços menos respeitáveis.

Edie e Violet não ficaram na cidade tempo suficiente para conhecer muitas delas antes de viajarem com a turnê do sr. Huddle, mas Ada e Lillian tinham muitos contatos naquela localidade. E então souberam quando, cinco meses antes, uma das mulheres que elas conheciam de Belden Place foi apanhada pela polícia sob uma acusação seletiva das leis de vadiagem. Esse tipo de prisão não era incomum, porém, a mulher em questão não tinha mais sido vista nem dado notícias desde então. Igualmente alarmante era o fato de que todos os pedidos por informações sobre o seu paradeiro haviam sido recebidos com um silêncio burocrático.

E então outra médium desapareceu exatamente da mesma maneira.

E depois outra.

— Quantas são agora? — perguntou Edie. — Cinco?

Ada balançou a cabeça.

— Polly é a sexta.

— E ninguém tem nenhuma ideia...

— É como se elas tivessem sumido no ar — disse Lillian. — E ninguém está nem aí. Ada e eu não somos as únicas pessoas que escreveram à divisão de sufrágio local. Diabos, escrevemos para *todas* as pessoas que possam ter qualquer influência para conseguir alguma resposta. Mas é evidente que quem tem poder não quer ser associado a meia dúzia de mulheres de *má reputação* desaparecidas.

As palavras de Lillian fizeram um arrepio percorrer a espinha de Edie. Ela e Violet não tinham sido forçadas a viver aquele tipo de vida por muito pouco.

Estendendo o braço para o outro lado da mesa, Ada pegou a mão de Lillian e a apertou. Lillian suspirou, levou a mão de Ada até os lábios e deu um beijo nos nós de seus dedos.

Nesse mesmo instante, a porta do Salão Verde se abriu. Lillian e Ada imediatamente se separaram quando o rosto pálido e em forma de coração de Emma Foster espiou lá dentro.

Emma, uma musicista talentosa que, como Ada, era obrigada a dar aos espíritos o crédito por suas composições originais, era só um ano mais velha do que as gêmeas, mas de alguma forma parecia mais nova. Talvez por causa de sua tendência a caminhar de uma maneira nervosa sempre que não estava com um instrumento musical na mão.

— Ah, *aí* está você, Edie — disse Emma, os grandes olhos azuis relaxando com um alívio evidente. — O sr. Huddle está procurando você. Pode ir encontrá-lo no saguão? Ele disse para você ir rápido, mas eu não pensei em procurar aqui. O que foi uma bobagem, porque você está sempre aqui. Mas talvez ele esteja um pouco irritado por eu ter levado tanto tempo. Então, se não se importar...

— Estou indo — disse Edie, interrompendo a pobre garota antes que ela falasse tanto que causasse uma crise nervosa. — Obrigada por me avisar, Emma.

Quando Emma saiu da sala, Edie suspirou e se curvou para calçar os sapatos novamente. Além de fazer apresentações sob transe, Edie atuava como um tipo de ajudante do sr. Huddle de tempos em tempos. Uma necessidade, já que foi Violet — com sua sedutora presença no palco e excepcional habilidade nas sessões espíritas — que conseguiu uma vaga para elas nessa turnê. As apresentações sob transe de Edie eram aceitáveis, mas de modo algum um dos atos preferidos. E então Edie encontrou maneiras adicionais de ganhar seu sustento.

Com os sapatos calçados, ela guardou a caneta-tinteiro e examinou a página de caderno na qual tinha rabiscado os pontos básicos de sua apresentação. Ainda faltava um pouco a ser preenchido, mas Edie era muito boa em fazer isto no palco — deixar as palavras fluírem com naturalidade, em vez de planejá-las com muita antecedência. Assim como seu pai costumava fazer nos sermões.

Arrancando a página escrita, Edie a dobrou e enfiou-a no bolso interno e escondido do seu vestido bem perto da bolsinha de seda com as ervas. Depois de se despedir rápido de Ada e Lillian, encaminhou-se para o saguão.

Um homem de meia-idade com uma impressionante barba e um rosto redondo e rosado andava pelo saguão acarpetado do Teatro Metropolitan.

— Edie! Exatamente a garota que eu queria ver!

— Sr. Huddle — disse Edie, estendendo a mão. Ele roçou os lábios nos nós dos dedos enluvados, seu paletó exalando um cheiro persistente de fumaça de tabaco, que fez o nariz de Edie coçar. — Como estão os números esta noite, senhor? Acredito que nossa convidada especial ainda venha assistir.

O sr. Huddle soltou um risinho e lançou a Edie uma piscadela conspiratória.

— Ah, sim, sem dúvida. E a sua Mary Sutton não é a única, minha querida. Tenho um trabalhinho extra para você hoje, se não se importar.

— Claro, sr. Huddle. Contanto que eu esteja livre para assistir à sessão de Violet.

— Ah, sim, você vai estar livre como um pássaro para assistir à... Ah, mas acredito que é o nosso jovem chegando! Que sincronia maravilhosa!

As portas do saguão se abriram com um barulho leve e uma rajada de ar frio passou pela nuca de Edie. Ela se virou para cumprimentar o recém--chegado, avistou os cachos pretos bagunçados, e então logo se virou de novo.

— Sr. Huddle! — O leve sotaque sulista era inconfundível. — É um prazer vê-lo, senhor. Desculpe pelo atraso. Um maldito pneu furou, o senhor acredita?

— Não há problema nenhum, meu jovem — disse o sr. Huddle em tom cordial a caminho para cumprimentá-lo. — Agora, eu é que estou ficando mais velho ou você é que está parecendo cada vez mais jovem?

— Vou fazer dezoito anos mês que vem, senhor. E, garanto, meu editor está confiante de que eu estou mais do que...

— Ah, tenho certeza de que sim. Mentes jovens e afiadas. É disso que precisamos, é o que eu sempre digo! E digo uma coisa a *você*, não poderia ser em melhor hora. Pois aqui está uma jovem dama que quero que conheça!

Edie ainda estava parada de costas para as portas do saguão, o que era absurdamente grosseiro. Ela teria de se virar logo. Não havia como se livrar, embora sua mente teimosa ainda desse voltas à procura de alternativas.

Ela não podia exatamente fugir do saguão. Bastava o sr. Huddle encontrá-la de novo nos bastidores e perguntar sobre seu comportamento estranho. E esconder-se estava fora de questão, de qualquer modo, pois ela já tinha sido vista. Bem, pelo menos a parte de trás de seu corpo. Não, não havia saída. Ela teria de encarar isso de cabeça erguida.

Edie se virou.

Os olhos castanhos do jovem se estreitaram, confusos. Então se arregalaram em compreensão e reconhecimento. Ele estava vestido da mesma maneira casual de mais cedo naquela tarde, no discurso de Laura de Force. Um terno folgado de linho um pouco amassado, as mangas dobradas, revelando dedos manchados de tinta. Ele tirou o chapéu, permitindo que alguns cachos rebeldes caíssem na testa. Um caderno despontava do bolso do paletó.

Edie avançou para cumprimentá-lo, um leve sorriso engessado no rosto.

— Ah, aqui estamos. — Sorriu o sr. Huddle. — Srta. Edith Bond, quero apresentá-la ao sr. Lawrence Everett. O sr. Everett é um repórter que vai escrever um pequeno artigo sobre nós.

Um calor subiu pelo pescoço de Edie com o franco interesse que ela sentiu no olhar do sr. Lawrence Everett, mas se forçou a encará-lo com o máximo de frieza que conseguiu reunir.

— É um prazer conhecê-lo, sr. Everett.

Ela enfatizou a palavra *conhecê-lo*, e pôde ver, pela maneira como os seus lábios se curvaram, que ele entendeu seu pedido silencioso.

— Por favor — disse ele, fazendo uma pequena reverência, os olhos nunca desviando do seu rosto. — Pode me chamar de Laws.

Edie se surpreendeu com a intimidade. Depois se retraiu, preparando-se para quando ele mencionasse o encontro mais cedo. Mas um segundo inteiro se passou. E depois mais outro segundo. E Laws Everett não fez nada além de sorrir.

O sr. Huddle bateu as mãos.

— Bem, excelente! Edie, mostre ao jovem Laws tudo ao redor. Ele é do *Sacramento Sting*, sabe. Jornal excelente.

As sobrancelhas de Edie se ergueram. Não *era* um jornal excelente, na verdade. Ela havia lido o suficiente do *Sting* desde que chegara a Sacramento para saber que as páginas incluíam mais desenhos do que palavras e que os editores pareciam mais interessados em satirizar um assunto do que em fornecer informações confiáveis.

Mas não havia sentido em explicar isso para o sr. Huddle. Ele era um cão com um osso quando se tratava de qualquer possível oportunidade de aumentar as fracas vendas de ingressos.

— Eu gostaria de que você fizesse algumas entrevistas com as moças — continuou o sr. Huddle. — Não seria ótimo?

— Sim — disse Laws, os olhos irrequietos. — Desejo muito conhecer mais sobre seu... hum, seu pequeno show.

Edie se endireitou.

— Nosso pequeno *show*?

— Ah, vamos, Edie — repreendeu o sr. Huddle. — Não precisa se eriçar. Laws aqui vai nos trazer uma publicidade excelente. Não é mesmo, meu rapaz?

O homem mais velho caminhou para a frente e jogou um braço em volta de Laws.

— E vou dizer a *você* uma coisa, a Edie aqui é a melhor pessoa para mostrar tudo. Sua irmã gêmea é uma das nossas melhores médiuns. Espere só até vê-la esta noite. Ela vai lhe provocar lágrimas. Aposto que vai!

As sobrancelhas de Laws se ergueram de leve, e ele dirigiu outro olhar penetrante a Edie.

— Gêmeas? Bem, isso deve ser muito... *conveniente*.

O sr. Huddle riu com esse comentário.

— Excelente, excelente. Agora vou sair rapidinho daqui para contar às garotas que você chegou. E vou juntar os depoimentos que prometi lhe mandar, meu jovem. Edie, uma palavrinha?

Edie lançou um olhar irritado para Laws e depois seguiu o sr. Huddle para o outro lado do saguão.

— Agora, minha querida — disse o sr. Huddle, em um tom baixo e de desaprovação. — Tenho certeza de que você sabe o que eu vou falar.

Ele lhe lançou um olhar significativo, e Edie captou um vestígio de severidade quase nunca vista no rosto normalmente cordial do sr. Huddle. Por um estranho momento, ela pensou que ele havia descoberto que ela fora ao discurso de Laura de Force, afinal. Era por isso que o repórter estava ali? Será que de alguma maneira ele tinha descoberto sua identidade e a denunciado?

— Sim — disse o sr. Huddle, sem dúvida lendo corretamente o pânico no rosto de Edie. — Você foi um pouco longe demais, não é? Preciso dizer, Edie, tivemos mais do que algumas... *reclamações* depois daquilo. A agricultura e a produção de frutas mandam nesta cidade, sabia?

Edie levou dois segundos inteiros para entender do que o sr. Huddle estava falando.

— Minha apresentação sob transe na quarta-feira — disse Edie, devagar. — Sobre a desigualdade vivida pelas esposas dos agricultores, que trabalham tanto quanto os homens, mas não recebem nenhum pagamento. Mulheres que não só ajudam com as colheitas, mas também precisam...

— Sim, sim — interrompeu o sr. Huddle, lançando um olhar nervoso para o repórter. — Não podemos ter, hum... os *espíritos* desafiando o ganha-pão de alguém importante e, ainda assim, esperar uma crítica boa, não é?

Isso pegou Edie de surpresa. Ela também lançou um olhar para o repórter.

— O senhor está falando isso, porque o dono do jornal daquele homem também tem negócios em agricultura...

— Estou apenas sugerindo — disse o sr. Huddle em um tom que mostrou a ela que isso não era de jeito nenhum uma *sugestão* — que você encontre um espírito para a performance desta noite que, de alguma maneira, tenha menos... visões *políticas*.

— Menos político — repetiu Edie.

— Exatamente — disse o sr. Huddle, claramente feliz por Edie estar entendendo. — E a Joana d'Arc? Sempre um sucesso. Uma boa conversa sobre as virtudes do sacrifício feminino seria uma boa solução. Não há como dar errado, não é?

— Mas, sr. Huddle...

— Boa garota. Agora, volto já com aqueles depoimentos. — Então, acenando com a cabeça na direção do sr. Lawrence Everett, acrescentou: — E mantenha os olhos naquele ali, tudo bem, querida?

Sem esperar por uma resposta, o sr. Huddle saiu apressado. Edie abriu a boca para chamá-lo e então logo a fechou, cerrando os dentes com firmeza para evitar a tentação. O sr. Huddle não era um homem cruel ou irracional, mas ele podia ser implacável quando se tratava da venda de ingressos. E nesse exato momento, o sustento deles dependia da boa vontade de Laws. Edie suspirou. Outra razão pela qual elas precisavam da substancial recompensa em dinheiro de Mary Sutton. Assim, nenhum homem — nem mesmo o aparentemente afável sr. Huddle — teria a habilidade de controlar sua vida.

— Então.

Edie deu um pulo com a voz atrás de si. Aquele repórter imbecil a havia seguido pelo saguão sem ela ter notado, o que era irritante, porque Edie costumava ser bem atenta ao que a cercava.

Ela se virou para encará-lo. E logo desejou não ter feito isso. Havia alguma coisa sagaz e maliciosa naqueles olhos castanhos. Alguma coisa que deixava os pelos de seus braços arrepiados.

O medo de Lawrence Everett contar ao sr. Huddle sobre a sua presença em uma palestra de cunho político era irrelevante. Esse rapaz a tinha visto fugir de um policial. Ele era um jornalista. Com recursos. Ele poderia encontrar coisas sobre ela — e Violet — que Edie não queria que fossem descobertas.

Ele abriu a boca para falar, mas Edie balançou a cabeça e se virou em direção à porta dos bastidores. Ela precisava de um momento. Um momento para *pensar*.

— Se o senhor me der licença — disse ela, começando a se afastar —, há alguns assuntos que preciso resolver antes…

— Ah, não, não há. — Laws pulou na sua frente, bloqueando seu caminho. — Eu sei onde encontrá-la agora. Não há sentido em fugir de novo.

Edie parou de repente.

— O senhor está me ameaçando?

Ele bateu a mão no peito, fingindo aflição.

— *Ameaçando?* Como pode pensar tal coisa, srta. Bond? É Edie, então, não é? Posso chamá-la de Edie?

— Edie é como meus amigos me chamam.

— Edith então, já que, embora não sejamos amigos, você certamente não pode negar que somos conhecidos.

Edie estreitou os olhos, mas não falou nada.

— Olhe — disse ele, erguendo as mãos, as palmas viradas em sinal de rendição. — Vou ser sincero, *srta. Bond*. Preciso de uma história. Uma história boa o suficiente para convencer meu editor de que ele não cometeu um erro me promovendo a repórter. E acho que é *a senhorita* que vai me ajudar a conseguir uma.

Edie inclinou a cabeça para o lado.

— Eu já concordei em lhe mostrar ao redor. O que mais o senhor pode querer…

— O que eu quero — disse Laws, dando um passo em sua direção, as sobrancelhas arqueadas de modo conspiratório — é a história *real*. E acho que a senhorita sabe exatamente o que quero dizer.

Edie cruzou os braços. Ela reconhecia um cético quando via um e não deixaria um repórter iniciante e ambicioso qualquer destruir o sustento de todas as mulheres nessa turnê, só porque ele estava procurando uma história para publicar em um jornal de quinta categoria que viraria embrulho de peixe no dia seguinte.

— Temos dinheiro para a senhorita também — disse Laws, achando, pelo silêncio de Edie, que ela estava considerando a proposta —, se é isso que a preocupa.

Ele tirou um bloco de papel de debaixo do braço e folheou as páginas, revelando uma nítida nota bancária enfiada entre as folhas. Depois abriu o bloco em uma página em branco e tirou uma caneta-tinteiro do bolso do paletó.

— Por que não começamos com o tipo de esquema que fazem aqui? A senhorita adora sua encenação, não é?

Edie se forçou a mostrar no rosto um sorriso educado.

— Seria um prazer. — Os olhos de Laws se iluminaram. — O que o senhor gostaria de ver primeiro? Os cabos dos truques no palco ou a tina onde misturamos o ectoplasma?

O sorriso sumiu do rosto dele.

— Sugiro que leve minha oferta mais a sério.

— E por que diabos eu faria isso?

— Bem. — Os olhos dele miraram por cima de seu ombro, para onde o sr. Huddle tinha estado antes de sair. Depois ele deu um passo para mais perto de Edie e abaixou a voz. — Parece que a senhorita está muito empenhada em guardar segredo sobre seu paradeiro desta tarde. E eu não tenho problema nenhum com isso, srta. Bond. Contanto que a senhorita seja receptiva para me ajudar um pouquinho.

— Ora, sr. Everett. — Foi a vez de Edie bater a mão no peito. — O que o senhor quer dizer? Eu estava no meu quarto no Hotel Union a tarde inteira.

— Claro que a senhorita não pretende negar que...

— Ah, mas pretendo, sim.

Dessa vez, foi Edie que deu um passo na direção dele. O nariz de ambos a centímetros de distância. Tão perto assim, ela podia sentir o mesmo aroma amadeirado que havia detectado mais cedo, só que agora ela conseguia identificar. Sândalo. E mais alguma coisa. O cheiro oleoso e forte de tinta.

Edie tinha aprendido algumas coisas desde que adotara a profissão de médium. Por exemplo, havia aprendido principalmente a ler as pessoas. E tinha um instinto sobre esse rapaz. Uma sensação de que ele não pretendia entregá-la ao sr. Huddle. Talvez fossem seus olhos gentis. Ou talvez fosse a maneira como ele havia perguntado se ela estava bem na rua naquela tarde, como se ele quisesse ajudá-la de verdade. O que quer que fosse, ela havia decidido desafiá-lo.

Lawrence Everett abriu a boca para falar, mas só conseguiu gaguejar.

— Eu... hum, bem.

Edie soltou um suspiro de alívio, disfarçado por um sorriso.

— Acho que nos entendemos, sr. Everett. — Ela deu um passo para trás e inspirou discretamente o ar sem o cheiro amadeirado. — Vou informar ao sr. Huddle que o senhor, infelizmente, não vai conseguir escrever uma história. Tenho certeza de que ele vai entender que outro repórter precisará ser designado. Talvez alguém com um pouco mais de — ela fez uma pausa, desviando aos poucos os olhos do rosto dele — experiência.

Ela se virou na direção da porta dos bastidores. Mas logo antes de abri-la, uma voz chamou.

— Ei, srta. Bond?

Quando Edie se virou, avistou uma bicicleta prateada agora apoiada embaixo do braço de Laws. Ela tinha notado vagamente a bicicleta encostada nas portas do saguão, mas foi só nesse momento que deu uma boa olhada nela. Era um pouco diferente da que Ruby havia pegado emprestada. A barra do quadro se projetava direto do guidão em direção ao selim, em vez de fazer uma curva graciosa para baixo, mas mesmo assim era tão tentadora quanto a outra. Olhando para a bicicleta, Edie quase podia sentir o vento chicoteando seu cabelo, podia provar o gosto da liberdade que sentira no dia anterior, quando estava pedalando a toda velocidade na bicicleta emprestada de Ruby.

Um tanto desse desejo deve ter transparecido em seu rosto, porque Laws inclinou a cabeça para o lado e sorriu de um jeito sagaz.

— A senhorita sabe pedalar?

Edie desviou os olhos da bicicleta, cruzou os braços e franziu a testa.

— Porque, se souber — continuou ele, seus olhos ardentes encarando os dela —, acho que a senhorita deveria saber que eu tenho como regra deixar meus amigos pegarem esta bicicleta emprestada sempre que quiserem.

Edie estreitou os olhos.

— Não somos amigos.

Laws deu de ombros.

— Isso, srta. Bond, fica totalmente a seu critério. — Eles se entreolharam mais uma vez. Tempo suficiente para que ela notasse manchas douradas nos olhos castanhos dele.

Então ele balançou o guidão da bicicleta, quebrando a tensão, enquanto a roda da frente girava para a esquerda.

— A senhorita pode me mostrar um lugar em que eu possa guardar a bicicleta? Seria péssimo se ela fosse roubada enquanto a senhorita faz o *tour* comigo.

6

— E ESTA — DISSE EDIE, GUIANDO LAWS PARA FORA DO PALCO E ENTRANDO nas coxias — é a sala dos bastidores, onde as médiuns se preparam antes do show. Falta cerca de meia hora para começar, então acredito que tenhamos tempo para apresentá-lo rapidamente a algumas das moças.

Laws folheou o seu caderno, passando os olhos nas poucas anotações que tinha feito durante o *tour* pelo teatro.

— Bem, srta. Bond, preciso dizer que acho que fez um trabalho extraordinário neste *tour*.

Edie tentou disfarçar sua surpresa. Ela estava satisfeita por ter feito um trabalho extraordinariamente *ruim*.

— Fiz?

— Ah, sim. Até agora a senhorita conseguiu me impedir de examinar o palco à procura de qualquer equipamento escondido, chamando um homem que, tenho certeza, não estava lá para controlar a iluminação, exatamente.

Era verdade. Edie tinha chamado um ajudante que ainda não estava de uniforme e disse a Laws que não era seguro ficar no palco enquanto o homem limpava os vidros das lâmpadas.

— Então — continuou Laws —, a senhorita elevou a voz em um tom que achei exageradamente alto quando passamos por um grupo, que presumi serem membros da sua pequena trupe, que estavam extraindo informações daquelas simpáticas senhoras sobre seus maridos mortos há pouco tempo.

Maldição. Então ele *conseguiu* ouvir.

— E como tenho certeza de que posso esperar o mesmo nível de... ajuda nas entrevistas, quero saber se posso conduzi-las *sozinho*.

— Ah, sr. Everett. Por mais que eu fosse adorar ceder a esse pedido, receio que simplesmente não seria apropriado. O senhor vai encontrar essas mulheres nos camarins, sabe, bem...

Edie foi diminuindo a voz e encolheu os ombros de leve, como se dissesse *O que podemos fazer?*

Laws suspirou de uma maneira resignada.

— Muito bem, então. Por favor, continue guiando.

Escondendo um sorriso vitorioso, ela se virou para o corredor dos bastidores, com Laws a seu lado.

— E em que momento — perguntou ele — terei a oportunidade de entrevistá-la, srta. Bond?

Um músculo no queixo de Edie se projetou, mas ela manteve a voz tranquila ao dizer:

— Pensei que estivéssemos fazendo isso agora.

Eles se aproximaram da porta que separava o saguão dos bastidores do corredor dos camarins. Laws se adiantou para agarrar a maçaneta, abrindo a porta para Edie passar esbarrando nele.

— Se for assim, srta. Bond — disse Laws enquanto voltava a acertar o passo ao seu lado —, então quero saber se posso perguntar sobre sua apresentação da outra noite. Um assunto tão singular e oportuno. A desigualdade nos ganhos das mulheres dos agricultores.

Edie o fitou de relance.

— O senhor estava, hum... O senhor estava na plateia na quarta-feira?

— Claro — disse ele, os olhos vivos. — A senhorita não achou que eu fosse aparecer para entrevistar um monte de... médiuns espíritas — ele instilou o máximo de ceticismo possível nas palavras *médiuns* e *espíritas* — sem antes fazer minha pesquisa, não é? Embora — ele diminuiu o tom de voz e inclinou a cabeça para se aproximar de Edie —, eu tenha de admitir, não reconheci a senhorita esta tarde, quando nós...

— Sobre a minha apresentação — disse Edie, interrompendo-o. Quanto menos fosse dito sobre o encontro deles no discurso de Laura de

Force, melhor. — Sinto ter que desapontá-lo. Não sou capaz de comentar sobre o conteúdo depois que saio do transe.

— Ah, é? E por quê?

— Porque não são minhas palavras. São palavras do espírito que eu incorporei, e não me lembro de nada depois que as pronuncio.

— Ah — tornou Laws, examinando o rosto de Edie. — Bem, isso é uma pena. Achei o assunto muito bem argumentado. E é um tópico que tenho certeza de que nossos leitores teriam curiosidade em saber mais.

Edie lhe lançou um olhar avaliativo. Era uma boa tentativa da parte dele. Apelar para a sua vaidade. Seu desejo de ser vista como *inteligente*. De reivindicar as próprias palavras e opiniões. Mas ela não tinha nenhuma intenção de morder a isca. Porque, se *declarasse* uma opinião própria sobre esse assunto, ela sabia que a matéria do jornal no dia seguinte — se é que o *Sting* podia ser chamado de jornal — não seria um tratado profundo sobre a maneira como a sociedade não valorizava as mulheres que davam o sangue trabalhando nas fazendas sem nenhuma participação nos lucros, mas sim uma notícia indecente sobre uma médium admitindo ser uma fraude. Junto com o que provavelmente seria uma caricatura pouco lisonjeira do rosto de Edie.

Por sorte, não houve necessidade de responder à pergunta, porque eles tinham chegado ao seu destino. Uma batidinha de Edie à porta do camarim, e ela se abriu, revelando uma mulher delicada e franzina em seus trinta e tantos anos. Como Edie, ela usava um vestido branco-pérola, embora tivesse acrescentado mais alguns babados e penas ao dela.

— Ah, Edith querida — disse ela, com uma voz aguda, quase infantil —, achei que tinha ouvido a sua voz. — Sem esperar uma apresentação, ela se virou para Laws e agarrou o braço dele. — E *o senhor* deve ser o jovem repórter de quem o sr. Huddle falou. Nossa, o senhor é muito bonito! E ávido para saber todos os detalhes, com certeza.

Laws, que era pelo menos trinta centímetros mais alto do que a mulher, baixou o olhar, fitando-a de uma maneira que só poderia ser descrita como absolutamente perplexa.

— É... sim. Detalhes são sempre... bem-vindos.

Ele lançou um olhar questionador a Edie; e, embora estivesse gostando do estado de confusão dele, ela supôs que precisava mesmo fazer as apresentações adequadas.

— Srta. Cora Bradley, quero lhe apresentar o sr. Lawrence Everett do *Sacramento Sting*. Sr. Everett, a srta. Bradley é uma das nossas médiuns mais famosas. Como tenho certeza de que o senhor já sabe, ela foi notoriamente convocada diversas vezes à Casa Branca e foi fundamental para ajudar o presidente Lincoln a dar um fim à guerra.

As sobrancelhas de Laws se arquearam.

— É mesmo?

O canto da boca de Edie se contraiu, mas ela conseguiu manter a expressão mais séria possível ao dizer:

— Sem dúvida. Nós, enquanto país, temos uma grande dívida de gratidão para com ela.

Cora, aparentemente incapaz de esperar mais um segundo sequer para se pôr sob os holofotes, começou a puxar Laws para dentro de seu camarim, como se fosse uma aranha carregando sua presa.

— Sabe — disse Cora —, foi minha querida Mary Todd que me convocou primeiro. O marido dela, o querido Abe, que os espíritos o tenham, estava bem perturbado, sabe, e Mary achou que eu poderia ajudar. Eu só tinha treze anos na época! Sim, sim. Posso ver sua surpresa. Mas, entenda, os espíritos me chamaram cedo para o serviço.

Edie os seguiu para dentro do camarim, sem se importar em esconder o sorriso de satisfação nos lábios. Em um dia normal, ela teria feito qualquer coisa para escapar de outra ladainha sobre os dias de glória de Cora, mas ela era maldosa o suficiente para apreciar ver Lawrence Everett sofrendo aquele suplício. Ele achava que ela o estava afastando da estrutura real do show? Bem, que ele lide com Cora Bradley então. Veremos se *isso* não vai fazê-lo mudar o tom.

Cora começou contando para Laws a história do seu irmão mais velho, que havia morrido lutando pelo Norte na Guerra de Secessão. Foi o espírito dele que fez o primeiro contato com Cora quando ela era só uma garotinha. E, embora Cora fosse uma fraude total e completa agora, Edie achava que era verdade que a pequena Cora *tinha* falado com o espírito do irmão quando era criança. Era uma história de fundo muito comum entre as mulheres que trabalhavam como médiuns.

A habilidade de abrir e fechar o Véu da morte *por vontade própria* era rara. E quem possuía essa habilidade tinha cautela ao exibi-la. Até mesmo a recente popularidade do espiritismo não conseguia apagar a clandestinidade e o medo criados pela caça e queima às bruxas por centenas de anos.

Porém, enquanto uma capacidade consistente era rara, a interação ocasional com a morte não era. A maioria dos ditos médiuns tinham descoberto seu "dom" depois de perder algum ente querido. Um filho ou um amante eram os mais comuns. Um espírito que permanecia perto deles, tornando-se uma forte presença na vida — até mesmo murmurando no ouvido dos vivos — antes de passar para além do Véu, para a morte definitiva.

Contudo, só porque alguém como Cora um dia havia se comunicado com um ente querido na morte, não significava que ela podia invocar a querida tia Mildred de outra pessoa quando quisesse. E então Cora — como a maioria dos médiuns — fingia seus transes, fossem eles realizados para o presidente Lincoln na Casa Branca ou para uma plateia de duzentas pessoas em um palco.

Edie deixou Cora tagarelar até os olhos de Laws estarem completamente vidrados. E então, só por diversão, ela a deixou continuar por mais alguns minutos. Quando enfim se levantou para anunciar que era hora de irem para a próxima entrevista, o olhar que Laws lhe ofereceu foi quase de agradecimento.

Sua intenção era a de apresentá-lo a Ruby em seguida, mas quando olhou para dentro do camarim da amiga, estava vazio. Sem querer que Laws percebesse nada, fechou depressa a porta. O sr. Huddle ficaria uma fera se Ruby faltasse a *outro* show por causa de um jovem bonito. Mesmo um jovem com uma bicicleta.

Por sorte, Laws não falou nada quando ela deixou o camarim de Ruby para trás e bateu à porta de Ada Loring. Laws passou um quarto de hora imensamente divertido (para Edie, pelo menos), tentando induzir Ada a levar os créditos pelos poemas que ela tinha recitado no palco na noite da abertura. Mas, como Edie, ela insistia que não era *nada além de uma hospedeira para os espíritos.*

— Mas a senhorita deve passar muito tempo viajando — disse Laws, uma nota de desespero na voz. — A senhorita passa o tempo lendo… trabalhos inspiradores?

Um sorriso angelical surgiu no rosto de Ada.

— Bem, para falar a verdade, sim. Existe um livro especial que eu tenho sempre à mão. Gostaria de ver?

Laws aceitou com entusiasmo e se inclinou para a frente em sua cadeira. Ada girou e esticou o braço para a pequena penteadeira, agarrando um livro grosso envolto em couro preto simples. Ela fitou o livro com carinho por um momento antes de passá-lo para o repórter.

Laws abriu na primeira página, e sua expressão mudou.

— Ah. É, hum… Bem, é a Bíblia.

Uma gargalhada irrompeu de Edie. Laws lhe lançou um olhar irritado.

Ada captou o olhar de Edie e deu uma piscadela muito rápida antes de falar:

— Sim, sem dúvida. A palavra de Deus me faz companhia o tempo todo.

Flora McCarthy era a próxima.

Diferente de médiuns como Violet, Cora e Ruby, que alegavam invocar uma variedade de espíritos, Flora — uma moça de vinte e um anos, orgulhosa descendente de irlandeses, com o cabelo ruivo brilhante e sardas para combinar — alegava ter contato com apenas *um*. Um único espírito que era imune ao fogo, já que foi assim que ele supostamente morreu. E quando Flora estava possuída por esse espírito, ela também não se queimava.

Era uma parte impressionante da encenação.

Ela levava um lampião a querosene aceso para o palco e convidava um membro da plateia para testar o vidro do lampião em forma de sino. Depois de a pessoa confirmar que estava extremamente quente, Flora pegava o vidro ardente com as próprias mãos. O público sempre prendia a respiração nessa parte, com suspiros que aumentavam em frequência e volume enquanto ela continuava segurando o vidro quente por vários e longos segundos, o rosto neutro e sereno. Ela então retornava a cobertura de vidro para o lampião e convidava outro membro do público para ir ao palco confirmar de que nem sequer uma queimadura tinha marcado suas mãos delicadas.

Flora conduziu Edie e Laws para dentro do camarim, mas Edie mal tinha feito as apresentações quando Laws foi direto aos cosméticos e cremes de Flora.

— A senhorita se importa se eu der uma olhadinha?

Flora arqueou as sobrancelhas cuidadosamente desenhadas — do mesmo tom de ruivo brilhante que seu cabelo — e deu uma espiadela furtiva em Edie.

Edie ficou igualmente surpresa. Ela não esperava que Laws soubesse do líquido especial que Flora passava nas mãos antes da performance: uma mistura de cânfora, *aqua vita*, mercúrio e estoraque líquido — uma fórmula que, quando seca, protegia a pele do fogo e de queimaduras por um curto período.

— Pode olhar — murmurou Flora, um tom divertido na voz. — Eu não tinha ideia de que esse artigo incluía uma seção sobre nossos produtos de beleza, mas fico feliz em ajudar. Esse aí — acrescentou Flora, quando Laws pegou um pequeno jarro verde e examinou o conteúdo — é particularmente bom para manchas. Eu aconselharia que o senhor experimentasse no nariz, mas sinto que talvez seja tarde demais para isso.

Como Flora fazia a mistura especial no quarto do hotel antes de chegar ao teatro, não havia nada para Laws encontrar, um fato que ele logo percebeu.

Depois de algumas perguntas compulsórias a Flora sobre sua apresentação e suas origens, Edie levou o repórter à sua última vítima da noite.

Lillian tinha voltado para o Salão Verde, suas variadas misturas estavam espalhadas e cuidadosamente rotuladas na mesa à sua frente. Mais cedo, com Ada e Edie, ela estava usando suas roupas do dia a dia, mas já tinha trocado para seu figurino elaborado. Como o restante das médiuns, estava toda vestida de branco. Mas em vez de um vestido esvoaçante, usava uma espécie de túnica com cinto que fazia com que ela parecesse um anjo que havia fugido de um coro do paraíso. Até mesmo o caimento da túnica ao longo das suas costas sugeria asas.

Quando Edie e Laws entraram, Lillian estava ocupada, escrevendo em um caderno que Edie sabia que continha um relato de cada um dos pacientes dela.

— Lillian — começou Edie. — Gostaria de apresentar o senhor...

— Lawrence Everett — disse Laws, interrompendo-a e adentrando a sala a passos largos. — Do *Sacramento Sting*. Vi sua apresentação no palco na quarta à noite.

Lillian tirou os olhos do caderno, seu cabelo preto preso alto na cabeça, um sorriso educado e receptivo no rosto.

— É claro. O sr. Huddle me contou sobre o seu artigo, sr. Everett. É um prazer conhecê-lo.

A única resposta de Laws foi um som gutural que saiu do fundo da sua garganta. Ele então se sentou no pequeno canapé do lado oposto à cadeira de Lillian sem ter sido convidado. Lillian lançou um olhar rápido e questionador a Edie, que observava perto da porta. Edie fez um gesto afirmativo com a cabeça para indicar que ficaria para a entrevista, mas então voltou de novo a atenção para Laws.

Ela agora via uma aspereza nas feições do rapaz que não havia notado antes. Uma ruptura no comportamento cortês que ele manteve durante o péssimo tour de Edie e em todas as outras entrevistas. Até esse momento, Edie sentira quase como se ela e Lawrence Everett estivessem participando de uma espécie de jogo. Ele era um cético, sim. Mas um cético que parecia achar tudo isso muito... divertido.

Mas ele não estava se divertindo agora. Aquele indício de risada tinha sumido de seus olhos, substituído por uma intensidade e uma sagacidade que fizeram arrepiar os pelos de sua nuca. Será que esse era o repórter verdadeiro por baixo da máscara?

Laws se inclinou para a frente no assento, sem desviar os olhos do rosto de Lillian.

— Entendo que a senhorita se considera uma curandeira espiritual, srta. Fiore. Está correto?

Os olhos normalmente gentis de Lillian se estreitaram.

— Eu não me *considero* uma curandeira, sr. Everett. Eu *sou.*

O sorriso que cruzou o rosto de Laws não combinava com seus olhos.

— E como curandeira, srta. Fiore, a senhorita oferece recomendações médicas aos seus... *pacientes.* Alguns muito doentes. Porém, corrija-me se eu estiver errado, acredito que a senhorita não recebeu nenhum treinamento médico autorizado. Isso também é verdade?

Os olhos de Lillian faiscaram.

— Sr. Everett — disse Edie, dando um passo à frente. — Asseguro que a srta. Fiore toma o máximo de cuidado quando...

— Prefiro — interrompeu Laws com uma voz calma, mas fria — ouvir da própria *médica.*

Lillian ficou rígida na cadeira.

— *Médica?*

Edie quase soltou um gemido alto. Laws tinha passado do limite agora.

— Talvez devêssemos continuar esta entrevista em outro momento. O show vai logo...

Mas Lillian a interrompeu com um gesto da mão, os olhos fixos em Laws.

— Eu não sou *médica,* sr. Everett. E agradeceria se não usasse esse termo para me descrever.

Laws segurou sua caneta-tinteiro e começou a escrever.

— Então a senhorita admite? Que não tem treinamento médico? A senhorita fala isso para os seus *pacientes*?

Os olhos de Lillian se estreitaram.

— Não tenho nada a *admitir.* Eu nunca aleguei, nem nunca *irei* alegar, ser parte dessa instituição perigosa e abominável.

Laws parou de escrever e olhou para Lillian. Se Edie não estivesse tão ansiosa com o rumo que a conversa tinha tomado, ela poderia ter se divertido com a frustração confusa no rosto dele.

— Acho que não estou entendendo, srta. Fiore. A senhorita, que admitiu não ter nenhum conhecimento médico efetivo, que abana as mãos por cima de um paciente para curá-lo de suas doenças... *A senhorita* alega que alguém com a profissão de médico seja perigoso?

Lillian não disse nada por um bom tempo. Então cruzou os braços na frente do peito e se recostou na cadeira.

— O senhor sabe onde eu estava hoje de manhã, sr. Everett?

A única resposta dele foi erguer as sobrancelhas.

— Eu estava avaliando um paciente que, antes dos *meus* cuidados, tinha ficado acamado por meses depois de seguir *ordens médicas*. Esse *médico* prescreveu um extrato de ópio e rapé para os males do paciente. A mulher dele veio até mim, bastante perturbada. Não foi fácil, mas finalmente convencemos o homem a tomar um remédio de natureza mais simples. Ele se levantou hoje de manhã pela primeira vez em meses.

Laws deu de ombros.

— Isso foi pura sorte...

— O senhor está familiarizado com calomelano?

Ele franziu a testa.

— Acredito que sim. É um pó, não é?

— Sim — disse Lillian, a voz cheia de desdém. — A *droga milagrosa*. Se acreditar nos médicos, calomelano é a cura para tudo desde sífilis, cólera e gota até tuberculose, influenza e mesmo câncer no sangue.

— Bem — disse Laws, a caneta mexendo meio sem rumo em suas mãos —, acho que um médico sério não iria...

— Ah, mas eles prescrevem. É o remédio mais prescrito no nosso grande país, sr. Everett. Sabe do que consiste o calomelano?

Laws franziu os lábios.

— Receio nunca ter pesquisado.

— Não — retrucou Lillian. — Claro que não. Calomelano é uma fórmula do cloreto de mercúrio. Pode imaginar quais os efeitos em um corpo se essa droga for usada em excesso?

Laws a fitou com ar desafiador, mas não respondeu.

Lillian levantou um dedo.

— Gangrena da pele, para começar. — Ela ergueu outro dedo. — Perda dos dentes, em seguida. — Um terceiro dedo. — Deterioração das gengivas. Eu poderia continuar. — Ela descruzou os braços e se inclinou para a frente na cadeira. — O mercúrio contido naquele pó não é uma cura milagrosa, sr. Everett. É um *veneno*. Pura e simplesmente. Então, como resposta à sua pergunta anterior... Não, eu não sou médica. Não corto as pessoas só para satisfazer minha curiosidade egoísta. Não vejo a vida humana como um experimento. Eu sou uma *curandeira*. Comunico-me com os espíritos para acessar os males do corpo, e então prescrevo remédios simples e naturais para curá-los.

— Apesar de tudo isso ser ótimo em teoria, srta. Fiore, seu desdém pela profissão médica é...

— Justificado.

Edie deu um passo à frente. Essa entrevista já tinha ido longe demais. De alguma maneira, o sr. Lawrence Everett tinha conseguido irritar Lillian, o que *não* era fácil para uma curandeira normalmente inabalável. Edie o havia subestimado.

— Muito obrigada pelo seu tempo, Lillian. Mas tenho certeza de que você precisa se aprontar para...

— Não — disse Lillian, os olhos ainda fixos em Laws. — Esse jovem está curioso sobre o meu *desdém* pela profissão médica, Edie. Acredito que ele tenha o direito de saber a minha história. Por mim, ele pode até publicá-la, mas nós duas sabemos que ele não vai fazer isso.

Ao ouvir isso, Laws arqueou uma sobrancelha.

— Lillian — disse Edie. — Eu não acho...

— Eu me casei aos dezesseis anos — disse Lillian, suas costas agora eretas como uma tábua, os olhos ainda fixos em Laws. — Minha única função nesse casamento era gerar filhos para o meu marido. Uma função na qual não obtive sucesso.

Edie deu um passo para trás. Ela conhecia essa história, mas detestava ouvi-la mesmo assim.

— Sofri três abortos em um ano antes de finalmente dar à luz um bebê natimorto. Foi depois desse parto que os médicos começaram a aparecer. Eu estava afundada demais na minha tristeza para reconhecer na época o que estava acontecendo. Foi só quando me colocaram no banco de trás de uma carruagem que eu entendi. Meu luto era tudo de que meu marido precisava, sabe, para me internar em um sanatório para loucos.

Edie ouviu a intensa inspiração de Laws e viu os seus olhos se arregalarem. Foi a primeira vez que ela viu alguma coisa que não fosse hostilidade no rosto dele desde o início da entrevista com Lillian.

Lillian também percebeu.

— O senhor está familiarizado com as condições desses sanatórios?

Ele visivelmente cerrou o maxilar.

— Sei que podem ser bem... horríveis.

Lillian concordou, distraída.

— Horríveis. Sim. É uma palavra tão boa quanto qualquer outra. — Seus olhos continuaram calmos, mas sua voz pareceu distante quando ela continuou: — O prédio era gelado o tempo inteiro e as roupas que éramos forçadas a usar eram puídas. Não adiantavam nada contra o frio cortante.

A maioria das mulheres ficava azul de frio. Algumas perdiam os dedos das mãos e dos pés.

Um arrepio percorreu a espinha de Edie. Os portões pretos do Sanatório de Sacramento surgiram na sua mente.

— E então havia os banhos de gelo. O tratamento preferido. Nunca vou me esquecer da vez em que duas enfermeiras se aproximaram de mim de surpresa e amarraram minhas mãos e meus pés antes de me jogarem em uma banheira de água suja e gelo. Eu havia tido a audácia de reclamar com um médico, veja bem, sobre a carne rançosa e o gosto de cobre na comida. As mulheres estavam adoecendo. Ele ignorou minhas reclamações, claro. Disse que eram imaginação da minha mente doente.

"As enfermeiras bateram em mim por ter denunciado. Mas parece que isso não tinha sido suficiente. Então elas me jogaram naquela banheira e seguraram minha cabeça debaixo da água gelada até eu quase me afogar. Elas me puxaram para cima para respirar, depois me submergiram de novo, várias vezes até eu desistir de todo sentimento e toda esperança. Até eu implorar a Deus para me deixar morrer."

Edie podia visualizar a imagem na cabeça. Havia visto nos seus sonhos muitas vezes desde a primeira vez que Lillian tinha contado sua provação para ela e Violet. Às vezes, era Lillian na banheira. Às vezes, a pessoa que ela via nos sonhos, a água gelada entupindo suas veias, era Violet.

Lillian continuou descrevendo a morfina e o hidrato de cloral com que as mulheres eram drogadas em quantidades tão grandes que até mesmo as sãs enlouqueciam. Falou da organização de mulheres que havia se empenhado para libertá-la, convencendo os médicos a deixarem Lillian sair e ficar sob seus cuidados. Contou como, quando foi libertada do sanatório, sua luta para se livrar da dependência das drogas tinha sido imensa. E como havia ficado doente por meses. E aquela era só a dor física.

O estômago de Edie revirava, e ela foi forçada a se apoiar na parede do camarim para lutar contra o tremor nas pernas.

O rosto do pai surgiu em sua mente. Distorcido pelo choque e depois pela fúria justificada enquanto ele a arrastava junto de Violet para fora da sala, deixando ali o corpo frio e vazio da mãe.

Vocês vão ser salvas.

Como se estivesse a uma longa distância, Edie ouviu Lillian falar de novo. Ela tentou focar nas palavras da amiga. Tentou deixá-las trazê-la de volta àquele lugar e àquele momento.

— Então o senhor entende, sr. Everett — a voz de Lillian era triste, mas firme —, por que sou incapaz de ter a profissão médica em alta consideração.

Houve um momento de silêncio depois que Lillian falou. Edie afundou um pouco mais contra a parede enquanto focava em controlar a respiração novamente.

Laws se levantou.

— Obrigado, srta. Fiore, por compartilhar sua história comigo. O que a senhorita descreve vai contra todos os princípios de decência humana. Se a senhorita puder fazer a gentileza de escrever os nomes das pessoas e instituições específicas envolvidas, eu gostaria, com a sua permissão, de procurar comprovar os eventos que a senhorita descreveu.

Os olhos de Lillian se arregalaram de surpresa. Edie sabia que ela havia contado a repórteres essa história antes, depois da primeira vez que foi solta. Todos eles consideraram que não valia a pena ir mais fundo.

— O senhor tem a minha permissão, sr. Everett. Vou me encarregar de lhe enviar todas as informações de que o senhor precisa.

Laws concordou. E então se virou de repente para Edie. Mas ela estava tão preocupada em manter as pernas firmes que não conseguiu se recompor a tempo. Ela sentiu, mais do que viu, os olhos dele fazerem uma rápida, mas minuciosa, avaliação da sua figura abatida, o calor do olhar dele fez sua pele queimar em um tipo de formigamento espinhoso, fitando os seus pés e viajando pela extensão do seu corpo, até que os olhos dele se fixaram em seu rosto.

Naquele momento, quando seus olhos verdes encontraram os castanhos de Laws, Edie soube que havia cometido um erro. Que qualquer reação que tivesse demonstrado com a história de Lillian o intrigaria. Porque a maneira como Laws Everett olhava para ela naquele instante, com a testa franzida e a cabeça levemente inclinada para a esquerda, era a maneira como alguém olhava para um quebra-cabeça que queria desesperadamente montar.

Edie se empurrou para longe da parede e — graças a Deus — conseguiu ficar de pé com firmeza.

— Se o senhor fizer a enorme gentileza de me seguir, sr. Everett, vou encontrar um ajudante que possa levá-lo a seu assento.

7

Quando Violet entrou correndo no camarim delas, *depois* de o show já ter começado, Edie ficou surpresa por ainda ter algum fio de cabelo na cabeça, considerando que ela havia passado os últimos vinte minutos os arrancando.

— Violet, onde você...?

— Eu sei, Edie. Eu sei.

— Já se passaram dez minutos!

Violet tirou às pressas o chapéu e começou a desabotoar seu vestido. Era uma roupa nova, que Edie nunca tinha visto. Lilás, com detalhes em roxo escuro.

— Sei muito bem que horas são, obrigada.

— Bem, desculpe-me por achar que você tinha perdido sua habilidade de ver as horas no relógio! Como sou boba. Pensando que, com *Mary Sutton* na plateia esta noite, você iria mesmo querer chegar em uma hora razoável...

— Tenho quarenta minutos até meu momento de entrar em cena — disse Violet, enquanto puxava a roupa lilás suspeita por cima da cabeça. — Não sei por que você está...

— Vinte minutos. Ruby não está aqui, então Flora abriu o show. Lillian está no palco agora, o que significa que você tem *vinte* minutos. Coisa que você saberia, se tivesse chegado junto do restante das...

— O que aconteceu com Ruby?

Edie revirou os olhos.

— O que você *acha*?

Violet balançou a cabeça e riu.

— Ah, Ruby.

— Não sei o que é tão engraçado. O sr. Huddle está furioso. Cora falou demais e contou para ele sobre o cliente com quem Ruby foi andar de bicicleta, e depois do incidente das Cataratas do Niágara, não é preciso ser um gênio para juntar dois e dois. Sinceramente, basta um malandro que não vale nada dar uma *piscada* na direção dela, e Ruby esquece tudo o que importa *de verdade*.

Sem intenção, os olhos de Edie se dirigiram ao vestido lilás agora amontoado aos pés de Violet. Ela apostaria seu último centavo — e isso era algo bem sério, considerando o estado atual das verbas delas — que outro patife inútil tinha dado aquele vestido à sua irmã. Um patife que tinha uma incrível semelhança com uma morsa.

Violet seguiu o olhar da irmã.

— O que exatamente — perguntou ela, fingindo um tom leve — você está querendo insinuar, Edie?

Edie desviou os olhos do vestido lilás.

— A única coisa que estou *insinuando* é que você está atrasada. Para a noite mais importante de nossa vida. Acho que isso é suficiente para você continuar se arrumando, não concorda?

Violet comprimiu os lábios, mas não disse nada. Tirou um vestido de seda branca de um gancho na parede e o enfiou pela cabeça. Depois caminhou até Edie e, sem falar uma palavra, virou-se de costas. Edie parou de andar e fechou os pequenos botões de pérolas. Quando terminou, deu uma batidinha no ombro de Violet.

Violet andou até a penteadeira, desabou em uma cadeira na frente do espelho, pegou um pote de creme facial e começou a aplicar a loção no rosto com batidinhas leves e delicadas.

— Mais uma coisa — disse Edie, observando o reflexo da irmã pelo espelho. — O sr. Huddle arrumou um repórter do *Sacramento Sting* para fazer uma matéria sobre a turnê. Ele já entrevistou algumas das médiuns.

Os olhos de Violet se arregalaram no espelho.

Edie estreitou os olhos para ela.

— Sei o que você está pensando. E a resposta é não.

Violet tampou o creme facial e abriu um pote de pó de arroz.

— A resposta é não para *o quê*, Edie?

Edie cruzou os braços.

— Conheci o repórter, Vi. Ele é observador demais. E, além do mais, o *Sting* só está procurando uma maneira de nos tornar o tema de sua próxima chacota. Essa não é uma oportunidade para cativá-lo para escrever alguma coisa sobre sua futura carreira nos palcos da Broadway.

Violet arrastou o pincel de pé de coelho branco sobre o pó e começou a aplicar uma camada fina no rosto.

— Então está me dizendo que, se o sr. Huddle me pedir para falar com esse repórter, vou precisar... recusar?

Edie mudou de posição, sentindo-se desconfortável.

— Claro que não. Isso iria parecer suspeito.

— Bem, então estou confusa.

— Ah, pare com isso, Vi. Só... Se você *tiver* de falar com ele, tente ser rápida. E mantenha-se firme na história, está bem?

Os olhos de Violet se estreitaram.

— Ah, é *isso* o que eu devo fazer? — Ela deixou o pincel cair na banca-da e fechou o pó de arroz, batendo a tampa com um *clique* alto. — Graças a Deus você me lembrou. Porque eu *iria* contar a ele toda a triste história de duas garotas de dezesseis anos que fugiram da casa do pai usando uma corda de lençóis amarrados, enquanto o corpo da mãe esfriava na sala de estar. Mas agora que me lembrou de *não* contar isso, acho que não vou. O que eu faria sem você para colocar minha cabeça no lugar!

— Vi — sibilou Edie —, você pode, *por favor*, falar mais baixo?

Violet se levantou da cadeira e deu uma volta para encarar a irmã.

— Eu juro, Edie, se você me disser o que fazer mais uma vez...

— Bem, talvez se você agisse como uma pessoa responsável de vez em quando, eu não sentiria necessidade de ter de lembrar a você até a mais básica...

Uma batida à porta interrompeu Edie no meio da frase. Tanto ela quanto Violet estavam respirando com dificuldade, o peito de ambas arfan-do, o rosto, corado. Edie forçou uma respiração profunda, depois encon-trou os olhos da irmã, fazendo uma pergunta silenciosa.

Violet concordou com um gesto breve da cabeça.

Edie se virou em direção à porta.

— Entre!

A porta se abriu, e o rosto em formato de coração de Emma apareceu.

— Ah, olá, Violet. Edie, o sr. Huddle me pediu para avisar que Cora acabou de entrar.

— Obrigada, Emma. Já vou para lá.

Os olhos de Emma moveram-se entre Edie e Violet por um breve se-gundo. Então ela saiu do camarim e fechou a porta.

Depois que Emma saiu, as gêmeas ficaram paradas em um silêncio tenso. Edie sabia que deveria pedir desculpas por ter perdido a cabeça. Ela não estava feliz por Violet estar atrasada, mas isso não era exatamente incomum, e ela ti-nha — afinal de contas — chegado na hora. De alguma forma, Edie sabia que, na verdade, só estava chateada consigo mesma por ter mostrado fragilidade, ainda que por um instante, diante de Lawrence Everett. E ela ainda estava nervosa com o que havia acontecido no discurso de Laura de Force. Ver-se diante do Sanatório de Sacramento. Confundir o pastor na multidão com seu pai. Tudo aquilo a deixou à flor da pele. E ela acabou descontando na irmã.

Ela queria contar tudo isso para Violet. Desabafar como costumavam fazer antes. Ser perdoada e abraçada por Violet, e as duas prometendo uma à outra que tudo ficaria bem.

Mas em vez disso, ela apenas disse:

— Preciso ir aos bastidores.

Depois de um instante, Violet concordou com a cabeça.

Edie deu meia-volta para sair. Porém, quando sua mão alcançou a maçaneta, ela hesitou. Sem se virar, disse:

— Cuidado hoje à noite, Vi.

Como Violet não falou nada em resposta, Edie abriu a porta do camarim e saiu pelo corredor.

Edie esperou nas coxias que os aplausos para Cora cessassem. Assim como as de Ruby, as sessões espíritas de Cora se baseavam unicamente em qualquer informação sobre a plateia que o sr. Huddle fosse capaz de coletar, mas ela sempre conseguia tirar algo de bom. Não era incomum que ela fosse a mais aplaudida da noite. Isto é, até Violet entrar.

Cora deslizou para fora do palco, o rosto brilhando. O sr. Huddle apresentou Edie e fez um aceno significativo para ela quando eles se entrecruzaram nas coxias. Um lembrete da conversa mais cedo, sobre o conteúdo do seu número. Mas ele não tinha nada com o que se preocupar. Ela já havia se resignado a *incorporar* Joana d'Arc.

Alguns aplausos mornos receberam Edie quando ela se pôs sob o brilho suave dos lampiões a gás, o aroma familiar de fumaça de cigarro misturado ao calor de duzentos corpos e uma dúzia de perfumes conflitantes emanavam para recebê-la.

Quando tomou seu lugar no centro do palco, permitiu que seus olhos passeassem pela multidão, muito embora ela só conseguisse distinguir as primeiras fileiras das cadeiras de veludo vermelho. Seu olhar varreu de novo o público e então, no momento em que estava se preparando para jogar a cabeça para trás para *permitir* que o espírito de Joana d'Arc se apossasse do seu corpo, da sua voz e da sua mente, ela captou um movimento na fila da frente.

Era Laws Everett. Virando uma página do seu caderno.

Laws deve ter percebido os olhos de Edie nele, porque, nesse momento, ele levantou as sobrancelhas com uma expressão de expectativa, achando graça, quase como se dissesse: *Estou aqui, pronto para ser impressionado.*

Era um desafio que ela definitivamente deveria ignorar. Essa não era uma multidão ansiosa por uma discussão política. Era um público que queria ser entretido.

Edie inclinou mais a cabeça para trás e tornou a se preparar para assumir a personalidade de Joana d'Arc. E então o rosto de Laura de Force surgiu de repente em sua mente, da mesma forma que tinha acontecido mais cedo naquela tarde, quando suas palavras ressoaram pela multidão reunida. Palavras que não pediam, mas *exigiam* uma mudança.

Alguém pigarreou na multidão. Saias roçaram nas poltronas. Edie estava no palco havia quase um minuto agora. Já estava mais do que na hora de iniciar o seu número.

Então por que seus lábios se recusavam a se mover?

Ela fez outra inspiração profunda, e dessa vez, fechou os olhos.

Depois tornou a abri-los.

Ela não conseguia. Era simples assim. Não podia ficar de pé naquele palco — principalmente naquele dia — e pregar para a multidão sobre a beleza do martírio. Como se uma mulher só fosse boa para isso.

Seus olhos se voltaram para Laws na plateia novamente. O rosto dele era o único da fila da frente que não parecia estar entediado. Pelo contrário, ele parecia fascinado de verdade. Seus olhos estavam fixos nela com uma intensidade que a fez estremecer.

Mais cedo, ele havia tentado incitá-la a admitir que o que ela havia falado sobre as esposas dos agricultores era inspirado nas suas próprias ideias. Isso era uma coisa que ela não podia admitir sem perder seu lugar na turnê. Mas *havia* outra coisa que ela podia fazer.

Dessa vez, quando Edie jogou a cabeça para trás, ela tomou o ar de uma maneira ruidosa e exagerada. Sacudiu o corpo e endireitou as costas. Depois, abaixou a cabeça e olhou para a multidão. Quando falou, era com a autoridade calma, serena, que só lhe era permitido usar quando assumia a personalidade de um homem.

— Meu nome é Benjamin Franklin.

O burburinho na multidão cessou, e Edie sentiu um choque de energia enquanto duzentos pares de olhos focavam sua atenção nela.

— Eu estive do outro lado, e voltei esta noite para falar com vocês de uma grave injustiça nesta terra. Fiz a viagem de volta da terra dos espíritos esta noite com o único objetivo de abrir seus olhos para a desigualdade sofrida pelas mulheres nas leis do casamento deste nosso grande país.

Um tipo diferente de burburinho se propagou pela multidão: centenas de homens se remexeram, desconfortáveis, nas poltronas.

Mas Edie só olhou para um deles. Um espectador de cabelos cacheados sentado na primeira fila. Um jovem que se inclinou para a frente, pousou a caneta sobre um caderno e colocou nos lábios um sorriso.

— Eu vou falar — continuou Edie com plena convicção — sobre os horrores sofridos por mulheres boas e tementes a Deus, cujos bebês são arrancados injustamente de seus braços, cujos ganhos conseguidos com muito trabalho são tirados pelos maridos apenas para serem perdidos em casas de apostas. Vou falar como, por todo este país, a justiça comum não só permite, mas *proporciona* tal situação.

"Hoje, vou falar a verdade. Como apenas um espírito pode falar."

Violet era uma visão no palco.

Edie, que havia passado o restante do show se escondendo do sr. Huddle no camarim de Lillian, assistiu das coxias, um olho na irmã e o outro à procura do grisalho gerente da turnê, que certamente lhe diria poucas e boas em relação ao tópico de sua apresentação, quando enfim estivessem cara a cara.

Edie ainda não tinha certeza do que havia acontecido com ela durante seu número. Deixar Laws Everett provocá-la com nada mais do que um olhar? Desafiar o sr. Huddle descaradamente? Colocar tudo o que as irmãs tinham conseguido em risco por causa de um capricho arrogante? Esse era o tipo de atitude de Violet, não dela. E, embora Edie não *achasse* que o sr.

Huddle iria expulsá-las da turnê por isso, ela precisaria bajulá-lo bastante para consertar as coisas. Sendo ele o canal para Mary Sutton — ou, para ser mais exato, para o dinheiro da recompensa de Mary Sutton, caso elas conseguissem uma sessão particular depois daquela noite —, não havia hora pior para cair no desagrado dele.

Violet nunca a deixaria esquecer isso.

Pelo menos sua irmã estava indo bem naquela noite. *Melhor* do que bem. Violet estava na sua segunda sessão falsa da noite, e o público já estava comendo na sua mão. Quando chegasse à terceira sessão — na qual ela abriria de verdade o Véu da morte —, não restaria um cético na casa, inclusive a rica Mary Sutton (era o que esperavam).

Naquele momento, Violet estava atuando em seu papel preferido entre todos, de uma amante perdida havia muito tempo. Nesse caso, a amante em questão tinha morrido jovem, antes que pudesse se casar com o cavalheiro idoso que estava no palco. Ele havia ficado arrasado e continuou solteiro durante a vida inteira. Mas agora, em seus últimos anos, ele finalmente desejava se casar.

Essa informação, segundo Edie soube pela fofoca dos bastidores, tinha sido relativamente fácil para os informantes da plateia descobrirem, porque o cavalheiro no palco havia levado sua futura noiva com ele para o teatro naquela noite. Os boatos da cidade só falavam disso.

— *Meu querido* — disse Violet, a voz trêmula e suave. Os olhos fechados, o queixo inclinado para cima. — *Você acha que eu não queria isso? Que eu não observei do além, esperando que você pudesse finalmente encontrar o amor no plano terreno?*

O velho cavalheiro balançou a cabeça e levou um lenço aos olhos. Seus ombros balançaram quando soluços silenciosos tomaram conta de sua figura franzina.

— *Vá* — disse Violet com tanta força que a espiral de fumaça branca de lavanda girou com o ar que saiu da sua respiração. — *Encontre todo o amor que puder nesta vida.*

O velho estava chorando abertamente agora, todo o cuidado com o decoro evaporou-se junto das pequenas nuvens de fumaça.

— *Saiba que há um lugar em meu coração para vocês dois.*

Violet deixou suas últimas palavras pairarem no ar por um tempo. Depois ela inspirou com força e intensidade, abriu os olhos de repente e disse, com sua voz melódica normal:

— O espírito se foi!

O público soltou um suspiro coletivo satisfeito, e o velho estendeu os braços por cima da mesa redonda, pegou as duas mãos de Violet e as balançou com toda a sinceridade, sua gratidão evidente nos olhos lacrimejantes e no rosto radiante.

Depois disso, houve a confusão e o burburinho de sempre, enquanto o ajudante de uniforme vermelho levava o homem de volta ao seu assento. A plateia fervilhava de animação, sussurrando e imaginando quem seria a próxima pessoa a ser chamada. Edie aproveitou esse momento de transição para espreitar por trás da cortina, esperando ver Mary Sutton de relance na multidão.

Os lampiões a gás que iluminavam o palco dificultavam a visão da maior parte da plateia, mas lá, no meio da terceira fila, Edie achou a figura distinta da velha srta. Crocker. Fazer a sessão para o gato da gentil senhora podia ter sido um pouco ridículo, mas quando Edie viu no ouvido de quem a srta. Crocker estava cochichando toda animada, ela decidiu que definitivamente tinha valido a pena.

Sentada ao lado da srta. Crocker estava ninguém menos que Mary Sutton. Edie a reconheceu imediatamente pela descrição do sr. Huddle. Ela tinha quarenta e tantos anos. Sua roupa era luxuosa e da última moda. Sua pele clara estava um pouco empoada, e seu cabelo castanho-claro, arrumado com cachos elegantes presos no topo da cabeça.

Ela parecia a típica dama da sociedade em todos os detalhes, e ainda assim Edie sabia que não havia nada típico em relação a Mary Sutton. Ou melhor, *doutora* Mary Sutton. A primeira médica a ser contratada como funcionária do Hospital do Condado de Sacramento, uma nomeação que havia resultado no pedido de demissão de um quarto dos médicos, no primeiro dia de trabalho da dra. Sutton, se a detalhada pesquisa de clientes do sr. Huddle for confiável. E normalmente era.

Não era a primeira vez que Edie se perguntava com *quem* uma mulher como aquela estava tão desesperada para entrar em contato. Porque, embora os informantes do sr. Huddle tivessem fornecido um relatório detalhado sobre os avanços impressionantes da mulher na profissão médica, eles não haviam descoberto nada a respeito de maridos, amantes ou parceiros. Seus pais idosos ainda estavam vivos e bem. E ela não tinha irmãos, falecidos ou não.

Edie tornou a espiar Violet no palco, que estava ocupada, preparando um novo prato de lavanda para atear fogo, e depois olhou de volta para a mulher na plateia. Ao contrário do que acontecia com a velhinha srta.

Crocker a seu lado, os olhos de Mary Sutton não estavam brilhando de ansiedade e admiração. Na verdade, ela não parecia... nada impressionada.

Mas Edie não estava preocupada. Elas podiam não ter conquistado a médica ainda, mas a parte seguinte da apresentação certamente faria o serviço.

No palco, Violet colocou fogo nas ervas e fechou os olhos. A multidão caiu em silêncio.

Olhando de fora, não havia nada na invocação de Violet agora que parecesse diferente das suas tentativas anteriores, simuladas. Só Edie sabia que, dessa vez, Violet estava examinando os espíritos por perto que vagavam no Véu, escolhendo o que ela convidaria a atravessar.

Depois de alguns segundos em silêncio, Violet abriu os olhos e falou.

— Margaret? Há uma Margaret Brown aqui hoje?

A multidão soltou um burburinho ao mesmo tempo em que os espectadores torciam os pescoços, tentando localizar a mulher sortuda, enquanto ela ainda demonstrava surpresa. E, como era a última visita da noite, vários espectadores — aqueles que não eram abençoados pelo nome de Margaret Brown — permitiram que sua decepção se mostrasse.

Meros segundos depois, uma figura se levantou no meio do público e logo desceu pelo corredor. Um assistente de uniforme vermelho esperava na base da escada e a ajudou a subir ao palco.

A mulher estava toda vestida de preto. Um véu de renda escura caía sobre seus olhos, preso em um chapéu bastante fora de moda. Até mesmo de onde estava nas coxias, Edie podia ver a pele amarelada que não estava coberta pelo véu. Pálida e parecendo doente, como se não visse o sol fazia muito tempo.

O assistente a colocou com segurança em uma cadeira do lado oposto a Violet na mesa e depois desapareceu atrás das coxias.

Violet tornou a falar:

— Margaret Brown. Alguém aqui hoje quer falar com a senhora.

A mulher não respondeu. Apenas tirou o véu do rosto e fitou Violet com uma esperança frágil e desesperada. Era uma expressão que as gêmeas já tinham visto muitas vezes antes.

Violet compreendeu o apelo silencioso da mulher. Depois fechou os olhos mais uma vez e inclinou a cabeça para trás.

Edie sentiu o momento em que o Véu se abriu. Uma fenda pequena, delicada, com a largura suficiente apenas para um único espírito deslizar por ela.

— *Mamãe.*

Era a boca de Violet se movendo, mas as palavras não eram suas.

Um tipo específico de silêncio caiu sobre a multidão. O tipo de silêncio que explicava por que Violet deixava a visita do espírito de verdade para o fim. Porque havia algo diferente na maneira como ela falava agora. Algo sobrenatural e estranho brilhava em torno dela, um formigamento no ar impossível de forjar.

Como nas suas duas sessões anteriores, Violet mantinha os olhos fechados com firmeza. A diferença era que, enquanto mais cedo o motivo era pelo show, dessa vez os olhos verdes normalmente penetrantes de Violet tinham sido substituídos pelos do espírito. Se ela os abrisse agora, Margaret Brown veria o próprio filho a encarando.

O silêncio no teatro se intensificou. Qualquer pessoa com a menor sensibilidade à morte estaria sentindo. Um puxão sombrio nas profundezas da mente. Um instinto animal reprimido por muito tempo reconhecendo o que a mente consciente se recusava a ver. Era uma coisa perigosa para fazer na frente de uma multidão, revelar tão claramente um dos grandes mistérios da vida. As pessoas afirmavam desejar respostas, mas, bem no fundo, elas não queriam saber de verdade. Bem no fundo, elas preferiam o conto de fadas de um Deus no paraíso e uma vida eterna.

Edie mesmo já havia preferido, quando criança. Ela adorava sobretudo se sentar nos joelhos do pai, escutar com uma atenção extasiada às histórias que ele lhe contava sobre um Deus que amava a todos. Sobre um lugar no céu que Ele guardava para ela.

— Minha Edith — ele dizia quando estavam só os dois, como acontecia com frequência no passado. Antes de tudo mudar. — Deus ama você e sempre vai mantê-la segura.

Edie costumava repetir essas palavras para si mesma à noite antes de dormir. Isto é, até a noite do aniversário de treze anos das gêmeas. Até sua mãe mostrar a verdade sobre a morte. Depois, ela ficou com raiva por um dia ter acreditado no pai. Furiosa por ter sido ingênua o suficiente para escutar um homem que escolheu um livro antiquado em vez de suas próprias filhas. Mas, naquela noite, quatro anos antes, ela só havia sentido a perda.

Era por isso que as gêmeas sempre se certificavam de deixar uma trilha de migalhas para trás. Uma trilha que pudesse levar a pessoa de volta à segurança daquela história, se era isso que ela desejasse. *Aquele* momento podia parecer real para a pessoa, mas depois ela poderia dizer: *Eu soube que o sr. R vazou todos os detalhes do seu noivado para um tagarela sondando a plateia. Claro que aquela garota é uma farsa, e é tudo armação.*

O segredo era deixar dúvidas suficientes na mente das pessoas para que depois possam se perguntar se alguma dessas coisas foi real, enquanto também lhes permitia um vislumbre — mesmo que só por um breve instante — de uma parte da verdade.

— *Mamãe, é o William. Você está aí?*

— Sim — arfou Margaret Brown, seu corpo dando uma guinada em direção a Violet, como se ela quisesse segurar a jovem nos braços e puxá-la para perto. — Estou aqui, meu menino. — Um soluço escapou da garganta da mulher. — Estou aqui, meu querido.

Mais lágrimas emergiram enquanto a conversa continuava. Detalhes pessoais foram transmitidos para convencer Margaret Brown — que não precisava de muito convencimento — de que seu filho estava ali naquela noite. Ela até mesmo concordou de bom grado com a sugestão de Violet, ainda na voz do espírito, mas bem claramente (pelo menos para Edie) vinda da mente de Violet, de que Margaret Brown deixasse de lado as roupas de luto, insistindo que um ano era tempo suficiente para permanecer enlutada.

Edie deu uma olhadela rápida para Mary Sutton na multidão, quando um grito sufocado levou sua atenção de volta ao palco.

Tinha vindo de Violet, que agora estava dobrada na cadeira, seu corpo tremendo em uma série de espasmos. Do outro lado da mesa, Margaret Brown a encarava, em um silêncio apavorado, e cada pessoa da plateia ficou assustadoramente imóvel.

Edie deu um passo na direção do palco — o público que se lixasse —, mas parou quando Violet levantou o braço no alto.

— O espírito — disse ela, a voz tensa e rouca — está inquieto.

O silêncio foi substituído por ansiedade enquanto um murmúrio empolgado tomava conta do público. Edie assistiu quando Violet foi aos poucos se endireitando na cadeira, os músculos do pescoço rígidos com o esforço para manter os espasmos sob controle.

Edie logo fechou os olhos e fez contato para tentar sentir o espírito do garotinho atualmente instalado dentro da mente da sua irmã.

Mas ele não estava lá.

Um espírito diferente tinha tomado seu lugar.

Edie arregalou os olhos de repente. Nesse exato momento, Violet se virou na cadeira. Apontou o rosto diretamente para Edie e abriu os olhos. Apenas por um segundo. Apenas o tempo o suficiente para Edie ver que o contorno deles estava inundado de preto.

Antes que pudesse reagir, Violet fechou os olhos de novo e se virou de volta para Margaret Brown.

— Ele quer ouvir a canção de ninar — ela falou com uma voz áspera. — A que a senhora costumava cantar.

Levou menos de um segundo para Edie entender a mensagem que sua gêmea queria transmitir. Violet estava ganhando tempo. Tempo para entrar no Véu, descobrir o que estava acontecendo e dar um jeito naquilo antes que a plateia percebesse.

Edie não se permitiu parar e pensar no que estava fazendo. Não parou para se lembrar da última vez que havia entrado na morte. Pelo contrário, virou-se e se jogou em um canto deserto dos bastidores, onde o brilho da iluminação a gás não alcançava.

No palco, Margaret Brown estava murmurando uma canção de ninar doce, melódica, lágrimas entrecortando sua voz trêmula.

Edie se sentou de pernas cruzadas no chão empoeirado dos bastidores e tirou sua bolsinha de ervas de dentro da saia. Pegou um dos maços de lavanda que havia feito de manhã e um fósforo, preparando-se para queimar as ervas. Assim que o fizesse, a fumaça da lavanda a ajudaria a abrir o Véu apenas o suficiente para permitir que seu espírito atravessasse da vida para a morte.

Seu coração martelava no peito. O suor escorria pela nuca. Ela checou o entorno uma última vez, garantindo que seu corpo estivesse o mais escondido possível enquanto seu espírito entrava no Véu. Para qualquer passante, pareceria que Edie estava apenas sentada ereta e imóvel de olhos fechados. Mas, se alguém chegasse bem perto, encontraria o seu corpo frio e aparentemente sem respirar. *Isso* seria mais difícil de explicar.

Uma tosse cortante veio do palco. Violet interrompeu a música de Margaret Brown.

Não havia tempo a perder. Edie acendeu o fósforo e queimou a ponta da lavanda. O cheiro penetrante e sulfúrico do fogo encheu seu nariz, e uma nuvem opaca de fumaça subiu pelo ar. Então ela respirou fundo, fechou os olhos e atravessou para a morte.

9

A PRIMEIRA COISA QUE EDIE VIU QUANDO ABRIU OS OLHOS NA MORTE FOI uma fina parede de neblina. Nuvens brancas e delicadas que dançavam e brilhavam no ar à frente dela.

Dois segundos depois, ela também viu um lindo nascer do sol. Listras de rosa, e laranja, e amarelo preenchiam o céu, lançando um brilho suave e nebuloso em um longo trecho de areia que descia até um mar azul brilhante.

Edie ficara surpresa, na primeira vez em que atravessou o Véu aos treze anos — a mão da mãe segurando a sua com firmeza — em como a morte parecia a vida. Mas sua mãe havia apertado sua mão e dito: "Ah, querida. A morte *é* a vida".

Nessa noite, o Véu surgiu como uma praia pitoresca. Areia nos seus pés. O som contínuo da maré. Porém, naquela primeira vez com sua mãe, a morte havia tomado a forma de uma campina com morros ondulantes. Edie ficara fascinada pela grama verde sob seus pés. As encostas das colinas contra um céu sem nuvens. Nem mesmo o toque frio da névoa roçando seu espírito havia diminuído sua admiração.

Ela não sentia nenhuma admiração agora.

Qualquer conforto que esse lugar lhe trouxera antes — qualquer ligação que havia estabelecido entre ela e sua mãe — não existia mais.

Depois de fechar o Véu, Edie se pôs de pé na areia, deslizou o maço de lavanda de volta para dentro da bolsinha e cheirou o ar enevoado.

Sentiu o perfume de uma vez. O aroma prolongado da lavanda que Violet tinha queimado no palco; mais forte na morte do que na vida. Ela seguiu o cheiro às pressas, e foi só instantes depois que ficou de frente com o espírito de um garotinho. Edie o reconheceu na mesma hora. Era o garoto que Violet havia invocado para falar com Margaret Brown.

Uma avaliação rápida, e Edie percebeu que esse espírito estava brilhando com uma luz clara e constante. Não tão brilhante quanto seria se ele tivesse acabado de morrer, mas brilhante o suficiente para indicar que ele tinha bastante tempo ainda antes de sentir o puxão da morte final.

Como Edie, ele estava com as roupas que vestia por último em vida. No caso de Edie, era a saia azul-clara e a blusa ajustada na cintura para as quais ela havia se trocado depois da apresentação sob transe no palco. No caso do garotinho, era uma camisola que ia até um pouco abaixo dos joelhos.

O garoto olhou para cima quando Edie se aproximou, seus olhos arregalados de choque. Sem dúvida ele estava confuso, sem entender por que seu tempo com a mãe tinha sido interrompido tão precoce e bruscamente. Edie se aproximou do garoto com a intenção de falar alguma coisa para confortá-lo, mas ele chegou para a direita, revelando a abertura que Violet tinha feito no Véu.

Edie ficou paralisada com aquela imagem.

Sua irmã sabia como perfurar o Véu. Como fazer um corte bem pequeno, como o furo preciso de uma agulha no tecido. Mas o rasgo que ela estava vendo agora era o oposto de preciso. Era irregular, assimétrico, e grande demais, dando evidências de que qualquer espírito que tivesse forçado sua passagem para dentro da mente de Violet era forte.

Forte e ousado.

Os dedos de Edie se moveram depressa para a bolsinha de seda com as ervas, no bolso da saia. Ela precisava de agir rápido. Tirar esse espírito da vida — e da mente da irmã — antes que Violet perdesse a força para resistir. Da bolsinha, puxou um maço seco de artemísia e uma pequena caixa de fósforos. Parando apenas tempo suficiente para focar sua mente, Edie acendeu o fósforo e colocou fogo na erva.

Diferente de como era na vida, a fumaça das ervas tinha cor na morte. A cor da artemísia era um delicado verde-claro, a fumaça subia em espirais, atravessando a névoa flutuante. Um aroma forte e intenso acompanhava a fumaça, fazendo Edie se lembrar de peru assado com um raminho de hortelã, embora sua mãe sempre dissesse que fazia com que se lembrasse de ensopado. Quaisquer que fossem as impressões, era um aroma salgado que tinha um cheiro indescritível de casa, realista demais para os espíritos resistirem.

Edie esperou até que tivesse saído fumaça suficiente do maço de ervas em sua mão. Depois se esticou, levantou os braços e dirigiu o fio de fumaça que subia da artemísia em direção ao rasgo aberto no Véu.

Sentiu uma pequena onda de vitória quando a fumaça seguiu seus comandos, passando pela abertura para a vida. Ela só havia praticado essa manobra em particular algumas vezes, e mesmo assim, apenas com a mãe ao lado.

Sentiu o momento em que o espírito reagiu à fumaça. Foi rápido. O que significava que Violet devia estar se aguentando em uma luta respeitável pelo controle da própria mente. Quando teve certeza de que estava dominando a fumaça com firmeza, Edie levantou os braços de novo e puxou tanto a fumaça quanto o espírito de volta para o Véu.

Seus olhos examinaram o espiralado fio de fumaça da artemísia na hora em que ele voltava para a morte. Ela procurou o espírito que devia estar preso lá dentro, mas não conseguiu encontrar nem um sinal de luminosidade. Nem mesmo um único ponto de luz.

Será que a artemísia tinha falhado? Será que *ela* tinha falhado?

Mas não. Havia *algo* lá. Algo girando na fumaça. Algo escuro, pulsando com um ritmo irregular que...

Edie cambaleou para trás.

Aquilo não era um espírito.

Ela assistiu, apavorada, quando uma massa preta e pulsante aumentou, até ficar com o máximo do tamanho junto da fumaça de artemísia.

Então ela se virou e correu.

Não foi um espírito que tentou forçar a entrada na mente de Violet.

Foi uma sombra.

Uma sombra deixada para trás na morte é algo perigoso.

As palavras de uma história de dormir que sua mãe havia contado quando elas eram crianças. Uma história com o objetivo de assustá-las e mantê-las alertas. Nada que elas devessem ver de fato com os próprios olhos.

A areia afundava em volta dos seus pés enquanto ela corria, reduzindo sua velocidade. Edie amaldiçoava em voz alta. Ela precisava atravessar de volta para a vida antes que a sombra a alcançasse. Mas precisava se distanciar o suficiente primeiro. Não podia arriscar que a sombra a seguisse.

Olhando para trás, viu uma forma de aparência meio humana e embaçada se soltar do domínio da artemísia, a fumaça verde-clara da erva diminuía na névoa, tornando-se inofensiva. A criatura se jogou em sua direção, um movimento brusco sem nenhuma graça, mas cheio de velocidade.

Edie apertou o passo; mas mesmo assim, pôde sentir a sombra se aproximando atrás dela.

Outra olhada por cima do ombro revelou que um tentáculo parecendo uma corda estava saindo da figura nebulosa da sombra. E o tentáculo se arrastava na direção de Edie com uma velocidade ainda maior.

Alguma parte surpreendentemente calma do cérebro de Edie avisou que era impossível que ela conseguisse se distanciar o necessário. Que sua única chance de retornar à vida seria colocar fogo na sua última lavanda e atravessar.

Mas isso traria em si um risco terrível. Essa sombra tinha chegado muito perto de possuir a mente da sua irmã. Apenas a força da resistência de Violet — graças aos anos de treinamento com a mãe — e a interferência de Edie na morte haviam impedido. Se ela abrisse o Véu agora, se a sombra a seguisse para o Teatro Metropolitan lotado, teria uma vasta escolha de corpos para possuir, corpos que não teriam ideia de como resistir.

O rosto da mãe piscou em sua mente. Da mesma maneira como tinha acontecido naquele dia no Véu um ano antes. Seus olhos normalmente suaves e encantadores estavam enormes de medo, mas sua boca estava apertada em uma linha severa e determinada, sua mão segurava firme uma raiz de beladona que queimava.

Edie parou de correr e virou o rosto para a sombra. Ela não conseguiria despistá-la. Mas talvez houvesse outro jeito.

E então, houve um brilho de luz no canto do seu olho.

Um segundo espírito havia se aproximado, esse todo iluminado. Um garotinho de camisola um pouco abaixo dos joelhos.

Edie piscou em choque. Ela havia se esquecido da criança.

Mas antes que pudesse dar um grito de aviso e mandá-lo correr, o espírito do garoto saiu em disparada para a frente com uma velocidade surpreendente. Ele se colocou entre Edie e a sombra que se aproximava, um pequeno ponto de luz enfrentando uma muralha de escuridão.

O berro que explodiu dos lábios de Edie podia ser tanto um aviso quanto um soluço. Porque ela soube — ao mesmo tempo em que formava as palavras — que já era tarde demais.

Os cordões que pareciam tentáculos lançados pela sombra envolveram o pescoço do menino apenas uma fração de segundo depois que ele apareceu. Um grito semelhante a um gorgolejo saiu da boca do menino quando a sombra o levantou no ar enevoado. Edie deu uma última olhada em seu rosto apavorado, os olhos arregalados de surpresa e medo, antes de a sombra partir o espírito do pobre menino em dois.

O resto aconteceu rápido, mas a velocidade não fez com que fosse menos horrível de se assistir. Dobrando-se sobre o espírito quebrado do garoto, a sombra abaixou a massa borrada que servia de cabeça e começou a absorver a luz ainda brilhante do garoto.

Em menos de um segundo, ele estava completamente drenado. O pouco que restou de seu espírito se desfez em pó, flutuando até se juntar à névoa sempre presente do Véu.

Com atraso, Edie se lembrou do nome dele. Recordou-se de como sua mãe o havia chamado no palco.

William.

William Brown.

Logo, aquele nome seria tudo o que sua mãe lembraria do amado garoto que ela perdera. Nesse mesmo instante, a luz de sua memória estaria se apagando na mente dela. Memórias de um menino que morreu novo demais. Que tinha sido corajoso mesmo na morte. Cuja alma, após o ocorrido, nunca encontraria uma paz definitiva no além.

Uma tristeza tomou conta dela na hora em que a sombra, que tinha terminado de se alimentar, deslocou-se e se virou para encará-la.

A névoa ondulou por causa do movimento, trazendo junto um aroma que provocou cócegas no nariz de Edie. Um aroma intenso, saindo da sombra em ondas pulsantes.

Fresco e verdejante. Como tomates na trepadeira.

O aroma da beladona.

Edie!

A voz de sua mãe. Agitada e preocupada. Da mesma maneira como havia estado naquele dia no Véu.

Edie!

Ela havia mandado a filha parar. Parar e se virar. Mas Edie não escutou. Ela queria ajudar.

Edie!

Outro aroma encheu o ar à sua volta. Misturando-se com a névoa. Cortando a beladona verde-amarga. Lavanda... e alguma outra coisa. Alguma coisa que a fazia se lembrar da vida.

Edie olhou para cima quando a sombra fez a investida final em sua direção. Um dos tentáculos a centímetros do seu rosto.

Quanto tempo Violet se lembraria dela? Seriam dias ou apenas horas até que ela se tornasse um fantasma inacessível na mente da irmã?

Edie fechou os olhos. Ouviu a voz da mãe chamando uma última vez.

Então caiu na escuridão.

10

A GARGALHADA DE VIOLET RASGOU O AR. INTENSA E CLARA COMO UM SINO.

— Uma assustadora. Conte uma história assustadora, *por favor*!

Edie se sentou na cama para protestar. Histórias assustadoras antes de dormir lhe davam pesadelos. Mas antes que pudesse falar, Violet enfiou um travesseiro em seu rosto e a empurrou de volta contra os lençóis.

— Violet, por favor, não sufoque sua irmã.

Sua mãe estava usando a voz *séria*, mas não conseguia esconder muito bem que achava graça.

Violet bufou, mas levantou o travesseiro. Edie piscou para o rosto corado da irmã, os olhos verdes grandes e suplicantes quando ela se inclinou e sussurrou:

— Por favor, Edie. As assustadoras são tão mais *divertidas*.

O outro lado da cama afundou um pouco quando a mãe se debruçou perto de Edie. Ela estava vestida com seu habitual robe creme, seu cabelo louro-branco caía em uma trança ao lado do pescoço.

— Edie, querida. Não há problema nenhum se você prefere…

— Não — disse Edie, virando-se para a mãe, firme e determinada. — Quero uma história assustadora também, por favor.

Atrás dela, Violet gritou de satisfação e colocou os braços em volta de Edie, dando um aperto agradecido na sua cintura. Edie sorriu e se aconchegou mais nos braços da irmã. Se tivesse sonhos ruins, Violet a abraçaria.

Estreitando os olhos, sua mãe estendeu o braço e colocou uma mecha de cabelo atrás da orelha de Edie. Desde que Edie havia começado a atravessar o Véu um ano antes, a cor de seu cabelo tinha começado a desbotar. E mesmo nunca tendo dito em voz alta, Edie suspeitava que sua mãe soubesse que uma pequena parte dela lamentava a perda na sua cabeleira que antes tinha um tom escuro de castanho-avermelhado.

Após se levantar para apagar todos os lampiões, deixando apenas um aceso, sua mãe voltou para a cama, aconchegou-as mais embaixo das cobertas e começou a falar com a voz suave e cadenciada com a qual contava histórias.

— Na vida, há muitas coisas que garotinhas deveriam temer. Mas na morte só existe uma.

Edie estremeceu com a mudança sinistra na voz da mãe, e Violet a envolveu nos braços com mais força.

— Uma sombra — a mãe murmurou — é o lado obscuro de nossa alma. A nossa parte assustada, cruel, algumas vezes malvada. Quando nossa sombra está inteira dentro de nós, quando está equilibrada pela nossa luz, não há nada a temer. Mas uma sombra deixada para trás na morte é algo perigoso.

Violet prendeu a respiração, e foi a vez de Edie lhe dar um abraço tranquilizador.

— Nenhum espírito que saiu da vida pode deixar sua sombra para trás — continuou a mãe, seus olhos, normalmente verdes, naquele momento escuros devido à pouca iluminação. — Eles estão atrelados, agora e sempre.

"Mas se um espírito resiste à atração de sua sombra, recusa-se a voltar para a morte, ele condena sua sombra a um desejo eterno e irracional. Desesperada para se unir mais uma vez com quem a abandonou, uma sombra vai consumir qualquer espírito que cruzar seu caminho. Vai drenar toda a luz que esse espírito ainda tiver, tirando até mesmo as memórias que o mantêm vivo na mente daqueles que amou em vida.

"Então quando vocês andarem nas névoas da morte, minhas queridas, quando ousarem abrir o Véu, sempre tomem cuidado com as sombras. E, se algum dia encontrarem uma sombra, vocês precisam me prometer. Vocês precisam me prometer que…"

Edie enrijeceu quando os braços de Violet se soltaram de sua cintura. Ela teve um sobressalto na cama quando uma névoa fria encheu o quarto, espessa como um nevoeiro em alto-mar. Uma espiral fina de fumaça preta girava no ar, cruzando a névoa branca. Junto dela, vinha um aroma verdejante fresco.

Como tomates verdes em uma trepadeira.

Um grito ficou preso na garganta de Edie. Ela não estava mais aconchegada entre os lençóis da cama de sua infância, mas parada no Véu da morte. E ali, a distância, uma mão brilhante atravessou o ar, uma raiz de beladona queimava presa entre o indicador e o polegar.

— *Corra!*

A voz da mãe ecoou, rasgando as névoas do Véu.

E então tanto a fumaça quanto a névoa sumiram. Só a raiz de beladona permanecia, mas nesse instante estava meio escondida em uma bolsinha de seda de ervas no chão da sala de estar da mãe, da mesma forma que estivera naquele fatídico dia um ano antes. Chamas de uma lareira dançavam no meio da raiz retorcida, dando à erva enrugada um brilho sinistro.

E havia mais uma coisa. Lá, perto da lareira. O lampejo branco de um pergaminho. A ponta de um pedaço de papel que sua mãe havia jogado na lareira para queimar.

Edie lembrou-se de quando ela fez isso. Lembrou-se de assistir à mãe jogar uma única folha de papel nas labaredas. Ela tinha ficado curiosa na hora. Tentou dar uma espiada quando a mãe virou de costas. Mas o papel queimou antes que ela pudesse ler.

Será que queimou mesmo?

De repente, ela estava ajoelhada ao lado do fogo, o calor das chamas ardendo em seu rosto. Inclinando-se para a frente, ela conseguiu distinguir apenas o que pareciam ser as últimas linhas de uma carta, escritas por uma mão feminina delicada.

> ... a dor parece genuína. E ainda assim,
> eu me vejo obrigada a recomendar cuidado,
> minha querida.
> Para sempre ao seu dispor,
> N.D.

"N.D." Essas iniciais eram vagamente familiares para Edie.

Onde ela as havia visto antes?

Estendendo o braço, tentou tirar o pedacinho de papel da lareira; mas, antes que seus dedos pudessem alcançá-lo, o fogo aumentou, consumindo inteiramente a carta.

E então era Edie que estava sendo devorada pelas chamas. Um calor alucinante subia por seus braços. A fumaça sufocava seu nariz e sua boca. Um peso enorme pressionava seu peito.

Ela não conseguia respirar.

Ela não conseguia...

Edie acordou arfando.

O ar enchia seus pulmões, enquanto ela inspirava de maneira irregular e desesperada. Seu coração martelava contra o peito, e ela estava coberta de suor.

Alguém tinha tirado suas roupas, menos a combinação de linho, que estava grudada na sua pele fria e suada. Uma colcha branca a cobria, junto com um cobertor grosso de flanela. Ela jogou para o lado todo aquele peso, percebendo nesse momento que estava em uma cama. E não era a cama de sua infância do sonho, mas a cama no quarto que dividia com Violet no Hotel Union.

Antes que pudesse se perguntar como *aquilo* tinha acontecido, sentiu uma onda crescente de enjoo. Mal conseguiu se virar para o lado da cama e pegar a bacia de cerâmica branca que havia ali, antes de o conteúdo do seu estômago se lançar em um jato de bile.

Ela fechou os olhos por causa da dor na cabeça; mas assim que o fez, uma imagem da sombra surgiu em sua mente. Os olhos apavorados do pequeno William Brown. O rosto esperançoso e lacrimejante da mãe dele enquanto fitava Violet no palco.

Sua cabeça girou, e ela vomitou na bacia mais uma vez.

Por fim, quando teve certeza de que não havia mais nada em seu estômago que pudesse pôr para fora, colocou a bacia no chão com cuidado e se forçou a se sentar e pensar no que estava acontecendo.

Ela estava sozinha no quarto. A cama de Violet, à sua esquerda, estava vazia e desarrumada. À direita, uma suave luz acinzentada se infiltrava pelas cortinas de renda da janela do quarto, que dava para o oeste.

Suave e cinzenta luz da *manhã*.

Seu coração deu um pulo. Quanto tempo ela tinha dormido?

Enjoo era um efeito colateral comum quando se interagia com o Véu, mas desmaiar por horas a fio definitivamente não era. Por outro lado, Edie nunca havia encontrado uma sombra antes. Ela também nunca tinha sido puxada para a vida por outra pessoa antes. E nesse instante ela percebia que provavelmente foi o que aconteceu. A voz que a chamava não pertencia à sua mãe, afinal, mas à sua irmã.

O que significava que Violet tinha aberto o Véu.

Mas ela não sabia sobre a sombra.

Qualquer sensação de tranquilidade que Edie tinha recuperado ao acordar em uma cama segura sumiu com uma pressa urgente e súbita de encontrar a irmã.

Ela precisava ver os olhos de Violet.

Ignorando seu corpo que reclamava de dores, Edie forçou as pernas, girando-as para fora da cama, plantou-as no áspero tapete de lá e se levantou.

E então tornou a se sentar. Ou melhor, *caiu* para trás de novo, porque suas pernas estavam trêmulas demais para suportar seu peso.

Isso era um grande problema.

Naquele momento, a porta do quarto do hotel se abriu, e Violet rodopiou para dentro do quarto. Ela estava usando um robe grosso de renda, fechado na cintura, e seu cabelo castanho-avermelhado estava preso no topo da cabeça, com algumas mechas soltas e cacheadas caindo em volta do rosto. As bochechas rosadas de Violet, junto com o aroma inconfundível de óleo de rosas que ela adicionava à agua de seu banho, revelavam que ela estava voltando do banheiro no fim do corredor.

Edie redobrou seus esforços para se levantar. Dessa vez ela conseguiu.

— Edie! Você está acordada!

Ela mal teve tempo de se apoiar antes de os braços de Violet a envolverem e ela perder o equilíbrio novamente, caindo na cama.

— O que está fazendo de pé? — gritou Violet enquanto empurrava Edie de volta para os travesseiros. — Lillian disse que você precisa descansar a manhã inteira!

Porém, Edie estava ocupada demais estendendo as mãos para as laterais do rosto de Violet para responder. Ocupada demais mantendo a irmã parada enquanto olhava dentro de seus olhos.

Olhos verdes.

Claros, sem nenhum sinal de preto.

Edie se encheu de alívio quando desabou nos travesseiros. Violet fez um som de desaprovação no fundo da garganta e pegou uma pequena garrafa âmbar na mesa de cabeceira.

— Aqui — disse ela, oferecendo a Edie. — Você precisa tomar um pouco mais disto aqui.

Curiosa, Edie cheirou a garrafa.

— O que é?

— Lillian deixou para você. Ela despejou a maior parte do líquido na sua garganta na noite passada e disse que ajudaria. Mas, ah, não importa. Não acho que esteja bem, Edie. Você está muito pálida.

Edie pegou a garrafa e cheirou o conteúdo de novo. Detectou traços nítidos de alcaçuz, erva-doce e raiz de dente-de-leão.

— Lillian deixou isso?

— Sim — disse Violet. — E vai ficar furiosa se eu disser que você não está de repouso.

Edie ignorou a ordem e tampou a garrafa sem tomar um gole, sua mente pensava na amiga curandeira espiritual e na maneira como ela havia abordado as irmãs nos bastidores depois do primeiro show delas na turnê. Um show no qual Violet — ansiosa para causar uma boa impressão — tinha aberto o Véu não só uma, mas duas vezes durante sua apresentação. Havia um... ar de proteção da parte de Lillian desde então, quando se tratava de Edie e Violet. Uma coisa que ela atribuía ao papel autoproclamado de Lillian como mãe da turnê, apesar de ela só ter vinte anos.

Porém, Edie ficava se perguntando se haveria talvez outra razão para Lillian ter mostrado interesse especial nelas. Se por acaso ela tivesse sentido as habilidades das irmãs. Se assim como as apresentações sob transe de Edie, talvez o personagem da curandeira espiritual de Lillian fosse um disfarce.

Edie tinha acabado de encontrar — pela primeira vez na vida — uma sombra no Véu: a parte escura de um espírito deixada para trás quando ele atravessou para fora da morte entrando na vida. Uma sombra no Véu significava que havia um espírito andando na vida, ocupando o corpo de alguém que podia ou não saber que tinha sido possuído.

Será que havia sido Lillian quem abriu o Véu? Ela havia deixado um espírito escapar?

Edie precisava descobrir.

Dessa vez, ela não teve dificuldade para sair da cama, embora Violet tenha suspirado claramente quando a irmã cambaleou em direção à penteadeira e despejou a água de uma jarra dentro de uma bacia que estava à mão.

— O que aconteceu depois que eu atravessei? — perguntou Edie, mergulhando um pano na bacia. — Eu me lembro de estar no Véu e depois...

— *Eu* que deveria estar perguntando isso a *você*, Edie! Eu quase desmaiei quando vi você nos bastidores. Fiquei esperando você voltar, e quando você não voltou, eu...

Violet parou de falar, e Edie sabia que as duas estavam se recordando de um outro momento, um ano antes, quando sua mãe havia passado tempo demais na morte. Só que *ela* não voltou.

— Para ser bastante sincera, eu entrei em pânico. Queimei lavanda e alecrim...

— Alecrim? — Edie parou de torcer o pano. Então essa foi a segunda erva que ela havia detectado. Que a fez pensar na vida. Alecrim era uma erva da memória.

— Foi um impulso. Não tenho bem certeza de por que adicionei alecrim. Acho que eu estava com medo de você se perder, e só me pareceu certo no...

— Foi inteligente, Vi. Muito inteligente.

Violet balançou a cabeça.

— Só estou feliz por ter funcionado. Você sabe que eu nunca tinha chamado alguém vivo para atravessar, e eu nem tinha certeza do tamanho da abertura. Mas eu ainda estava assustada com aquele espírito. Era uma presença tão sombria, Edie. E então eu fiz um corte do menor tamanho que consegui, e o fechei no *segundo* que senti que você voltou. Quando suas pálpebras tremeram, eu quase perdi o controle e caí em prantos ali mesmo. Mas então aquele repórter nos encontrou, embora *como,* eu não faça ideia. E de repente o sr. Huddle estava lá, murmurando alguma coisa sobre Joana d'Arc, e...

— *Quem?*

— O sr. Huddle e o repórter que...

— Lawrence Everett? Do *Sacramento Sting?* Ele estava nos bastidores?

Violet confirmou com a cabeça.

— Ele ajudou John... hum, quero dizer, o sr. Billingsly, a colocar você na carruagem e na cama aqui em cima. Mas quem *se importa* com tudo isso? Você vai me contar o que aconteceu? Por que diabos não atravessou de volta para a vida sozinha?

Com a desculpa de lavar o rosto, Edie esfregou o pano molhado na testa e nos olhos, evitando o olhar impaciente da irmã.

Ela deveria falar sobre a sombra.

Também deveria contar que muito provavelmente alguém por perto — alguém desta cidade — havia sido possuído por um espírito que escapou.

Mas por outro lado...

Edie deu uma espiada na irmã. Tomando uma decisão em uma fração de segundo, ela tirou o pano molhado do rosto e o passou pelo pescoço, pelo peito e embaixo dos braços, antes de soltá-lo outra vez dentro da bacia. Sua pele viscosa implorava por um banho adequado, mas ela não tinha nem um instante a desperdiçar.

— Quando atravessei — contou Edie, removendo a combinação suada de linho e pegando outra da cômoda —, encontrei um espírito que estava desaparecendo. Já estava sentindo o puxão, mas se recusava a seguir adiante enquanto não passasse uma mensagem a uma pessoa em vida.

Pegando uma anágua da gaveta, Edie lançou um olhar furtivo na direção da irmã. A testa de Violet estava franzida, e seus dentes, enterrados no lábio inferior, em uma expressão pensativa.

A culpa por estar mentindo revirou as entranhas de Edie, mas ela a ignorou. Não era por falta de confiança na irmã. Confiava nela cegamente. Mas sim porque Violet era o tipo de pessoa que nunca deixava o medo detê-la. Se Edie contasse sobre a sombra, Violet poderia abrir o Véu e tentar confrontá-la. Melhor contar uma mentirinha nesse momento, proteger a irmã impulsiva, a provocá-la com a verdade. Assim que ganhasse um pouco mais de controle da situação, Edie contaria tudo.

— Um espírito que estava desaparecendo — disse Violet, pensativa. — Você acha que foi isso que eu senti na hora? Porque acho que eu nunca tinha... — Violet estremeceu e sua voz foi sumindo.

Edie se virou de novo para a cômoda para que Violet não visse seu rosto. Ela havia escolhido dizer que o espírito estava desaparecendo e resistindo à morte final como uma maneira de explicar a sensação sombria que Violet sem dúvida experimentou. Nem ela nem a irmã tinham encontrado uma sombra antes, e ela esperava que Violet aceitasse essa explicação. Agir como um canal entre os vivos e os mortos também era exatamente o que a mãe havia lhes ensinado a fazer — ainda que, em geral, cobrasse um preço.

— Acho que deve ter sido — disse Edie. — Eu também senti. No Véu.

Houve um momento de silêncio, enquanto Edie escolhia uma blusa listrada desbotada da cômoda. Seu coração começava a martelar contra o peito, mas ela forçou a respiração a permanecer calma e lenta.

Depois de mais um instante, Violet falou:

— O espírito deu o nome da pessoa em vida?

Edie escondeu o alívio no rosto, deslizando os braços para dentro da blusa e inclinando a cabeça para fechar os botões.

— Só o primeiro nome. E o nome de uma igreja.

Os espíritos não eram conhecidos por dar maiores detalhes nas conversas. Sem uma ajuda significativa, era mais fácil se lembrarem de imagens — a cor dos olhos de alguém que amavam, por exemplo — do que nomes verdadeiros ou um endereço específico.

— Eu ia passar lá e falar com o pastor hoje de manhã — continuou Edie. — Ver se consigo descobrir o endereço.

Pensativa, Violet concordou com a cabeça. Esse era o tipo de tarefa que as duas sabiam que a sua mãe fazia de vez em quando. Antes de a irmã ter chance de questioná-la mais, Edie mudou de assunto.

— Acho que o sr. Huddle não chegou a falar sobre...

— Sobre a rica Mary Sutton com sua recompensa de novecentos dólares ter aceitado uma sessão particular?

Edie lançou um olhar severo na direção da irmã, que nesse instante descansava, encostada nos travesseiros com um sorriso de quem viu um passarinho verde.

— Ele falou — disse Violet e levantou as sobrancelhas, provocando. — E não pense que eu esqueci todos os chapéus que esse dinheiro vai comprar.

Um sorriso iluminou o rosto de Edie, e ela correu para a cama, lançou-se em cima de Violet e a puxou para um abraço.

— Ah, você conseguiu, Vi! Você a *fisgou*! Eu sabia que conseguiria!

Violet riu e retribuiu o abraço.

— Ela nos quer na casa dela amanhã à noite. Os detalhes estão na anotação do sr. Huddle bem aqui.

— Ah, Vi. — Edie apertou a irmã mais uma vez e depois se endireitou. Seu rosto estava úmido de lágrimas, mas ela não se importava. — Isso vai fazer tudo ficar bem de novo. Você vai ver. Basta de se curvar e ceder a cada pedido do sr. Huddle. Nós seremos *independentes*. Vamos poder administrar uma pousada como aquelas irmãs que conhecemos em Pittsburgh, lembra? E sei que você disse que fazendas são sujas, mas é algo a se considerar. Poderíamos contratar gente para nos ajudar com...

— Edie. — Os lábios de Violet franziram, e uma ruga se formou entre as sobrancelhas. — Não sei se deveríamos...

— Ah, eu sei, eu sei. — Edie se impulsionou para fora da cama e voltou ao lavatório para limpar as lágrimas. — Você está certa, claro. É cedo demais para comemorar.

E *era*, de fato. Mary Sutton queria fazer a sessão na noite seguinte, o que só dava a Edie dois dias para encontrar o espírito fujão e reuni-lo de volta à sua sombra. De outro modo, elas corriam o risco de interromper a sessão se a sombra tornasse a aparecer, e assim perderiam o dinheiro da recompensa.

— Edie, não é...

Mas em vez de concluir o pensamento, Violet parou de falar e mordeu o lábio, observando em silêncio Edie acabar de se vestir. Foi só quando Edie estava se curvando para amarrar os cadarços das botas que ela falou de novo.

— Eu me ofereceria para ir à igreja com você, mas prometi me encontrar com o sr. Billingsly hoje de manhã. Ele quer me apresentar a um diretor de teatro importante para um teste.

— Tudo bem — disse Edie, agradecida ao homem-morsa, pelo menos uma vez. — Vou ficar bem sozinha.

— Também preciso lhe dizer que o sr. Huddle quer todos nós no teatro às três horas hoje. Não tenho ideia do motivo, mas Lillian suspeita que é um de seus novos planos.

Edie soltou um gemido enquanto terminava de amarrar as botas.

— É melhor eu correr, então. — Endireitando-se, ela pegou alguns grampos do topo da cômoda e prendeu o cabelo em um coque alto às pressas. — Se eu me atrasar, pode dizer ao sr. Huddle que tive um compromisso e eu...

— Sim, claro que digo. Mas, antes de você sair, Edie, preciso falar que estou preocupada com Ruby.

Edie parou no mesmo instante o que estava fazendo.

— Ruby? Por quê?

— Acho que ela não voltou hoje de manhã. Bati na porta dela a caminho do banho, mas não houve resposta.

Edie ergueu as sobrancelhas.

— Será que ela não está dormindo? Ou talvez tenha saído de novo?

— Talvez, mas acho estranho que ela...

— Vi, isso pode esperar? Ruby está sempre fugindo para um lugar ou outro, e eu realmente não tenho muito tempo se preciso estar no teatro às três.

Violet franziu mais a testa, mas então balançou a cabeça e ficou parada perto da cama.

— Claro. E, Edie, você vai me falar se precisar de ajuda com aquele espírito, não vai?

Confirmando com a cabeça, Edie se virou em direção à porta e tentou ignorar a nova onda de culpa que sentiu. Ela já tinha ocultado da irmã a verdade sobre a morte da mãe e nesse instante estava acrescentando outra mentira à lista.

Mas seria por pouco tempo. Só até ela descobrir um pouco mais.

Antes de mudar de ideia, Edie enfim se despediu de Violet, abriu a porta e saiu apressada pelo corredor.

11

EDIE TOCOU A CAMPAINHA DE UMA CASA AZUL-CLARA NA ESQUINA DE UMA área que era tanto residencial quanto comercial ao sair da Rua J. Em seguida, ficou parada na varanda da entrada, esperando Lillian Fiore atender.

Como curandeira espiritual, Lillian precisava de um lugar mais discreto do que um hotel para atender seus clientes particulares, então o sr. Huddle providenciava o aluguel de pequenas casas ou escritórios particulares. Ela devia estar com um de seus pacientes nesse momento e ficaria zangada com a interrupção, mas Edie não podia se dar ao luxo de esperar.

Quando não houve resposta após outro minuto, ela tocou a campainha de novo.

E então tocou uma terceira vez.

Finalmente, ouviu o som de passos rápidos dentro da casa. A porta da frente se abriu, revelando o rosto muito irritado de Lillian.

— Edie? — A irritação logo se transformou em preocupação. — O que está fazendo aqui? Você deveria estar na cama!

— Estou me sentindo muito melhor — disse Edie, esperando que a caminhada do hotel até ali tivesse feito alguma cor voltar ao seu rosto. — E estou aqui, porque preciso de sua ajuda.

Lillian olhou por cima do ombro para dentro da casinha.

— Tudo bem. É melhor você entrar. Estou com um paciente, mas pode esperar na...

— Não precisa. — Edie inspirou fundo. Não havia por que adiar, e ela não queria que o paciente de Lillian acidentalmente ouvisse o que ela tinha ido dizer. Colocando a mão dentro do bolso da saia, ela puxou a garrafinha de vidro que Lillian tinha deixado com Violet. — Violet disse que você me deu isto na noite passada.

Lillian lançou um olhar superficial à garrafa.

— Isso mesmo. Você estava desmaiada e eu...

— Alcaçuz, erva-doce e dente-de-leão. Essas ervas combinadas protegem a mente contra interferência psíquica.

O olhar de Lillian se intensificou, a expressão tornando-se logo cautelosa.

Com o coração aos pulos, Edie deu um passo para mais perto da amiga no portão.

— Você sabe sobre nós, não é? — Ela manteve a voz baixa. Quase um sussurro. E ainda assim pareceu muito alta. — Você sabe o que Violet e eu podemos fazer.

Os olhos de Lillian se arregalaram, e seu rosto perdeu a cor. Por longos segundos, ela não fez nada além de encarar Edie, como se de repente tivessem brotado várias outras cabeças na moça. Então ela sacudiu o corpo ligeiramente e cruzou os braços na frente do peito.

— Sim — disse ela. — Eu sei.

— Desde quando?

Lillian mudou o peso de um pé para o outro.

— Desde aquele primeiro show em Chicago. Quando Violet abriu o Véu.

— Então você também consegue...?

— Não. — Lillian balançou a cabeça. — Minha mãe... ela era como a sua irmã. Eu só consigo sentir. Sentir quando está aberto. Impressões, às vezes, do que está acontecendo na morte. — Olhando pensativa para Edie, ela acrescentou: — Eu nunca tinha conhecido alguém que pudesse atravessar.

Isso não era uma surpresa. A mãe de Edie havia dito às gêmeas que, enquanto a habilidade de abrir o Véu era rara, a habilidade de atravessá-lo era ainda mais rara.

— Como você sabe que eu consigo?

— Eu não sabia. Enfim, não tinha certeza. Até a noite passada.

Edie entendeu. Se Lillian tinha sentido sua travessia, sem dúvida era muito sensível ao Véu. Distraída, ela imaginou se essa mesma sensibilidade era o que tornava sua amiga uma curandeira tão naturalmente dotada.

Mas a sensibilidade ao Véu não era suficiente para trazer um espírito à vida. Ela tinha esperanças de que Lillian fosse a responsável pelo espírito fujão e sua sombra. Evidentemente ela não era.

Mas isso não significava que ela não podia ajudar Edie a descobrir quem era. Lillian viajava na turnê espiritualista havia muito mais tempo do que as gêmeas. E a não ser que os instintos de Edie estivessem muito errados, sua amiga fazia parte da mesma rede de informações entre mulheres a que sua mãe tinha pertencido.

— Desculpe por vir de repente, Lillian. Por falar disso tudo agora. Mas... aconteceu uma coisa, e eu...

— Uma coisa? Que tipo de...?

— Não tenho tempo para explicar tudo agora. Mas é bastante imprescindível que eu encontre e fale com qualquer pessoa que você conheça que... qualquer pessoa na turnê ou qualquer um aqui na cidade que seja capaz de abrir o Véu. Preciso de nomes, Lillian.

Lillian ficou em silêncio por um bom tempo. Depois, com pesar nos olhos, balançou a cabeça.

— Sinto muito, Edie. Mas não posso ajudar.

— Não *pode*? Ou não quer?

— É que... não é assim que as coisas funcionam.

— Lillian, eu não pediria se não fosse importante.

— Eu sei, Edie. Mas... você precisa entender, essas mulheres só estão tentando ganhar um sustento. Mulheres que vivem com medo de serem descobertas pelas pessoas erradas. Mulheres cujas ancestrais foram *queimadas na fogueira*.

Lillian olhou de um lado para o outro da rua. Depois se aproximou de Edie e diminuiu ainda mais o tom de voz.

— Aquelas médiuns que têm desaparecido? Algumas daquelas mulheres têm habilidades *reais*, Edie. Não estou dizendo que tem alguma coisa a ver com o motivo pelo qual elas desapareceram. O Senhor sabe que existem perigos suficientes para mulheres no mundo como ele é. Mas eu tenho uma responsabilidade. Da mesma maneira que eu faria com você e Violet se alguém algum dia chegasse perguntando...

— E se alguém que você *conhecesse* e *confiasse* viesse procurá-la e dissesse que Violet e eu estamos em perigo? Que nossa vida está em risco? Bem, nesse caso, Lillian, espero que você diga nossos nomes logo.

Os olhos de Lillian se estreitaram.

— O que quer dizer com estar *em perigo*? Edie, o que exatamente está acontecendo?

Edie ignorou a pergunta, estendendo o braço e apertando a mão de Lillian.

— Por favor, Lillian. Você pode confiar em mim. Prometo que ninguém mais saberá.

Lillian parecia prestes a dizer alguma coisa, mas no mesmo instante uma voz aguda e anasalada soou de dentro da casa.

— Srta. Fiore? Está tudo bem?

Lillian suspirou.

— É a sra. Wilson. Não posso deixá-la esperando muito mais. — Ela hesitou por um momento, como se estivesse indecisa. Então disse: — Espere aqui um instante.

Lillian entrou apressada na casa e voltou algum tempo depois, segurando um pequeno cartão branco com algumas palavras escritas com tinta preta.

— Acho que ninguém mais na nossa turnê pode fazer... o que você está perguntando. Mas aqui está.

Ela estendeu o cartão para Edie, que o pegou e leu de imediato.

MADAME PALMER

CLARIVIDENTE, CARTOMANTE & QUIROMANTE

DAMAS 50 CENTAVOS, CAVALHEIROS 1 DÓLAR

RUA F, 625, SALA A, ENTRE AS RUAS 7 E 8

Edie olhou de volta para Lillian.

— Madame Palmer? Quem é?

— Uma amiga. Eu a conheci em São Francisco, mas recentemente ela instalou seu negócio aqui. Ela é... bem, Nell é uma pessoa bastante reservada, mas sua habilidade é real. Se disser a ela que fui eu que indiquei...

— Como é mesmo o nome dela?

Lillian se assustou com o tom veemente de Edie.

— Nell Doyle. Eu ainda não consegui fazer uma visita a ela, mas imagino que esse novo pseudônimo *Madame Palmer* tenha o objetivo de parecer mais misterioso. Pode ser difícil atrair clientes em uma cidade nova.

Edie concordava com a cabeça enquanto Lillian falava, mas ela mal ouvia a amiga.

Nell Doyle era o último nome na lista da mãe. A médium que havia saído da cidade sem pagar o aluguel.

E havia mais uma coisa. Uma imagem de um sonho estranho que ela teve antes de acordar sobressaltada naquela manhã. As últimas linhas de uma carta, cintilando à luz do fogo. Uma carta que continha um aviso. Assinada por alguém com as iniciais *N.D.*

A esperança ganhou vida dentro de Edie, e ela comprimiu o cartão de visitas entre os dedos, esmagando-o na palma da mão.

— Se puder esperar até hoje à noite — continuou Lillian —, vou estar livre para ir com...

Edie balançou a cabeça. Já estava dando meia-volta para ir embora, ávida para partir. Depois de um ano procurando, depois de ter quase desistido de conhecer mais sobre a identidade da última cliente de sua mãe...

— Está tudo bem, Lillian. É melhor que eu vá sozinha.

Lillian parecia querer protestar, mas então a sra. Wilson tornou a chamá-la de dentro da casa.

— É melhor eu ir. Seja o que for, Edie, me prometa que vai tomar cuidado.

⁜

Edie segurou o cartão na clara luz da tarde e checou o endereço de novo.

O grande edifício de tijolos vermelhos em sua frente estava localizado ao norte do centro da cidade, a alguns quarteirões de distância do rio, e exibia diversos cartazes pintados à mão, pendurados ao longo dos toldos, anunciando uma variedade de lojas e serviços instalados ali.

Sim, esse de fato era o endereço certo.

Infelizmente, também era a localização de cerca de meia dúzia de policiais uniformizados que haviam organizado uma zona de isolamento, contendo uma multidão de pedestres curiosos.

Ela fechou os olhos e inspirou fundo. Essa era a segunda vez desde que chegara à cidade que estava tão próxima de policiais — algo que ela e Violet costumavam evitar, por serem fugitivas menores de idade aos olhos da lei. Pelo menos na palestra de Laura de Force, ela tinha conseguido se *afastar* dos guardas quando os avistou.

Dessa vez, ela precisava ir em direção a eles.

Abrindo os olhos, Edie cerrou o maxilar, segurou a saia e seguiu adiante. Um policial alto com peito em forma de barril parou diante dela.

— Desculpe, senhorita. Não posso deixá-la passar.

Ela lhe ofereceu um sorriso forçado.

— Está tudo certo, policial. Eu tenho hora marcada.

Ele abaixou os olhos para fitá-la.

— Não, hoje a senhorita não tem.

— Só levará um minuto.

Ela tentou passar por ele, mas o policial bloqueou seu caminho de novo, dessa vez deslizando uma das mãos até o punho do seu cassetete preto brilhante.

— Agora, senhorita. Estou pedindo com educação para que fique por aqui.

— Mas, senhor guarda — disse Eddie com sua voz mais fraca e indefesa —, é um assunto realmente da máxima importância. Não existe nenhuma maneira de eu conseguir entrar?

O policial a encarou, sem se mexer. Por dentro, Edie estava xingando. Se Violet estivesse ali, elas já estariam dentro do prédio. Mesmo assim, ela precisava tentar.

Edie agitou os cílios. Depois revirou os olhos para cima, colocou a mão na testa e balançou. Ela estava se preparando para desfalecer nos braços do policial quando uma voz familiar chamou seu nome.

— Srta. Bond?

Ela girou a cabeça de uma vez. Porém, como seu corpo já estava se inclinando para o lado, preparando seu falso desmaio, o movimento súbito da sua cabeça acabou tirando seu equilíbrio. A calçada ficou mais perto. Sua mira falhou. Em vez de cair no policial como tinha planejado, ela teria uma aterrisagem constrangedora no chão duro.

Edie fechou os olhos, preparando-se para o impacto. Mas em vez de sujeira e cascalho, sentiu-se de repente apoiada em algo macio e quente.

Ela abriu os olhos.

Laws Everett a estava encarando, com um sorriso no rosto.

— O que a senhorita está aprontando agora? — perguntou ele, a voz bem baixa para que apenas ela pudesse ouvir.

Edie fechou os olhos mais uma vez e soltou um gemido.

— Ei! Everett! — Era a voz do policial. — A garota está bem?

— Não sei — respondeu Laws. Ele abaixou a voz de novo e falou com Edie: — A senhorita *está* bem?

Edie piscou e abriu os olhos. Nesse momento, ela já estava envolvida. Era melhor ir até o fim.

— Preciso entrar naquele prédio — sussurrou ela. E então, embora matasse seu orgulho, acrescentou: — Por favor.

Laws a encarou por um momento, com a expressão intensamente curiosa. Em seguida, levantou a cabeça e chamou o policial:

— Ela está um pouco tonta, senhor. Posso levá-la lá para dentro para se sentar?

O policial resmungou, mas logo soltou um suspiro e falou:

— Está bem. Mas só um pouco. O detetive Barney vai chegar a qualquer momento e você sabe como ele é.

Laws concordou com a cabeça e ajudou Edie a ficar de pé outra vez. Ele manteve a mão na cintura dela enquanto passava pelo círculo de homens uniformizados e entrava no prédio de tijolos vermelhos.

O interior do edifício era um saguão bem iluminado. À esquerda da entrada havia um corredor comprido com diversas portas de escritórios espaçadas umas das outras. Duas janelas que davam para a frente da rua deixavam a luz natural entrar, e ao longo das paredes, havia luminárias a gás apagadas.

Assim que a porta se fechou atrás deles, Laws tirou a mão das costas dela, cruzou os braços na frente do peito e arqueou uma sobrancelha.

— É ótimo vê-la de pé outra vez, srta. Bond.

Suas bochechas ficaram quentes.

— Sim — balbuciou ela, lembrando-se de repente de que foi *ele* quem a tinha colocado na carruagem na noite anterior, de acordo com Violet. — Acho que preciso agradecer ao senhor. Pela noite passada e... bem...

— Não há problema. O prazer foi meu em ajudar.

Ela o olhou por um bom tempo. Depois se virou e começou a caminhar em direção ao corredor.

Passos retumbaram atrás dela.

— Ei, espere um minuto. Aonde a senhorita pensa que está indo?

Edie continuou andando, checando as letras acima da porta dos escritórios.

— Eu disse que precisava entrar neste prédio. E estava falando sério.

Laws a segurou pelo cotovelo, puxando-a para perto.

— O policial McNally deixou a senhorita entrar aqui porque está comigo. Não posso deixar que fique perambulando por aí em uma cena de crime.

Edie ficou atônita.

— Cena de crime? Do que o senhor está falando?

— Não viu os policiais parados do lado de fora do prédio? Por que acha que estão aqui? Por causa da paisagem?

Edie balançou a cabeça.

— Eu não... Olhe, não estou aqui para *perambular* em nenhuma cena de crime, está bem? Preciso encontrar uma pessoa. Depois que fizer isso, vou embora.

Laws inclinou a cabeça.

— Quem a senhorita precisa encontrar?

Edie evitou os olhos dele. A última coisa de que ela precisava era um repórter do *Sting* se metendo nesse assunto em especial. Ele provavelmente presumiria que ela estava ali para descobrir os podres dos moradores da cidade para uma colega médium. Uma prática que era bem comum, na verdade.

— É particular — disse Edie. — Um assunto de mulher. — Isso calaria a boca dele. — Agora. Se puder soltar o meu braço.

Laws a encarou, sua maneira já familiar de mostrar curiosidade estampada no rosto.

— Tudo bem — retrucou ele. Mas em vez de soltar o braço de Edie, ele o entrelaçou ao seu, como se fossem namorados prestes a iniciar um passeio da tarde. — Vamos.

— É realmente um assunto particular — começou Edie, mas Laws balançou a cabeça, interrompendo-a.

— Desculpe. Mas levei meses para ficar bem com aqueles guardas lá fora. E um repórter não pode arriscar perder esse tipo de apoio interno. É a minha reputação que está em jogo, srta. Bond. Vai comigo ou não vai?

Edie hesitou. Ela podia esperar. Voltar no dia seguinte. Mas ela só tinha um dia e meio até a sessão espírita de Mary Sutton. A sombra precisava sumir até lá.

A lista escrita à mão pela mãe surgiu em sua mente.

— Com uma condição.

Laws ergueu uma sobrancelha, mas não falou nada. Apenas esperou.

— Tudo o que o senhor vir? Nada vai para o jornal. Quero a sua palavra.

Laws sorriu.

— Srta. Bond. Eu não faria nada diferente disso.

Edie estreitou os olhos, mas logo percebeu que isso seria o máximo de garantia que teria. Ela suspirou e continuou a busca ao longo do corredor, tentando ignorar a pressão do braço de Laws no seu.

Na metade do caminho, parou na frente de uma porta em que estava escrito SALA A. Porém, a porta não estava fechada. Já estava aberta. Edie fez um movimento para entrar, mas Laws a puxou.

— Espere — disse ele. — A senhorita não pode entrar aí.

Edie soltou seu braço.

— Já falamos sobre isso. Eu só preciso…

— Não! — Laws agarrou sua cintura e a puxou de volta para o corredor. — Quer dizer, de todas as salas deste prédio, a senhorita não pode entrar justo *nesta*. — Todo o humor havia sumido dos olhos dele. — *Esta* é a cena do crime.

12

Edie encarou Laws, sem piscar.

Então pegou o cartão de visitas e verificou novamente o número da sala. Seus olhos deslizaram de novo para a porta aberta. Lá, em um letreiro pintado à mão, estavam as palavras: MADAME PALMER, CLARIVIDENTE E MÉDIUM ESPÍRITA.

Laws a puxou mais adiante pelo corredor.

— Não posso dizer que estou surpreso — ele murmurou de forma sombria. — Aposto que Francie Palmer é a primeira parada de qualquer médium viajante que chega a esta cidade. Aliás, *costumava ser*.

Edie parou de andar, forçando Laws a parar também.

— Como assim *costumava* ser?

Laws encontrou calmamente seu olhar.

— Sinto muito. Mas Frances Palmer está morta.

Frances Palmer está morta.

Mas isso não era possível. Porque isso significaria que Nell Doyle estava morta. E Edie tinha acabado de encontrá-la.

— Srta. Bond, está…?

— Preciso vê-la.

— A senhorita… o quê?

— Ne… Quer dizer, Frances Palmer. Preciso ver o corpo dela.

Edie fez menção de passar por Laws e entrar na sala, mas ele logo moveu o corpo para bloqueá-la.

— Ela não está mais aqui, srta. Bond. A notícia chegou há três horas. O legista já levou o corpo dela, declarou a morte como overdose acidental.

— Overdose? De quê?

Laws deu de ombros.

— Não sei. Mas é comum acontecer. Essas mulheres tomam algumas coisas para fingir um transe. Faz parecer autêntico. Talvez deem aos clientes também. É por isso que o detetive está a caminho. A morte parece um caso óbvio, mas ele quer ver se ainda há um pouco da tal substância escondida.

Edie havia ouvido falar de gente experimentando sedativos como forma de ter acesso ao *outro lado*, como em geral era chamado. De certa forma, não era tão diferente das ervas que ela e Violet usavam. Mas Lillian tinha dito que a habilidade de Nell Doyle era genuína, e Edie acreditava nela. Ela não teria razão para experimentar drogas perigosas.

Fechando os olhos, ela forçou sua mente a se aquietar para conseguir alcançar o Véu. Normalmente, quando um espírito atravessava para a morte, deixava algum tipo de marca. Muito fraca. Um leve afinamento do Véu que durava cerca de um dia. Mas Edie não sentiu nada ali.

— Os policiais acham que ela morreu *aqui*? Neste escritório?

— Eles não *acham*. O relatório que nos deram informava que foi aqui que eles encontraram o corpo. Ou melhor, onde a cliente encontrou o corpo. Parece que a velhota estava bem irritada, porque Frances Palmer não tinha aparecido para sua consulta regular ontem à noite. Então a senhora veio hoje de manhã para dizer à velha Francie o que ela estava pensando. Mas não saiu bem como ela havia planejado.

Edie enterrou os dedos nas palmas das mãos. Nada que Laws dizia fazia nenhum sentido. Esse não era o lugar onde Nell Doyle, ou Frances Palmer, ou qualquer que fosse o nome da mulher, havia morrido.

Ela tinha certeza disso.

Então por que a polícia estava reportando aquilo? Alguém tinha movido o corpo dela?

Um arrepio subiu por sua nuca. Alguma coisa estava muito, muito errada.

Espiando por trás de Laws, que ainda estava parado na porta para bloquear a passagem, Edie passou os olhos pelo interior do escritório, que estava arrumado para parecer uma salinha aconchegante. Havia duas poltronas, uma de frente para a outra, e uma mesa no meio para servir chá. Uma bolsa retangular de veludo, que Edie tinha certeza de que guardava um baralho de tarô, estava no centro da mesa.

E lá, pendurada em um suporte de ganchos bem perto da entrada estava uma pequena chave de metal.

Edie olhou para Laws. Duas coisas haviam se tornado bastante claras para ela no último minuto. A primeira era que ela precisava descobrir mais sobre aquela mulher e sobre como tinha sido sua morte. A segunda era que ela não conseguiria fazer isso naquele momento. Não com Laws bem na sua cola e um monte de policiais lá fora.

Edie precisou fazer um esforço tremendo, mas de alguma maneira conseguiu conter seu coração, que batia furioso, para que soasse quase indiferente ao dizer:

— Será que eu não posso dar só uma olhadinha *rápida* lá dentro?

E então, sem esperar pela resposta, Edie empurrou Laws, passou por ele e entrou na sala. Laws reagiu rápido. Ele se lançou para a frente e segurou seu ombro de novo. Edie fingiu um sobressalto quando a mão dele se aproximou e conseguiu girar e dar um jeito de se soltar. Seu ombro bateu dolorosamente contra a parede de dentro da sala e sua mão colidiu com o suporte apenas tempo suficiente para tirar a chave do gancho.

— Francamente, sr. Everett — disse Edie, sua mão fechada em torno da chave —, o senhor não precisa me carregar para fora daqui como um saco de grãos. Se a minha presença não é bem-vinda, eu vou embora.

Com essa frase, ela deu meia-volta e começou a seguir pelo corredor.

Ela tinha acabado de fazer a curva quando a porta da frente do edifício abriu rangendo e uma voz grave ecoou no corredor.

— É por aqui, detetive.

Os passos de Edie ficaram mais lentos e seu coração bateu com força sinistra. Ela podia ouvir Laws atrás de si, virando no corredor, murmurando, irritado, enquanto arrumava a sala como estava antes. Edie deslizou a chave para dentro de um dos bolsos que havia costurado no lado interno da saia e forçou seu rosto a estampar uma expressão neutra de desinteresse educado, enquanto o policial com quem Laws havia falado do lado de fora vinha pelo corredor.

Perto dele havia outro homem. O detetive, ela supôs. Ele também usava um uniforme policial com duas listras prateadas na manga. Duas pesadas algemas de ferro estavam penduradas no seu cinto, tilintando uma contra a outra enquanto ele andava. Ele estava bem barbeado e tinha lábios finos e olhos pretos como breu. Olhos que se estreitaram ao se aproximar de Edie.

O detetive se virou para o policial mais novo.

— McNally. O que *ela* está...

Edie o interrompeu:

— Obrigada de novo, senhor guarda, por permitir que eu me sentasse. É todo aquele ar fresco lá fora, sabe. Mexe com a cabeça de uma garota.

Os olhos do detetive desviaram-se para ela novamente, estreitando-se ainda mais. O policial mais jovem — McNally — lançou um olhar nervoso para o detetive. Edie teve a clara sensação de que, se necessário, o policial mais jovem iria preferir negar que a havia deixado entrar a admitir insubordinação.

Os olhos dela se dirigiram às algemas na cintura do detetive. Só por um segundo. Mas quando ela olhou para cima de novo, o leve aperto da boca do homem mostrou que ele tinha percebido.

Edie forçou um sorriso.

— Bom dia, policiais.

Ela deu uma passo para a esquerda, querendo passar por eles; mas, com um olhar do detetive, o jovem policial McNally se colocou no caminho de Edie, forçando-a a parar.

— Então, senhorita — começou o policial mais jovem. — Por que a senhorita não...

— Ah, aí está você, querida. — Edie deu um salto de surpresa com o som da voz de Laws atrás dela. *Como ela não o tinha ouvido chegar?* — Você já se recuperou?

— Eu, hum...

Antes de Edie conseguir pronunciar qualquer palavra, Laws estendeu o braço e enlaçou o seu, virando-se para o policial mais jovem que havia bloqueado o caminho de Edie.

— Obrigado de novo, McNally. Minha pobre garota quase desmaiou lá fora. O senhor é um bom homem.

— Ah — disse McNally. — Eu, hum...

— Ora, se não é o detetive Barney! — exclamou Laws, virando-se para o detetive. — Alguma chance de o senhor me dar uma declaração sobre o negócio de Bill Higgins? O que estão dizendo é que ele não é o único corrupto dentre seus policiais. Pode comentar sobre isso?

Edie achou que não havia como os olhos do detetive Barney ficarem ainda mais apertados, mas de alguma maneira, ele conseguiu.

— Everett — disse ele, com uma voz fria. — Acredito que a imprensa não tem permissão para entrar aqui. Talvez você estivesse esperando que essa façanha fosse lhe garantir um convite a uma cela na delegacia?

Edie ficou tensa, mas Laws apenas riu.

— Não há necessidade, detetive. Nós dois sabemos que eu não ficaria lá muito tempo, mesmo se esse convite fosse feito. Então que tal nos poupar o trabalho e me liberar?

Inclinando de leve o chapéu, Laws segurou Edie de uma maneira não muito delicada e seguiu pelo corredor com ela, sem parar para pedir permissão. Ao lado dele, Edie se apressou, acompanhando seu ritmo.

Dois segundos depois, eles saíram pelas portas duplas do edifício e sentiram o luminoso sol da Califórnia. Não diminuíram o passo depois que saíram do prédio, e Edie continuou de braços dados com Laws até que estivessem muito além do círculo de policiais uniformizados, sua coragem de mais cedo desapareceu por completo.

— Srta. Bond — disse Laws, enquanto mantinha o ritmo ao seu lado. — A senhorita está bem?

Edie concordou com a cabeça e manteve o olhar fixo à frente.

— Perfeitamente.

— Bem, fico feliz em saber. E se esse é o caso, posso pedir para a senhorita, hum… não apertar tanto o meu braço? É só que às vezes eu gosto de usar este braço.

— Ah. — Edie parou no meio de um passo e soltou o braço de Laws ao mesmo tempo. — Sinto muito. Eu… hum. Não percebi que estava…

— Tudo bem. A senhorita parece um pouco chocada.

— Ah. Sim. Eu realmente gostaria que o senhor não fizesse isso.

— Não fizesse o quê? Interceder quando se trata de agentes da lei?

— Não. Eu gostaria que o senhor não chegasse assim de fininho perto de mim. O senhor não faz barulho quando anda e é… desconcertante.

Laws soltou uma gargalhada de surpresa.

— Bem, perdoe-me. — E então, depois de uma pausa para refletir, ele acrescentou: — Embora a senhorita deva reclamar com as ovelhas.

Foi algo tão estranho a se dizer que a cabeça de Edie se ergueu por vontade própria, todo o desconforto esquecido.

— *O quê?*

— As ovelhas. — Um meio-sorriso surgiu no rosto dele. — Não é muito divertido ser a única criança em uma fazenda. Então eu fiquei muito bom em espiar as ovelhas de fininho.

— Mas… por que o senhor iria *querer* espiar ovelhas de fininho?

— Para assustá-las, claro. — Ele inclinou a cabeça para o lado, examinando-a. — Nunca viu uma ovelha saltando quando está assustada?

— Não posso dizer que tive esse prazer. Elas fazem alguma coisa interessante?

— Bem, não tenho certeza se é tão interessante quanto divertido. Os olhos delas ficam muito arregalados e elas fazem uns movimentos engraçados…

Por um segundo, pareceu que Laws iria demonstrar como era esse movimento das ovelhas, e naquele momento, Edie pôde ver exatamente como ele tinha sido quando criança: risonho, e alegre, e curioso. E mais alguma coisa também. Alguma coisa triste e solitária. Um garoto totalmente sozinho em uma fazenda, tentando fazer amizade com as ovelhas.

Mas ele pareceu se lembrar de onde estava antes de começar qualquer movimento.

— Agora que já satisfez sua curiosidade sobre as ovelhas, srta. Bond, que tal retribuir o favor e me contar por que estava visitando a velha Francie Palmer?

No mesmo instante, as barreiras de Edie voltaram a se erguer.

— Obrigada pela ajuda, sr. Everett. Foi muito bem-vinda. Mas preciso ir agora. Desejo um bom-dia.

Ela verificou o entorno por um segundo para ver onde estava, virou-se na direção sul e começou a andar a um ritmo apressado. Com um pouco de sorte, chegaria ao Teatro Metropolitan a tempo da convocação do sr. Huddle e então, quando terminasse, a polícia já teria deixado o prédio.

Passos à sua direita a fizeram parar. Laws estava andando ao seu lado.

— Sr. Everett, acredito que eu tenha dito que não preciso mais de um acompanhante.

Laws, que tinha parado de andar junto dela, abriu um sorriso inocente.

— Eu nunca pensaria que a senhorita precisasse.

— Então por que, se me permite perguntar, está me seguindo?

— Não estou. Embora pareça que estamos de fato indo para a mesma direção. A senhorita prefere que eu ande alguns passos atrás?

— Eu... bem. Não, acho que isso seria bastante estranho.

— Concordo — respondeu Laws.

— Bem — disse Edie, hesitando. — Está certo.

E então, como não conseguiu pensar em nada mais a fazer ou dizer, começou a andar novamente. Laws fez o mesmo. Eles continuaram daquele jeito por um quarteirão inteiro, sem falar, os sons de carroças e carruagens preenchendo o silêncio entre os dois.

Quando chegaram ao fim de uma das calçadas elevadas, Laws ofereceu o braço para ajudar Edie a descer pela rampa até o nível da rua. Ele manteve o braço dela enlaçado ao seu enquanto atravessavam a via e depois subiam na rampa seguinte, que dava na calçada do quarteirão subsequente. Foi só quando estavam em cima da plataforma de madeira que ele a soltou.

— Então — começou Laws, quebrando o silêncio —, a senhorita e Francie eram velhas amigas?

Edie enrijeceu. Ela estava prestes a dar uma resposta vaga quando lhe ocorreu que, enquanto nem ela nem Lillian soubessem muito sobre a vida de Nell Doyle como Frances Palmer, Lawrence Everett talvez soubesse.

— Talvez. *O senhor* chegou a conhecer essa dama?

Laws bufou.

— Eu não chegaria ao ponto de chamá-la de dama. Embora ela fosse boa em fazer as pessoas gastarem dinheiro, dou esse mérito a ela.

Então ela havia sido uma médium popular. Isso explicava como conseguiu alugar seu próprio local de trabalho. Será que ela se tornara popular abrindo o Véu com frequência? Foi assim que o espírito escapou?

— Muito cheia de si para a cabeça de algumas pessoas, a velha Frances. Ouvi alguns policiais falarem que é por isso que eles talvez incluíssem mediomania à causa da morte.

— Incluir *o quê?*

— Mediomania. Um desalinhamento dos... hum, órgãos internos femininos que, segundo dizem, causa histeria mediúnica, mania de grandeza e...

— Eu sei o que *é* — interrompeu Edie, girando para encará-lo. — O que estou achando espantoso é o senhor achar que essa bobagem absurda seja verdade.

Laws parou de andar.

— Quem disse que eu acho?

— O senhor acabou de...

— O que eu *disse* é que isso é o que a polícia acha. Há um homem aqui, o dr. Henry Lyon, que fala de forma muito contundente sobre a mediomania e a necessidade de tratamento.

Tratamento.

Uma lembrança do rosto do pai surgiu na mente de Edie. Uma chave virando na fechadura do quarto.

Vocês vão ser salvas.

— Ele irrita todo mundo com isso — continuou Laws. — Venho tentando conseguir uma entrevista com ele, na verdade, mas até agora...

— Uma entrevista? O senhor vai *publicar* o que aquele homem cruel tem a dizer?

Os olhos de Laws brilharam.

— Eu sou um repórter, srta. Bond. Entrevistar indivíduos e relatar o que dizem é o meu trabalho.

Edie estreitou os olhos, mas sua resposta furiosa ficou presa na garganta, porque ao mesmo tempo seu olhar captou uma coisa atrás de Laws que lhe causou um arrepio na nuca.

Uma coisa grande, sombria e ameaçadora.

Ela estava tão concentrada na discussão entre eles que não percebeu que seus pés estavam trilhando o mesmo caminho que fizeram no dia anterior, quando ela havia ido ouvir Laura de Force discursar. Em frente ao Sanatório de Sacramento para Loucos.

E agora, lá estava ele novamente. Os altos portões pretos de ferro se elevavam para os céus. Sinistros, até mesmo em um dia ensolarado de primavera.

— Srta. Bond?

Foi só quando Laws falou que Edie percebeu que estava encarando, boquiaberta, a construção atrás dos portões pretos. Mesmo do ponto distante em que estava na rua, ela podia ver as linhas das grades nas janelas superiores. Colocadas lá para que nem mesmo o mais desesperado dos pacientes pudesse pular.

E havia mais uma coisa também, algo que ela não conseguia nomear. Uma pressão na parte de trás de sua cabeça. Um aviso em seu estômago. Algo errado. Semelhante ao que ela tinha sentido no escritório da pobre Madame Palmer.

Ela balançou a cabeça.

Nervos.

Medo.

Ela não podia deixar que a dominassem. Não ali, diante daquela companhia. Edie desviou os olhos da construção e recomeçou a andar, seu ritmo de alguma maneira mais rápido do que antes. Ela se preparou para a pergunta de Laws sobre seu súbito interesse em um prédio destinado a pessoas criminalmente loucas. Por dentro, preparou uma resposta que tinha algo a ver com a pobre Dorothy Dryer, a mulher que havia sido mandada para lá por tentar prevenir uma gravidez que poderia tê-la matado. Mas quando Laws fez uma pergunta, não foi a que ela esperava.

— A senhorita e a sua irmã — disse ele — parecem jovens demais para viajarem sozinhas. Um dos seus pais não quis acompanhá-las?

Edie o fitou, surpresa. Ela estava preparada para essa pergunta. Sempre estava. Mas achou estranho que ele a perguntasse naquele momento. Mesmo assim, forçou uma expressão neutra no rosto e respondeu:

— Nossos pais estão mortos.

— Entendo. Sinto muito pela sua perda.

— Obrigada.

— Outro parente, então? Uma tia? Ou uma prima?

Edie manteve os olhos fixos à frente.

— Violet e eu estamos sozinhas no mundo. E somos perfeitamente capazes de tomar conta de nós mesmas.

— Claro. Eu não quis sugerir outra coisa.

— Existe alguma razão para este interrogatório? Não que eu me importe, claro. É só que o sr. Huddle disse que o foco de seu artigo seria a turnê.

— Ah, sim — disse Laws. — É, sim. Eu só estava procurando dar um colorido a mais, sabe. Ter uma visão… ampla das pessoas, por assim dizer.

— Bem, receio que não haja muito a dizer quando se trata de nós. Violet e eu perdemos nossos pais há cerca de um ano. Foi quando decidimos usar nossas habilidades. E nos traz muita alegria fazer isso.

— Traz?

Edie olhou severamente para Laws.

— Claro que sim.

— É só que… — Laws fez uma pausa, como se não soubesse como colocar o que pensava em palavras. — Acabei ouvindo uma conversa sua com o sr. Huddle no saguão outro dia. Sobre a natureza política de suas apresentações.

O rosto de Edie ardeu em chamas. Ele ouviu aquilo?

— Bisbilhotar é um péssimo hábito.

Um dos lados da boca de Laws se curvou para cima.

— Na verdade, eu diria que bisbilhotar, na minha profissão, é uma vantagem…

— Bem, o senhor não entendeu o que escutou. Pode ter parecido que o sr. Huddle estivesse sugerindo que eu… bem, que eu tivesse algum controle sobre o conteúdo das minhas apresentações sob transe. Mas sabe-se muito bem que um médium pode escolher o tipo de espírito que ele invoca. E ele estava apenas me pedindo para…

— Escolher um espírito com visões políticas menos radicais. Sim. Foi isso que eu entendi.

Edie o fitou, confusa.

— Não estou entendendo. Se não está questionando a veracidade dos meus transes, então o que está…

— Ah, eu não acredito que seus transes sejam reais nem por um segundo, srta. Bond. Mas a senhorita está certa sobre essa conversinha que eu ouvi não me acrescentar nada que possa usar para desacreditá-la. Trouxe o assunto apenas porque parece que *alguém* precisa dizer que seus talentos estão sendo desperdiçados.

— Meus… meus *o quê*?

— Seus talentos de oratória. Sua habilidade de construir um discurso coerente e convincente. Seu cérebro, srta. Bond. Está sendo desperdiçado com uma multidão de bajuladores burros que preferem acreditar que um espírito está falando através da senhorita a acreditar que uma mulher jovem é capaz de ter uma opinião razoável.

Edie parou de andar e o fitou, incrédula. Quantas vezes ela tinha pensado exatamente a mesma coisa? Quantas vezes ela havia lamentado justamente essa ironia? Então, por que ela estava tão furiosa de repente? Por que ela queria gritar com esse rapaz?

Laws deu um passo na direção dela.

— Não precisa viver uma mentira, srta. Bond. A senhorita é uma jovem inteligente. Seria capaz de fazer coisas grandiosas e importantes.

Tudo bem. Era por isso que ela estava furiosa.

Edie começou a andar de novo. Laws se apressou para alcançá-la.

— Se eu tiver dito algo que a ofendeu, eu...

— Me ofender? — Edie se virou para ficar de frente para ele. — O senhor não me ofendeu, sr. Everett. O senhor apenas colocou sua ingenuidade à mostra.

— Minha *ingenuidade*?

— O senhor está certo — disse Edie. — *Ingenuidade* é a palavra errada. É sua ignorância que está transparecendo.

— Perdão, mas...

— O senhor se digna a me informar que estou desperdiçando meus talentos? Sugere que eu saia e faça *coisas grandiosas e importantes*. Ótimo. Vamos dizer que eu aceite seu excelente conselho. O que exatamente o senhor sugere que eu faça? Devo me tornar uma repórter de jornal, como o senhor?

— Bem, existem coisas piores...

— Diga-me, quantas mulheres trabalham no seu jornal?

Laws piscou e não disse nada.

— Não precisa dizer todos os nomes — prosseguiu Edie. — Talvez apenas um. Um nome.

Mais uma vez, Laws permaneceu calado.

— Não consegue dizer um nome. Porque não existe.

Os olhos de Laws encontraram os dela.

— Há mulheres trabalhando como tipógrafas...

— Como tipógrafas? Então trabalhar como tipógrafa seria um caminho melhor para o meu *cérebro*, como o senhor disse de maneira tão franca?

— Bem, não...

— Acho que não. Talvez em vez disso o senhor pudesse sugerir que eu concorresse a algum tipo de cargo político. Fazer uso dos meus *talentos de oratória*. Afinal, muitas mulheres tentaram. Ajude-me a lembrar, sr. Everett, quantas delas *venceram*?

— Bem...

— Claro que nenhuma. Elas não tiveram chance. Como poderiam, quando as mulheres não podem sequer votar! — Edie se aproximou de Laws. — Este não é um país construído para as mulheres, sr. Everett. Mas eu não espero que o senhor entenda, não mais do que espero que entenda qualquer coisa sobre mim, minha vida ou as escolhas que eu precisei fazer.

— Edie, eu...

— Talvez eu possa deixá-lo com algum conselho que não tenha sido solicitado também, sr. Everett. Da próxima vez que sentir o desejo de falar para alguém que acabou de conhecer o que fazer da vida... Apenas *se contenha*.

Assim, Edie virou-se de costas e foi embora. Dessa vez, Laws não a seguiu.

EDIE ENTROU APRESSADA NO SAGUÃO DO TEATRO METROPOLITAN, AS FACES rosadas e a respiração curta. Ela havia praticamente corrido os cinco últimos quarteirões, em parte porque queria dar o máximo de distância possível entre si e Lawrence Everett, e em parte porque honestamente não conseguia acreditar que havia contrariado um repórter de propósito.

O que havia de *errado* com ela?

Ela pressionou as costas na parede do saguão — grata por estar vazio — e tentou recuperar o fôlego.

Nem tudo estava perdido.

Ela precisava se organizar para falar com Nell Doyle, e a morte não a impediria de completar sua tarefa. Só complicava um pouco as coisas.

Edie colocou a mão dentro do bolso da saia e tocou a chave que havia roubado bem debaixo do nariz de Laws Everett. Ela voltaria ao escritório da Rua F à noite, depois de a polícia ir embora, e faria uma busca minuciosa no lugar. Não tinha certeza, exatamente, do que esperava encontrar.

Mas seu instinto dizia que havia mais na morte dessa mulher — e na vida — do que as aparências demonstravam.

Ela respirou profundamente mais uma vez para se tranquilizar e então se desencostou da parede e se encaminhou para o corredor dos bastidores. Abriu as portas com um impulso e ficou paralisada.

— *Violet?*

No corredor, sua irmã parou derrapando, os pés descalços, cobertos só com a meia, escorregando no chão de madeira polida.

— Edie! Você está aqui!

— Onde estão suas *roupas*?

Violet, que só usava a anágua, o espartilho e a chemise, virou-se, rindo, foi até Edie deslizando e enlaçou seu braço no da irmã.

— Ah, espere só para ver, Edie. Acho que ele enlouqueceu de verdade dessa vez. Mas não vou negar que é muito divertido!

Antes que Edie pudesse fazer mais perguntas, Violet a arrastou pelo corredor, parou do lado de fora do Salão Verde e abriu a porta com uma reverência.

Edie se surpreendeu com a confusão de cores que atingiram seus olhos. Cada superfície da sala normalmente calma e tranquila havia sido coberta com pedaços de tecidos brilhantes, muitos deles estampados com desenhos berrantes, espalhafatosos. As médiuns da turnê, todas com pouca roupa, umas mais outras menos, enchiam a sala. Algumas conversavam em voz alta, sentadas nos móveis cobertos com os tecidos; outras estavam de pé com os braços esticados, enquanto uma equipe agitada de costureiras tomava suas medidas ou checava amostras de tecidos contra a pele delas.

— Parece que — disse Violet do lado de Edie — o branco está fora e as cores estão dentro.

Edie balançou a cabeça, perplexa.

— Achei que deveríamos parecer anjos etéreos.

— Parece que a semelhança com anjos não estava vendendo ingressos suficientes no momento. Flora disse que o sr. Huddle pegou a ideia de uma resenha sobre a turnê mais recente do P.T. Barnum. É um sucesso, claro, e todas as mulheres usam cores vibrantes e estampas arrojadas. Por isso nossos novos figurinos.

— Mas *nós* não somos um circo!

Violet arqueou uma sobrancelha.

— Não somos?

A resposta gaguejada de Edie foi abafada por uma comoção no meio da sala, para onde alguém havia arrastado um espelho de um dos camarins, colocando um pedestal na frente dele. Cora Bradley, que conseguiu desconcertar Laws Everett na noite anterior com suas afirmações sobre sua fama na Casa Branca, nesse instante estava dirigindo seus talentos consideráveis para a mulher que parecia ser a costureira-chefe.

— Sinto muito por ter feito um escândalo, minha querida — cantarolou Cora em um tom de voz alto, que claramente era para ser ouvido por todos os presentes. — Mas receio que essa cor simplesmente não combine. Os espíritos não gostam que eu use roxo. Eles deixaram essa preferência *bem* clara.

As mãos de Violet voaram para a sua boca para abafar uma risada, e Edie virou a cabeça para o lado para esconder o próprio sorriso. Mas quando avistou Lillian do outro lado da sala, absorta em uma conversa com Emma, a musicista espiritual, seu sorriso desapareceu. Avisando a Violet que voltaria logo, foi direto até Lillian.

— Desculpem interromper — disse Edie ao se aproximar das duas mulheres. — Mas, Lillian, eu queria saber se eu posso tomar um pouco do seu tempo.

O olhar de Lillian em Edie foi intenso, avaliando em silêncio.

— Claro. — Virando-se para Emma, ela disse gentilmente: — E, Emma querida, pense nisso. Acho sua desconstrução de Schubert extremamente fascinante.

Corando, Emma murmurou que iria pensar a respeito, e Lillian seguiu Edie para fora da sala até o corredor.

— Edie — começou ela assim que ficaram sozinhas. — O que houve? Você parece…

— Preciso que me diga tudo o que sabe sobre Nell Doyle.

Os olhos de Lillian se arregalaram.

— Mas eu já…

— Ela está morta, Lillian.

— *Morta?*

— A polícia estava lá quando eu cheguei hoje de manhã, investigando. Disseram que ela morreu no escritório, mas ela não morreu lá.

O rosto de Lillian ficou sem cor. Ela não perguntou como Edie sabia que a polícia estava errada sobre o local da morte de Nell. Não precisava.

— Há algo errado, Lillian. Tenho certeza. Então preciso que me conte tudo o que sabe sobre ela. Ela tinha família? Amigos próximos? Onde ela morava?

Lillian franziu a testa e balançou a cabeça.

— Edie, eu quero ajudar, só que… acho que eu não conhecia Nell Doyle muito bem.

— Você *acha*?

— Eu não conhecia — disse Lillian, com mais firmeza. — Não penso em Nell Doyle há meses, e foi só porque encontrei a carta dela enquanto eu estava examinando...

— Por que ela deixou São Francisco? Deve haver uma razão.

— Só o que a carta dizia era que ela precisava sair de lá o mais rápido possível. Ela me deu seu novo endereço. E seu novo nome. Disse-me para avisar se a nossa turnê viesse para cá.

Uma necessidade de sair da cidade *o mais rápido possível*. A adoção de um novo nome.

Será que Nell Doyle estava fugindo de alguém? A mesma pessoa sobre quem N.D. havia alertado sua mãe naquela carta?

E ainda assim eu me vejo obrigada a recomendar cuidado, minha querida.

Não era informação suficiente. Ela precisava saber mais.

— *Não pode* se lembrar só disso a respeito dela, Lillian. Você precisa...

Um grito vindo de dentro da sala interrompeu as palavras de Edie.

— *Ele não ousaria!*

Tanto Edie quanto Lillian giraram rápido ao som da voz revoltada de Violet. Quando elas voltaram correndo para a sala, encontraram Cora, meio envolta em um tecido de um tom particularmente desfavorável de amarelo-canário, confrontando Violet, cujas mãos estavam nos quadris ainda apenas parcialmente vestidos, cada linha de seu rosto tinha um traço mortal.

— Bem, não vejo por que não. — Cora abriu um sorriso sugestivo. Uma rápida olhadela ao seu redor deixou claro que ela estava tanto ciente quanto empolgada com a plateia. — Ela já o deixou na mão muitas vezes, se quer saber. Esse é o problema com vocês, jovens. Nenhum *respeito* pelo chamado. Ora, eu me lembro de quando os espíritos começaram...

— Ah, cale a boca — interrompeu Flora, seu cabelo ruivo-alaranjado contrastando intensamente com o vestido rosa brilhante em que uma das costureiras prendia alfinetes. — Você só está com inveja, porque, depois de Violet, Ruby ganha de você nos aplausos na metade das vezes.

— Ruby? — Lillian perguntou quando ela e Edie se juntaram ao grupo. — Ela voltou?

— Não — respondeu Violet, lançando um olhar acusatório na direção de Cora. — Mas parece que o sr. Huddle já declarou que ela está fora da turnê.

— Não sei por que você está jogando pedras em *mim* — disse Cora. — Não *fui eu* que fugi com outro...

— Não sabemos se ela fugiu com alguém — respondeu Violet de forma áspera. — Pelo que sabemos, ela sumiu assim como aquelas garotas de Belden Place. E aí está você, se *exultando* por causa disso.

— Bem — bufou Cora, ficando mais vermelha —, Ruby certamente se encaixa, não é? Aquela garota levanta as saias para qualquer...

Edie quase não pegou o braço de Violet a tempo. E foi só graças a Lillian, que tinha se colocado às pressas entre Violet e Cora, que Edie agarrou firme o cotovelo de Violet para afastá-la.

— Solte-me! — ordenou Violet, tentando se desvencilhar de Edie. — Preciso das duas mãos, porque vou pegar essa vigarista e *torcer* o seu...

— Muito bem — interrompeu Edie, em voz alta. — Chega. Deem-nos licença, pessoal. Por favor.

Houve um murmúrio geral de decepção das médiuns e das costureiras que haviam parado o trabalho para assistir à cena, mas todas se dispersaram bem rápido, permitindo que Edie arrastasse Violet para o outro lado da sala. Pelo canto do olho, ela ficou aliviada ao ver Lillian, ajudada pela chegada providencial de Ada, guiando a ainda indignada Cora para o corredor.

Girando a irmã para encará-la, Edie colocou as mãos de cada lado dos ombros dela.

— O que você tem na cabeça? Se o sr. Huddle souber disso...

— Eu sei, Edie. Eu sei. — Suspirando, Violet passou a mão pelo rosto. — A verdade é que eu *não estava* pensando. Cora me deixou tão irritada que eu...

Ela suspirou de novo. Depois encarou Edie.

— Eu não acho que ela fugiu. Ruby não faria isso. Ela não me deixaria preocupada assim.

Edie comprimiu os lábios, com medo de falar alguma coisa que pudesse reacender a raiva da irmã. Mas Violet não ficou satisfeita.

— O que foi? Por que está tão calada?

Soltando os ombros de Violet, Edie deu um passo para trás.

— Não sei o que quer que eu diga.

Violet estreitou os olhos.

— Bem, você não morreria se tentasse falar a verdade pelo menos uma vez.

Edie se sobressaltou em surpresa, seu olhar fixo em Violet. Será que ela estava imaginando o duplo sentido por trás das palavras da irmã? Ainda estavam falando de Ruby?

— Você poderia, por exemplo, apenas *admitir* que você e Cora são farinha do mesmo saco. As duas se convenceram de que Ruby fugiria com um homem qualquer sem deixar nem um bilhete!

Edie cruzou os braços.

— Mesmo não gostando muito da ideia de estar no mesmo saco de farinha de Cora...

— Isso não é uma *piada*, Edie!

— Não estou dizendo que é! É só que...

Edie hesitou, sem saber como dizer o que estava em sua mente.

— É só que o quê? — questionou Violet.

Edie suspirou.

— É só que... Ruby avisou a você da última vez? Antes de fugir para as Cataratas do Niágara?

— Não — disse Violet. — Mas todos nós sabíamos onde ela estava...

— Só porque Flora viu aquele homem saindo com ela carregando malas. Ela não *contou* de fato a ninguém. Mas ela nos *contou* há apenas dois dias sobre o cliente. Seu cliente muito *bonito*.

— Não sei o que isso tem a ver — murmurou Violet, mas Edie viu um lampejo de incerteza nos olhos dela, e se forçou a aproveitar.

— Eles tinham planos para um piquenique ontem de manhã. Não se passaram nem dois dias. Se eles decidiram estender para um passeio de fim de semana, não daria tempo de voltarem nem se *quisessem*. E quanto ao sr. Huddle expulsá-la da turnê, você sabe que metade do que ele fala é da boca para fora.

Violet abriu a boca para dizer alguma coisa, mas Edie continuou:

— Não estou dizendo que não devemos nos preocupar. Só estou dizendo... Talvez ainda não seja hora de entrar em pânico.

Violet ergueu os olhos, mirando-a através dos cílios.

— Você acha mesmo?

— Acho. Você sabe que eu amo a Ruby. Mas isso é exatamente o tipo de coisa...

— Srta. Bond?

As duas irmãs se viraram na direção da costureira-chefe que havia chamado o nome delas.

— Qual delas? — perguntou Violet.

— As duas, por favor — respondeu ela, fazendo um sinal para onde o espelho e o pedestal estavam. — Seus *figurinos* precisam combinar.

Antes de seguir, Edie deu uma espiada rápida na irmã, as sobrancelhas arqueadas. *Você está bem?*

Depois de uma breve pausa, Violet inspirou e fez que sim com a cabeça. Juntas, as irmãs se encaminharam para o meio da sala, onde a costureira-chefe, que distraidamente se apresentou como srta. Laurent, estava ocupada, orientando uma assistente que parecia atormentada ao equilibrar dois rolos de tecido nos braços.

O primeiro era verde-esmeralda estampado com listras azul-marinho. O segundo era o exato oposto do primeiro: azul-cobalto com verde.

Pegando o esmeralda primeiro, a srta. Laurent desenrolou uma faixa comprida e o segurou na frente de Violet. O tom quente acentuou a riqueza do cabelo castanho-avermelhado dela, o tecido combinava tão perfeitamente com a cor de sua pele que Violet parecia brilhar.

Murmurando de satisfação, a srta. Laurent devolveu o tecido verde para a assistente e pegou o azul. Mas quando ela repetiu o processo com Edie — segurando uma amostra de tecido contra seu cabelo louro-pálido —, não houve nenhum murmúrio de satisfação. Em vez disso, suas feições elegantes se fecharam.

Edie mudou de posição, desconfortável. Embora ela e Violet fossem tecnicamente idênticas, a coloração das irmãs — devido ao cabelo louro, quase branco, de Edie — não combinava. As lindas cores vibrantes que complementavam Violet faziam Edie parecer doente e pálida. Ela não sabia por que o sr. Huddle tinha colocado na cabeça que o figurino das duas deveria combinar, mas essa mulher certamente deveria ter sido avisada que sua tarefa era impossível.

Edie abriu a boca para falar isso, mas parou quando sentiu a mão de Violet deslizar dentro da sua. Surpresa, olhou para a irmã. Violet apertou a sua mão de leve, depois inclinou a cabeça e pressionou sua bochecha na de Edie.

Com o toque da pele de Violet na sua, o corpo inteiro de Edie relaxou. Ela pressionou ainda mais a bochecha na da irmã e permitiu que seus olhos se fechassem, enquanto a srta. Laurent guardava o tecido azul e dava várias ordens a uma segunda assistente, parecendo igualmente atormentada, que correu para ajudar.

Com os olhos fechados, uma lembrança surgiu na mente de Edie. Ela e Violet com oito anos, envolvendo-se em uma das suas raras mas horríveis brigas. Por causa de uma fita esmeralda.

Começou quando o seu pai, em uma rara demonstração de mimo, havia instruído a cada uma das filhas a escolher uma fita de uma loja do centro da cidade. As gêmeas eram idênticas na época, e Edie havia escolhido uma fita de cetim verde-escuro que valorizava o tom de vermelho em seu cabelo castanho-avermelhado. Violet havia escolhido uma fita rosa-clara, mas logo percebeu que não chegava nem perto de combinar com seu tom de pele e cabelo tão bem quanto a verde.

Ela pediu para pegar a fita de Eddie; mas, pela primeira vez na vida, Edie não quis dividir com a irmã. Segurar a fita verde no cabelo — o cetim macio roçando entre os dedos — lhe deu uma satisfação profunda, e ela queria guardar aquela sensação só para ela.

Mas Violet — desacostumada com esse tipo de recusa — arrancou a fita verde das mãos de Edie e saiu correndo para fora da casa. Edie foi atrás dela, gritando para que ela devolvesse. Seus dedos estavam a centímetros de pegar a ponta do tecido que esvoaçava quando Violet, claramente sabendo que ia perder, jogou a fita verde no riacho que corria atrás de sua casa.

— Se a fita não pode ser de nós duas — sua voz zangada gritou mais alto do que o barulho da água corrente —, então não vai ser de nenhuma!

O cetim verde boiou na superfície da água clara e fria por um longo segundo, até ser levado pela correnteza.

Edie havia se recusado a falar com Violet pelo resto do dia. Foi a briga mais longa que já tiveram, e durou até sua mãe subir na cama onde Edie tinha permanecido emburrada e abraçar sua filha chorosa.

— Eu nunca vou perdoar a Violet — disse Edie, entre soluços, nos ombros afetuosos da mãe. — Ela fez de propósito. Ela é egoísta e fútil, eu só queria uma coisa e ela não me deixou ter. Eu... Eu *odeio* ela.

— Ah, querida. — A voz da mãe era calma e clara, as mãos faziam círculos nas costas de Edie. — Eu sei como está se sentindo agora.

— Vou me sentir assim para sempre — insistiu Edie, determinada a continuar com raiva. — E nada do que disser vai me fazer mudar de ideia!

Com delicadeza, a mãe tirou Edie do seu ombro e a segurou com o braço esticado para conseguir mirá-la nos olhos.

— Edie, querida. Há tantas coisas que eu queria dar a você, sabia. Tantas coisas neste mundo que às vezes eu não sei se vou conseguir dar conta de todas.

Com o rosto triste, Edie concordou com a cabeça.

— Mas existe um presente, querida, que eu dei a você. Uma coisa que compensa por todo o resto. Você sabe o que é?

Edie comprimiu os lábios, adivinhando a linha de raciocínio da mãe, mas não queria responder.

Ela quase abriu um sorrisinho, mas manteve a voz séria ao dizer:

— Eu lhe dei uma irmã que vai sempre perdoar você, Edie. Que vai sempre entender. Um dia vai perceber como isso é valioso. Como isso fortalece você.

Com o olhar de desdém indignado de Edie, sua mãe desistiu de esconder o sorriso e puxou a filha de volta para o peito, abraçando-a e consolando-a, até as lágrimas de Edie cessarem e ela cair em um sono agitado.

Algum tempo depois, Edie escutou a porta do quarto se abrir de novo, e passos suaves de pés cobertos por meias entrando. Ela sabia que era Violet, mas não se virou quando a irmã subiu na cama perto de si. Em vez disso, encolheu ainda mais o corpo como uma bola de forma que só a bochecha direita ficasse à mostra.

Foi esse pedacinho de bochecha que Violet encontrou, e pressionou seu rosto no da irmã.

Foi a primeira vez que ela fez isso.

Assim que o rosto delas se encostou, Edie sentiu uma onda de emoções vindo de Violet. Confusão por Edie querer uma coisa só para ela. Culpa por ter roubado a fita. Remorso por tê-la jogado fora. Medo de Edie nunca perdoá-la. Pavor de ter perdido a irmã para sempre.

Foi o pavor que fez com que Edie parasse de remoer o sentimento de autopiedade. Ela pressionou seu rosto no da irmã com mais força, e quando sentiu o suspiro de alívio de Violet, soube que a irmã entendeu.

Tudo era perdoado. Sempre.

O último pensamento antes de ela e Violet adormecerem — aquecidas uma nos braços da outra — foi que sua mãe estava certa.

Um *tap* estrondoso cortou o ar, arrancando Edie da sua lembrança e forçando-a de volta ao momento presente.

Pelo menos uma dúzia de rolos de tecido tinham sido depositados aos pés dela e de Violet, mas parecia que a busca não tinha sido em vão. A srta. Laurent estava radiante, parada a cerca de trinta centímetros de distância, aplaudindo — a causa do barulho que as assustou —, enquanto uma de suas assistentes segurava um pedaço de um tecido macio, verde-acinzentado no espaço onde o rosto de Edie tocava o de Violet.

Um frio repentino na face direita de Edie a fez estremecer. Violet havia se endireitado, então as duas não estavam mais se tocando, o calor da pele dela foi logo desaparecendo. Olhando para a irmã, Edie viu que Violet a estava encarando. Havia uma expressão questionadora em seu rosto. Sua cabeça estava inclinada para o lado, quase como se ela estivesse aguardando alguma coisa.

Como se esperasse que Edie tivesse algo a dizer.

Mas então a srta. Laurent foi até elas, tirando o tecido das mãos da assistente.

— O *seu* — disse ela, apontando o queixo para Edie — vai ser combinado com rosa-claro. E o *seu* — disse para Violet —, com esmeralda. Está bem?

Violet abriu seu sorriso distinto e se aproximou do cetim verde-acinzentado, estendendo o braço para tocar nele. Então proferiu diversas exclamações, enquanto a srta. Laurent detalhava os planos para o modelo dos vestidos.

Edie ficou onde estava, em silêncio, nas mãos de uma assistente que correu para tirar suas medidas. Ela assistiu à srta. Laurent e sua irmã conversando alegremente com um estranho frio no estômago. Como se ela tivesse pulado um degrau ao descer um lance de escada.

14

Quando Edie resolveu retornar ao edifício de tijolos vermelhos da Rua F, 625, não havia policiais para recebê-la. Na verdade, o prédio inteiro onde ficava o local de trabalho de Nell Doyle estava silencioso e deserto, todas as lojas e escritórios, já fechados.

Ela entrou e parou no pequeno saguão, segurando a chave que havia guardado no bolso mais cedo naquela tarde. O sol estava se pondo e apenas poucos raios penetravam no corredor escuro, tornando fácil para ela se manter nas sombras enquanto caminhava até a Sala A. Mais cedo, quando estivera ali com Laws, aquela porta estava aberta, mas naquele momento se encontrava fechada. A letra cursiva em vermelho no vidro capturava a luz fraca.

MADAME PALMER, CLARIVIDENTE E MÉDIUM ESPÍRITA.

Ela tirou a chave do bolso e prendeu a respiração. Ela não teve tempo para testá-la quando a roubara naquela tarde, e se essa chave fosse de uma fechadura diferente…

Mas a chave se encaixou perfeitamente na fechadura. E quando a tranca virou, Edie soltou um suspiro de alívio. Talvez a sorte estivesse com ela, afinal. Ela deslizou para dentro, voltou a trancar a porta e colocou a chave roubada no seu devido lugar no suporte.

A sala estava escura. Havia apenas uma janela no alto da parede. Ela avistou um lampião de querosene em uma mesa de chá de pés finos e, após retirar a manga de vidro, pegou uma caixa de fósforos ali perto e acendeu o pavio. Depois recolocou a cúpula e diminuiu a luminosidade até emitir uma suave luz amarelada.

Após oferecer um pedido de desculpas silencioso, Edie iniciou um processo de busca por todas as coisas da mulher, começando pela pequena escrivaninha no canto. A sala já estava bem revirada, provando que, apesar de a polícia estar de fato errada sobre a maneira como morrera a médium, eles estavam muito empenhados com o que poderiam descobrir sobre ela.

Edie encontrou alguns cartões de visita, provavelmente de clientes em potencial, mas nenhuma agenda. Nenhuma carta pessoal, e com certeza nenhuma endereçada *a* ou assinada *pela* srta. Nell Doyle. E nada com o nome de sua mãe também. Não que ela ousasse esperar por isso.

Havia uma lista aparentemente inofensiva de itens para comprar no mercado que a polícia havia se dignado a deixar para trás na lata de lixo. Edie a segurou à luz do lampião, mentalmente a comparando com a letra que havia visto na carta em seu sonho. Sua memória da carta era vaga, mas Edie achou que a caligrafia *poderia* parecer similar.

Mas aquilo não dizia nada que ela já não suspeitasse.

Frustrada, jogou a lista na lata de lixo onde a havia encontrado e passou os olhos pela sala. E foi quando ela viu, despontando entre as almofadas de uma poltrona.

Um fragmento branco.

Ela saltou pela sala e puxou o tecido branco, com o coração batendo forte quando o objeto inteiro ficou à vista.

Uma bolsinha de ervas.

Caindo de joelhos, Edie jogou o conteúdo no tapete, separando pacotes cuidadosamente etiquetados de lavanda, artemísia, heléboro, matricária, folhas de louro e...

Edie tirou a mão depressa como se tivesse se queimado.

Ali. Em cima do confortável tapete de tecido estava uma raiz de beladona torcida, sua ponta preta e queimada.

Eu me vejo obrigada a recomendar cuidado, minha querida.

Nell Doyle havia alertado sua mãe. E parece que ela própria tinha tomado precauções.

Não podia ser coincidência que havia uma sombra no Véu que cheirava a beladona, como se alguém tivesse tentado — e falhado — forçá-la para o além.

Edie olhou para a porta trancada da sala.

Ela tinha planejado isso: atravessar o Véu quando estivesse segura de volta ao hotel e invocar o espírito da mulher lá. Mas a urgência que aquecia suas veias nesse momento fervilhava, e ela não podia esperar mais nem um minuto.

Com cuidado, Edie colocou de volta a beladona na bolsinha descartada junto ao resto das ervas. Depois, acomodou-se de pernas cruzadas e pegou seu próprio maço de lavanda, tentando ignorar a maneira como suas mãos tremiam.

Ela estaria preparada dessa vez: manteria a lavanda pronta e atravessaria de volta ao primeiro sinal de aproximação da sombra.

E se você não conseguir? E se a sombra acabar com você, e Violet nunca descobrir por que não voltou?

Edie enxotou esse pensamento, pegou sua caixa de fósforos e acendeu a ponta do seu maço de lavanda seca. Uma espiral contínua de fumaça branca subiu pelo ar. Fechando os olhos, ela tateou a ponta do Véu, soltou uma expiração profunda e deslizou para a morte.

❧

Dessa vez, o Véu da morte apareceu como uma floresta com grossas cortinas de névoa se elevando do chão e cobrindo um bosque de árvores altas e retorcidas. Não era a mesma floresta que Edie havia visto quando atravessara à procura da mãe um ano antes, mas era parecida o suficiente para ela sentir uma dor aguda de saudade no fundo do peito.

Mas não era hora de luto, ou sofrimento, ou arrependimento. Ela havia atravessado o Véu com um objetivo. E o tempo era curto.

Ela fechou o Véu atrás de si, mas manteve o maço de lavanda na mão, pronta para uma fuga rápida de volta à vida se a sombra aparecesse. Ao mesmo tempo, tirou um maço de alecrim seco da bolsinha. Nell Doyle só estava morta havia pouco tempo, então suas memórias da vida ainda deveriam estar frescas; mas Edie havia preparado a erva da memória, por via das dúvidas.

Segurando firme o maço de alecrim em uma das mãos e a lavanda na outra, Edie abriu a boca e sussurrou um nome:

— Nell Doyle.

O nome ecoou à sua volta, tanto amplificado quanto distorcido pela névoa onipresente. Todos os espíritos por perto devem ter ouvido seu chamado. Muito possivelmente a sombra também. Ela só podia esperar que Nell estivesse mais perto do que a sombra.

Um minuto se passou.

E depois outro.

Edie estava se preparando para chamar a mulher de novo quando avistou uma luz suave além de um círculo de árvores ao longe.

Um espírito se aproximava.

Ela estreitou os olhos, tentando discernir o que podia através da grossa neblina branca.

Parecia ser uma mulher. O cabelo comprido e cacheado emoldurava um rosto redondo. Edie esperava que Nell Doyle estivesse totalmente vestida, já que ela aparentemente morreu em seu local de trabalho. Mas o espírito que se aproximava nesse instante usava o que parecia ser uma fina camisola ou combinação. Será que a mulher tinha morrido dormindo, afinal? Seu corpo havia sido movido depois e vestido novamente?

Edie deu alguns passos na direção do espírito, com cuidado para não o assustar. Ao se movimentar, a névoa foi diminuindo adiante, e o rosto do espírito foi revelado.

Edie parou no meio de um passo.

Esse não era o espírito de Nell Doyle. Essa era...

— *Ruby?*

O espírito de Ruby parou a alguns centímetros de distância de Edie, erguendo o olhar do chão. E quando o fez, o coração de Edie pareceu afundar. Não havia como confundir a identidade do espírito à sua frente. Lá estavam os cachos louros e exuberantes de Ruby. Lá estava seu rosto redondo e curioso. Lá estavam seus olhos grandes e brilhantes.

Mas Ruby não podia estar *ali*. Ruby tinha fugido com o rapaz que havia conhecido recentemente. Ela não podia estar...

Edie balançou a cabeça tentando negar a palavra, mas sua mente a forçou de qualquer maneira.

Morta.

Ruby.

Morta.

Edie avançou rápido em direção ao espírito da amiga, ziguezagueando entre as árvores.

— Ruby! Ruby, o que aconteceu...?

Mas antes de Edie conseguir alcançá-la, o espírito estendeu as mãos, balançou a cabeça e… tremeluziu. Surgindo e sumindo. Como uma chama de vela crepitando.

Edie paralisou, sua mão voou para a boca. Ela havia visto um espírito tremeluzir exatamente daquele jeito uma vez antes. Minutos antes de a mãe morrer.

Ruby abriu a boca e falou:

— Atrás…

Sua voz estava fraca e suave. Quase baixa demais para ser entendida.

— … dos portões…

Seu espírito tremeluziu novamente quando ela falou. Parecia que cada palavra lhe custava um esforço tremendo.

— … pretos.

A oscilação aumentou em intensidade, como uma chama atingida pelo vento. O rosto de Ruby virou um borrão e ela caiu de joelhos, a névoa engolindo-a e a cercando como uma mortalha. Edie correu para a frente, e dessa vez não parou até estar ajoelhada diante do espírito da amiga. Um espírito cuja luz estava fraca demais para alguém cuja morte era tão recente.

— Ruby… — A voz de Edie falhou, mas ela se forçou a continuar: — Não estou entendendo. Quais portões? O que há atrás deles? O que *aconteceu* com você, e por que está…

Ruby balançou a cabeça. Depois levantou o queixo e olhou dentro dos olhos de Edie. Daquela distância, Edie pôde ver que seu rosto normalmente feliz e despreocupado estava contraído de dor. Dor e algo mais. Algo mais urgente. Será que Ruby tinha sofrido uma morte violenta? Ela não seria o primeiro espírito a pedir por vingança.

— Edie. — A voz de Ruby estava fraca. Falha e rouca. Como se ela tivesse gritado por tanto tempo que acabou por perdê-la. — A escuridão… os olhos…

Por um longo segundo, o tremor de Ruby parou. Sua luz ficou constante e estável o suficiente para Edie enxergar o pavor em seu rosto.

E então ela falou de novo. Uma única palavra.

— Depressa.

Seu espírito tremeluziu novamente. Só uma vez. E então… ela sumiu. Desapareceu na névoa como se nunca tivesse estado lá.

Edie fitou o lugar onde o espírito de Ruby estivera. Tentáculos gelados de névoa lambiam seu rosto, seus braços, sua nuca. Ela não entendia o que havia acabado de acontecer. Para onde o espírito de Ruby tinha *ido*?

Ela não havia sido puxada para além do Véu. Edie tinha visto espíritos sucumbirem à sua morte final. Tinha testemunhado sua última caminhada hesitante por uma grossa parede de névoa. Nenhum desses espíritos havia desaparecido como Ruby. Tremeluzindo como uma chama prestes a se extinguir.

Não podia ser coincidência. A luz de Ruby oscilando, exatamente como a do espírito que sua mãe havia encarado no Véu um ano antes.

Agora, Edie! Não tenho tempo para explicar.

A lembrança das palavras da mãe trouxe uma onda de frustração. Explicar *o quê?* O que sua mãe sabia que Edie não sabia? Tinha alguma coisa a ver com o espírito do homem que estava tentando amarrar? Ele havia sido... danificado de alguma maneira? Será que a mesma coisa tinha acontecido com Ruby? E o que Ruby estava tentando lhe dizer?

Ela poderia ter ficado daquela maneira a noite toda — ajoelhada no chão frio da floresta, repassando as estranhas palavras de Ruby na cabeça, sem se importar com o preço que seu corpo físico teria de pagar por permanecer tanto tempo na morte —, se não fosse pelo cheiro que a alcançou.

Fresco e verdejante. Como tomates verdes em uma trepadeira.

Ela virou a cabeça para cima depressa, procurando o Véu. Levou menos de um segundo para ver. No fim da floresta depois de uma fileira de árvores. Uma forma escura e nebulosa.

Ela se levantou cambaleando, enfiando o alecrim de volta na bolsinha ao mesmo tempo em que pegava sua caixa de fósforos.

A sombra se arremessou para a frente, movendo-se em sua direção com uma velocidade nada natural. Mas não era rápida o suficiente. Edie acendeu um fósforo e colocou fogo em um maço de lavanda, usando a fumaça lilás para abrir o Véu. Fechando os olhos, ela se lançou de volta ao seu corpo em vida, fechando o Véu atrás de si assim que atravessou.

Quando abriu os olhos de novo, ainda estava sentada de pernas cruzadas no chão do escritório de Nell Doyle.

Porém não estava sozinha.

Laws Everett estava ajoelhado à sua frente.

Edie se levantou às pressas. Rápido demais, considerando a tontura que veio como consequência do Véu. Ela oscilou para o lado. Laws estendeu a mão para equilibrá-la, mas Edie se afastou antes que ele pudesse tocá-la.

Ruby.

Ruby estava morta.

Violet sentiu que alguma coisa estava errada, mas Edie havia feito pouco-caso de sua preocupação. Elas nem sequer tinham *procurado* por ela. E agora Ruby estava…

— Preciso admitir, srta. Bond, que agora entendo por que a senhorita mantém *essa* parte da sua apresentação fora do palco.

Edie piscou para o jovem à sua frente. Estava escuro na sala, apenas o brilho suave vindo do lampião. Mas ainda assim ela podia perceber o deboche desafiador no rosto dele. Podia ouvir a convicção irredutível por trás das palavras dele.

Porque ele achava que era tudo uma piada.

Ele achava que *ela* era uma piada.

Ruby está morta.

— Por que o senhor está aqui?

Por um segundo, Laws pareceu desconcertado pelo tom abrupto de Edie. Mas logo se recompôs.

— Eu poderia perguntar a mesma…

— Não — retrucou Edie.

Ruby estava morta. Mas ela tinha pedido uma coisa para Edie. Ela havia pedido *pressa*.

— Você me seguiu até aqui por alguma razão — continuou Edie, seu tom frio e enérgico. — O senhor vai me contar o que é, e então me deixará em paz. Não fiz nada de errado, e não vejo razão para o senhor *perseguir* todos os meus...

— A senhorita arrombou uma cena de crime, srta. Bond.

— Eu não arrombei.

— Não — concordou Laws. — Primeiro a senhorita roubou a chave.

Edie precisou de um esforço considerável para manter a expressão neutra. Então foi *assim* que ele soube que ela retornaria ali. Ela tinha certeza de que ele não havia percebido quando ela deslizou a chave para dentro do bolso mais cedo, mas já deveria ter imaginado. Os olhos de águia de Laws não deixavam passar nada.

Entretanto, nada disso importava nesse momento. Ruby estava morta, e ela havia pedido pressa.

Pressa para *onde*, ela não fazia ideia. Mas não descobriria com os olhos bastante observadores de Laws Everett fixos nela. Ela precisava se livrar dele. Precisava de um tempo sozinha para *pensar*, enquanto o pedido de Ruby ainda estava fresco em sua mente. Ah, como ela desejava nunca o ter conhecido. Desejava que nunca tivesse buscado a ajuda dele naquele dia no...

Edie soltou um gemido.

Os portões pretos.

— Portões pretos? — questionou Laws, sua voz confusa. — Portões pretos de onde?

Foi então que Edie percebeu que havia dito seus pensamentos em voz alta. Xingando sua falta de cuidado, virou-se de costas e abriu a porta do escritório, parando apenas por um instante ao lembrar, tarde demais, que havia trancado a porta.

— Como a chave não estava disponível — disse Laws atrás dela —, receio ter sido forçado a arrombar a fechadura.

Mas Edie já não estava mais se importando com fechaduras e chaves. Sem falar mais nada, passou pela porta aberta e se lançou para o corredor, sua mente girando com as implicações do que havia percebido.

Será que os portões pretos que Ruby tinha mencionado podiam ser os pesados portões de ferro na frente dos quais Laura de Force havia discursado? Os portões do sanatório para onde Edie tinha inadvertidamente voltado naquela mesma tarde, que tinham provocado um calafrio por sua nuca?

E havia mais uma coisa que Ruby tinha dito.

A escuridão. Os olhos.

Edie havia atravessado para a morte, esperando que o espírito de Nell Doyle pudesse lhe contar a identidade da pessoa possuída pelo espírito que tinha escapado. Mas Edie havia encontrado o espírito tremeluzente de Ruby no lugar. E ela tinha falado sobre a escuridão nos olhos de alguém.

Os olhos eram sempre o indicador da possessão. Era a razão pela qual Violet fechava os olhos quando canalizava um espírito para que ninguém notasse a mudança. Se Ruby tinha percebido alguma coisa estranha sobre os olhos de alguém, isso significava que ela ficou de frente com quem quer que o espírito havia possuído? Foi isso que a matou? Será que a maneira como morreu era a causa de sua estranha oscilação?

Depressa.

Passos soaram atrás dela, e Edie ficou irritada — mas não surpresa — quando Laws a alcançou.

— Então, a senhorita realmente esperava que aquele truquezinho fosse funcionar?

A cabeça de Edie girou depressa na direção dele.

— Como é?

— Aquele negócio que a senhorita fez lá sentada no chão e me ignorando quando chamei seu nome meia dúzia de vezes. A senhorita esperava mesmo que eu cairia naquilo?

Eles haviam chegado ao saguão, mas, antes que Edie pudesse abrir a porta, Laws deu um passo adiante e a abriu para ela. Edie abaixou a cabeça, evitando os olhos do rapaz de propósito, e passou apressada por ele à luz do fim da tarde.

Em seu choque pelo luto por Ruby, Edie mal tinha considerado o fato de que Laws havia acabado de testemunhá-la atravessando de volta do Véu. Estava escuro na sala. Será que ele tinha percebido o estado sem vida do seu corpo? Será que havia visto a mudança quando seu espírito voltou?

Ela lhe lançou um olhar de soslaio. O sol baixo iluminou a lateral do rosto de Laws, destacando suas bochechas. Sentindo que estava sendo observado, ele a fitou, com olhos brilhantes de curiosidade.

Mas aqueles olhos eram sempre curiosos. Sempre brilhantes. Como ela podia dizer se essa curiosidade era de um tipo diferente?

Talvez a melhor estratégia fosse mudar de assunto e fingir que nada fora do comum tinha acontecido.

— Eu agradeceria — disse Edie — se o senhor pudesse manter o incidente desta noite apenas entre nós.

A boca de Laws se curvou.

— Quer dizer a parte em que a senhorita roubou a chave de uma mulher morta debaixo do nariz da polícia, quando entrou ilegalmente no local de trabalho dessa mulher ou quando apresentou uma sessão espírita falsa para público nenhum?

Ela virou a cabeça e pôs os olhos fixos à frente. Tanto trabalho para mudar de assunto.

— O que acha disto? — disse Laws, a voz divertida, mas mordaz. — A senhorita admite o que estava *de fato* fazendo na sala de Frances Palmer esta noite *e* por que veio procurá-la hoje mais cedo. Então eu talvez possa ser convencido a manter esta história de invasão guardada a sete chaves.

Quando Edie não disse nada, Laws falou de novo:

— Vamos lá, srta. Bond. A senhorita parece uma boa pessoa. Pense em como faria bem falar a verdade e tirar esse peso do peito. Posso até prometer anonimato, se confessar.

Edie parou de andar e se virou para encará-lo. Ela não tinha tempo para isso.

— Parece que o senhor quer que eu admita alguma coisa, sr. Everett. Pode me esclarecer qual a acusação?

Laws, que havia parado de andar quando Edie parou, encarou-a de uma maneira pensativa, avaliando-a. Então desviou os olhos e fez uma rápida varredura da rua cheia em volta, com o trânsito do fim da tarde.

Inclinando a cabeça, Laws fez um gesto em direção a um pequeno beco entre dois prédios. Com relutância, Edie o seguiu.

O beco era estreito, o que significava que havia menos de trinta centímetros entre os dois quando Laws fixou o olhar de expectativa nela e disse em voz baixa:

— Só existe um motivo para uma médium de passagem visitar alguém como Frances Palmer. Comprar informações sobre os clientes dela na cidade. E então, quando a senhorita descobriu sobre a morte acidental de Madame Palmer, decidiu esperar a polícia ir embora e voltar para vasculhar os arquivos da pobre mulher morta. Conte-me, a senhorita me ouviu chegando no corredor? Foi por isso que decidiu fingir o transe? Porque eu preciso admitir, é a única parte que não entendo muito bem.

Enquanto Laws falava, Edie percebeu que não havia razão para se preocupar sobre o que ele tinha ou não visto. Ele não era o primeiro a presenciar a verdade da morte, e depois considerá-la apenas uma atuação. E ele só estava seguindo os passos de Edie nesse momento porque acreditava que ela havia sido pega em flagrante na falsa encenação.

A fraude era, claro, um delito passível de punição. Algumas médiuns em atividade já haviam sido multadas ou condenadas a um tempo na cadeia por isso. Mas Laws não tinha uma prova real. E o sr. Huddle era bem hábil em lidar com esse tipo de acusação.

Não que Laws precisasse saber disso. Ele tinha que pensar que havia vencido. Que conseguiu o que fora procurar para deixá-la em paz.

Se Violet estivesse ali, ela já teria cuidado desse rapaz que mais parece um cão farejador. Mas ela não estava. E assim, Edie se esforçou ao máximo para forçar um rubor no rosto, em seguida abaixou o queixo e os olhos no que esperava fingir um sentimento de vergonha.

— Desculpe-me, sr. Everett. Mas eu...

Ela se virou de costas para ele e deixou um pequeno soluço de choro sair. Começou falso, mas então o rosto de Ruby surgiu na sua mente. Radiante, gargalhando, como estava no dia em que elas pedalaram na bicicleta emprestada na margem do rio.

O espírito de Ruby, fraco e tremeluzente.

O gosto amargo da culpa inundou sua boca. Um grande buraco se abriu em seu peito enquanto a tristeza, a frustração e o arrependimento lutavam dentro dela.

E então foi o rosto da sua mãe que tomou conta da sua visão. Assustada, mas determinada. Uma fumaça preta borrando sua silhueta. Fumaça que então se transformou em uma coisa alta e ameaçadora. Os portões de ferro do Sanatório de Sacramento para Loucos.

A adrenalina pulsou em suas veias. O medo apertou seu coração. Na hora em que Edie deu meia-volta, tornando a ficar de frente para Laws Everett, as lágrimas que brilhavam em seu rosto eram reais.

— Srta. Bond, eu...

Mas Edie balançou a cabeça, interrompendo-o.

— O senhor me desmascarou, sr. Everett. Quando publicar a história desta noite em seu jornal, minha irmã e eu vamos ser desacreditadas e arruinadas. Vamos ser expulsas da turnê. Nosso sustento vai acabar. Se o senhor quiser envolver a lei, então nós vamos... — Edie engasgou em outro soluço de choro. — Mas eu não espero que o senhor esteja preocupado com isso.

Os olhos dele seguiram as lágrimas em seu rosto e, por um segundo, Edie achou que ele pudesse estar amolecendo em relação a ela. Mas então o queixo dele endureceu e seus olhos se estreitaram.

— E quanto às pessoas que vocês enganam, srta. Bond? A senhorita se importa com *elas*? E quanto às mães enlutadas cujo dinheiro vocês tomam para que elas possam *conversar* com um filho que está morto e enterrado? Como a senhorita defende suas mentiras, então?

Ela sabia que não deveria rebater. Deveria deixá-lo ter a última palavra. Mas suas emoções estavam intensas demais e o olhar de julgamento a inflamou. Ela nunca tinha sentido a necessidade de justificar o que ela, e Violet, e *Ruby* tinham feito para sobreviver. Mas sentia nesse instante.

— O senhor quer saber como defendemos as *nossas* mentiras? — Edie deu um passo à frente, os próprios olhos estreitando também. — Como *o senhor* defende as *suas*?

Os olhos castanhos de Laws brilharam.

— Acredito que esteja confusa, srta. Bond. É *a senhorita* que ganha em cima de mentiras e encenações. Enquanto eu...

— Enquanto *o senhor* — interrompeu Edie — publica as mentiras daquele charlatão perverso, o dr. Lyon. O senhor conhece a suposta *cura* para mediomania, sr. Everett?

Quando ele não respondeu de imediato, Edie continuou a todo vapor:

— É chamada de "cura do repouso", na qual a mulher *afetada* é submetida ao desejo do médico homem. A *cura* vem quando ela não pode mais exercer um desejo próprio!

Um músculo do queixo de Laws estremeceu.

— A senhorita parece estar levando em conta um equívoco de que simplesmente por eu *relatar* a visão de um especialista em uma matéria, eu...

— Ah, sim — gritou Edie. — O senhor só está *fazendo o seu trabalho*. Bem, eu já li o jornaleco de quinta categoria que o senhor chama de jornal, sr. Everett. Uma publicação cuja única intenção é criticar as pessoas. Cujo dono não tem escrúpulos em ganhar dinheiro fazendo propaganda de *curas milagrosas* para cada doença possível sem uma única palavra de precaução. Um jornal que tão convenientemente ignora a corrupção desenfreada na assembleia legislativa, porque o homem que decide o que o senhor publica pertence ao mesmo clube de elite. Então qual o problema se esses mesmos homens são todos subornados por aqueles que lucram à custa das *crianças* que trabalham em suas fábricas e do trabalho não remunerado de *mulheres* por todo este país?

O peito de Edie estava arfando, sua respiração, superficial. Houve um brado alto vindo da rua seguido pelo relincho agudo de um cavalo. Uma lembrança de que, apesar da relativa privacidade naquele beco, ela e Lawrence Everett não estavam sozinhos. E mesmo assim ela não conseguia deixar de encarar aqueles olhos castanhos, não mais brilhantes e curiosos, mas ardendo com alguma coisa que ela não conseguia identificar.

— A senhorita deveria tomar cuidado, srta. Bond. — Ele deu outro passo na direção dela, sua voz baixa e suave. — Porque quase soa como se estivesse questionando a minha integridade.

Ele estava tão próximo que Edie precisou levantar o queixo para fitar seus olhos.

— "Integridade"? É *esse* o nome que se dá ao fato de não tomar nenhuma atitude enquanto os ricos e poderosos cometem seus pecados? Escolhendo, ao contrário, atacar a *nós* por reivindicar o pedacinho de mundo que nos é permitido? Mulheres como Lillian Fiore, que, depois de experimentar o que há de pior na humanidade, tem dedicado sua vida a proporcionar um pouco de conforto àqueles que não foram bem cuidados, ou que foram bastante prejudicados, pela profissão médica. Ada Loring, cujo único crime é encantar o público com sua mente brilhante. Flora McCarthy, que só leva admiração aos olhos da plateia. Minha irmã e...

Ela reprimiu o soluço que subiu por sua garganta.

— Minha irmã e... Ruby Miller. Que dão a mães, pais, filhas e filhos enlutados uma última chance de se despedirem. O senhor tem olhos que veem a verdade das coisas, sr. Everett. E ainda assim *esses* são os criminosos que o senhor quer punir?

Uma lágrima rolou por sua face. Seguida por uma segunda e uma terceira. Ela não se deu ao trabalho de enxugá-las.

Os olhos de Laws esquadrinhavam seu rosto. A mão dele se retorcia ao lado do corpo, e Edie teve a estranha sensação de que ele queria tocá-la. Por um segundo tenso, ela queria que ele fizesse isso. Queria a mão dele enterrada em seu cabelo, enquanto ele a puxava para seu peito. Queria sentir o som da voz dele dizendo que ficaria tudo bem.

Só que seria uma mentira. Porque *nada* ficaria bem. Não se ela não se livrasse desse rapaz nesse mesmo instante.

Edie piscou e deu um passo para trás. Laws pigarreou e enfiou a mão no bolso.

— Vou deixá-lo agora, sr. Everett. Acredito que o senhor seja capaz de entender por que eu digo com toda sinceridade que espero nunca mais vê-lo outra vez.

E então, sem nem sequer olhar para trás, Edie se virou e se afastou em direção à luz fraca do sol poente. Ela forçou seu coração agitado a desacelerar e se concentrou em controlar a respiração. Havia mais uma parada que precisava fazer antes de enfrentar os pesados portões pretos e o sanatório que eles delimitavam.

16

EDIE SE IMPULSIONOU PELAS PORTAS DO HOTEL UNION SUBINDO COM ESTRÉpito a escada para o quarto que compartilhava com Violet no terceiro andar.

Violet sabia que algo a respeito do desaparecimento súbito de Ruby estava errado, mas Edie havia descartado sua preocupação. Violet ficaria arrasada. Ficaria zangada. E quando Edie abrisse o jogo sobre a sombra no Véu — ela não podia mais esconder aquilo por muito tempo —, Violet ficaria...

Bem, Edie não tinha ideia de como a irmã reagiria. Ela só sabia que mereceria o que fosse.

E quanto a Nell Doyle? E quanto aos nomes na lista de sua mãe? Você vai contar para ela sobre isso? Vai contar tudo para ela?

Edie mordeu o lábio quando chegou ao topo da escada e fez a curva. Se ela iria se esgueirar no Sanatório de Sacramento naquela noite por causa das últimas ordens do espírito de Ruby, precisaria da ajuda da irmã.

Edie inseriu a chave e abriu a porta do quarto, sua mente ainda estava um redemoinho de indecisão. Ela podia começar devagar. Avaliar a reação de Violet, e então decidir se...

— EDIE!

Ela mal teve tempo de olhar para cima antes de ser envolvida em um abraço forte, o aroma de óleo de rosas de Violet a cobriu como o mais quente dos xales.

— Ah, Edie! Estou tão feliz que esteja aqui!

Violet afrouxou o abraço e se afastou, revelando uma expressão radiante. A alegria em seu rosto era impressionante, e por um segundo, Edie perdeu o fôlego. Ela não se lembrava da última vez que vira Violet tão... feliz. Era contagiante. Antes de Edie perceber, a preocupação, o medo e a confusão que estavam revirando seu estômago desde que tinha visto o espírito de Ruby sumiram, e ela estava retribuindo o sorriso da irmã.

— Bem, o que é tudo isso?

Violet soltou sua risada vibrante e se inclinou para a frente de novo, colocando a bochecha contra a de Edie da mesma maneira como havia feito durante a prova de roupa. E como sempre, a posição permitia a Edie sentir imediatamente o que a irmã gêmea estava vivenciando. Uma consistente onda de alegria pura e verdadeira.

— Estou feliz por você — sussurrou Edie no ouvido da irmã. E era verdade. Muito embora ela não tivesse ideia de *por que* estava tão feliz. — Mas também estou morrendo de curiosidade.

Violet tornou a rir, apertou a sua mão e soltou um breve e contente suspiro.

— O teste, Edie. — A voz dela estava repleta de admiração quando falou. Como se não acreditasse nas próprias palavras. — Eu consegui. O diretor enviou um telegrama para John me convidando para fazer uma leitura com o resto do elenco amanhã de manhã em São Francisco. John contratou uma carruagem para hoje à noite. Ele está esperando lá embaixo, e sei que vai ser uma viagem difícil, mas eu estou tão animada que não vou conseguir dormir mesmo. E estou tão feliz que esteja aqui, pois pude contar...

Ela se afastou do abraço, o sorriso sumindo ao olhar para o rosto de Edie.

— Edie? O que foi? Qual o problema?

Mas Edie não estava olhando para Violet. Ela estava absorvendo o estado do quarto de hotel. Entre as duas, as gêmeas possuíam um guarda-roupas bem limitado, e parecia que cada item de vestuário — de vestidos e saias a lenços e sapatos — tinha sido tirado do seu respectivo cabide, gaveta ou caixa e estava em cima da cama, jogado nas costas de uma cadeira ou colocado sem cuidado sobre a cômoda.

Mas foi a imagem da maleta azul-clara de Violet, pousada tranquilamente no meio do caos, que prendeu sua atenção. A mala de viagem. Arrumada e pronta para partir.

Em algum lugar dentro do quarto, embaixo das tantas pilhas de roupas e chapéus, estava a mala de Edie. Idêntica, com a diferença que os amassados e os arranhões eram em lugares diferentes. Pela primeira vez na história da vida das gêmeas, a mala de Violet estava feita e a de Edie, não.

Edie desviou os olhos da mala de viagem e tornou a fitar a irmã.

Violet ia deixá-la.

Essa constatação a fez se sentir estranhamente leve. Como se seus membros tivessem parado de existir. A parte prática de seu cérebro lembrou a Edie que era só um teste. Uma única noite longe. Mas seus ossos — pelo menos os que ela ainda conseguia sentir — sabiam que seria mais do que isso. Violet quis aquilo a vida inteira. Edie fizera pouco caso por ter considerado uma distração impossível, que nunca aconteceria.

Ela estava errada.

— E quanto à sessão de Mary Sutton? — perguntou Edie, estremecendo ao sentir o desespero na própria voz. — É amanhã à noite.

— Eu sei, e John prometeu que voltaremos a tempo. O teste é de manhã, e então pegaremos um barco a vapor logo depois. Só que... — Violet parou. Seus olhos examinaram o rosto de Edie, e então, com uma voz cautelosa, ela perguntou: — Vamos seguir com essa sessão? Você achou o que... precisava?

Edie enrijeceu.

— O que eu precisava?

— Para aquele espírito. Ele pode causar problema, não é? Se interromper amanhã à noite.

Edie lançou um olhar indagador à irmã. Violet piscou para ela. Mas havia algo por trás da sua expressão gentilmente curiosa que alertou Edie para seguir com cuidado.

— Não — disse Edie, virando-se um pouco para tirar o chapéu e as luvas. — Ainda não achei. Mas vou achar. Não vou deixar passar essa chance.

Violet abriu a boca como se fosse falar, mas então balançou a cabeça e pressionou os lábios um contra o outro.

Mais uma vez, uma voz persistente na cabeça de Edie insistiu para que ela contasse tudo para a irmã, não importava o resultado.

Ela colocou o chapéu em cima da cômoda enquanto outro pensamento lhe ocorria. Contar tudo a Violet a impediria de ir. Nenhum teste, por mais desejável que fosse, seria mais importante do que o último pedido de Ruby na morte. Violet poderia odiar Edie quando soubesse da verdade, mas ficaria ali.

Edie se virou para Violet, com as palavras na ponta da língua. Mas então foi contida pelas rugas de preocupação que se formaram no rosto da irmã, estragando sua alegria anterior.

Um ano antes, Edie havia prometido a si mesma que construiria uma vida nova para elas. Uma vida melhor do que aquela que lhes fora tirada por sua culpa. E ali estava Violet, com uma chance real para a vida de seus sonhos.

Ela só precisava que Edie saísse do caminho e a deixasse aproveitar.

Enrijecendo o queixo, Edie caminhou até a cama de Violet e pegou a maleta azul-clara arrumada. Infundindo o máximo de ânimo que conseguiu reunir na voz, ela disse:

— Você não deveria se preocupar com nada disso agora, de qualquer maneira. — Andando até Violet, ela lhe ofereceu a mala. — Você deveria estar focada no teste.

Violet esticou o braço, mas parou antes de pegar a mala, a mão pousada ao lado da de Edie na alça de couro.

— É isso? Isso é tudo o que vai dizer?

Edie hesitou.

— Eu... bem. Sei que não se deve desejar boa sorte, mas espero que saiba que eu... desejo que tudo corra bem.

Um ponta de decepção cruzou o rosto de Violet. Ela pegou a alça da mala de viagem e se virou para a porta. Mas então, antes de abri-la, parou. Sem se virar, disse:

— Você sabe que não posso esperar para sempre.

Edie sentiu um aperto no peito.

— Eu não... Esperar pelo quê?

Violet não saiu de onde estava perto da porta, só virou a cabeça para que pudesse encontrar os olhos de Edie.

— Não posso esperar para sempre até que me conte por que está agindo assim. Pois a minha irmã, a pessoa mais determinada e cheia de opiniões que conheço, passou o último ano vivendo como um ratinho com medo da própria sombra.

O rosto de Edie ficou quente, seu estômago se revirou com a injustiça das palavras da irmã.

— Se alguém vai dar um sermão, Vi, acho que eu...

— Ah, não — disse Violet, virando-se totalmente para encará-la. — Acho que eu já sei esse de cor. Você está preocupada que eu não esteja sendo realista. Que não esteja escolhendo coisas práticas. Sabe o que eu sempre quis dizer quando você fala isso?

Edie olhou nos olhos da irmã, mas não falou nada.

— Que pelo menos *eu* não estou vivendo cada momento com medo. Pelo menos todos os pensamentos que passam pela *minha* cabeça não têm a ver com o que pode dar *errado*.

— Não — disse Edie, calma. — Você deixou todo esse trabalho para mim.

A gargalhada que Violet soltou dessa vez não teve um pingo de alegria. Foi triste e fria, e o coração de Edie se apertou de dor ao ouvi-la.

— Você virou uma mentirosa tão boa, Edie. Eu até me pergunto se sabe quando está mentindo para si mesma.

— O que *isso* quer dizer?

Violet balançou a cabeça, a frieza no olhar.

— Nunca entendi como você pôde pensar que eu era tão burra, Edie. Como pôde *realmente* pensar que eu não fazia ideia.

Edie ficou paralisada, o sangue virando gelo.

— Não sei o que aconteceu com você e a mamãe naquele dia no Véu. Mas sei que alguma coisa aconteceu. E essa expressão em seu rosto agora… Como se estivesse sendo assombrada… Você estava com a mesma expressão logo depois de ela ter morrido. E também dois dias atrás. Vai me contar por quê?

A pergunta de Violet ficou pairando no ar entre elas. Silêncio. Espera. E a cada segundo que Edie não respondia, a cada momento de silêncio entre elas, o peso ficava ainda maior. Até que se tornou uma coisa tão sólida que Edie poderia ter estendido a mão e tocá-lo.

E ainda assim, Violet esperou. Esperou Edie falar alguma coisa. Confessar, talvez. Ou mentir mais uma vez.

Mas Edie não conseguiu falar. Não conseguiu se *mexer*. Sobrevivência era o instinto que estava predominando sobre qualquer outro, como se ela tivesse sido descoberta pelo olhar de um predador, e ficar imóvel como uma pedra fosse a única maneira de permanecer viva.

Por fim, Violet suspirou. Ajeitou a mão na alça da mala azul-clara, girou a maçaneta prateada da porta do quarto e deslizou para fora. Seus passos foram macios ao longo do tapete do corredor, ficando cada vez mais fracos. Eles pararam por um segundo no que devia ser o topo da escada. Mas, em vez de se virar, ela continuou descendo. Até finalmente não haver mais nada para escutar.

Até Edie saber que a irmã tinha ido embora de verdade.

Depois de Violet sair, Edie ficou encarando a porta fechada pelo que poderiam ter sido horas ou minutos.

A leveza e o formigamento em seus membros se intensificaram, até ela ter a sensação de que seu corpo pudesse sair flutuando. Porém, ao mesmo tempo em que sua mente lutava para se distanciar da dor de ver a irmã partir, uma voz distante, mas persistente, dizia a Edie para *se mexer*.

Hesitante, ela obedeceu. Como se estivesse entorpecida, examinou com minúcia as roupas que Violet havia espalhado no chão, até encontrar a saia e a blusa pretas que tinha usado nos meses que se seguiram à morte da mãe. A mesma voz impulsionou Edie a abrir a gaveta da escrivaninha e deslizar o estojo de couro que continha a faca com cabo de osso da sua mãe para o bolso da saia.

Menos de quinze minutos depois, Edie estava no saguão do hotel — embora não tivesse lembrança de como havia chegado lá —, saindo pelas portas para o sol poente.

Seguindo na direção oeste pela Rua K, ela mal notou quando passou pelos estábulos, onde ficavam as mulas que puxavam os bondes — seus pés evitaram os montes extras de estrume por puro instinto — e passou pela estação de trem a que ela e Violet tinham chegado menos de uma semana antes, onde um garoto pequeno vendia braçadas de papoulas da Califórnia de um amarelo-vivo por vinte centavos o buquê.

No entanto, mesmo que seus pés estivessem caminhando ao longo das calçadas de tábuas de madeira e seus braços envolvessem seu corpo por causa do frio do início da noite, Edie tinha a distinta sensação de estar dividida. Como se tivesse saído do corpo e estivesse assistindo a essas ações de longe.

E então uma voz soou atrás do seu ombro, seguida por um assovio e um coro de risos.

Risos de homem.

— Bem, essa aí não é nada mal! Não é, mocinha?

E foi assim que Edie desabou de volta ao próprio corpo.

A dor que ela estava evitando — o buraco no estômago que havia se formado com as palavras de despedida de Violet — tirou sua energia por um segundo. Mas até mesmo isso foi logo deixado de lado quando Edie se virou e avistou um grupo de marinheiros, claramente indo para uma noite de bebedeira para então sair cambaleando de uma das muitas casas de aposta que se enfileiravam na zona portuária. Um dos marinheiros — um homem jovem de aparência sebenta com olhos pequenos e pretos — estava perto o suficiente para Edie sentir o fedor de peixe e suor exalando de seu corpo. Quando seus olhos pousaram nele, os lábios finos dele se curvaram em um sorriso.

Edie enfiou a mão no bolso, apertando o estojo de couro com a faca da mãe, e então abaixou a cabeça e saiu correndo.

À sua esquerda, a preguiçosa correnteza do rio Sacramento fluía, rosa-claro ao pôr do sol. Mas à sua direita, mais bares e casas de apostas se enfileiravam na rua, suas janelas iluminadas com uma luz amarela turva, e os espaços cheios de homens aos berros, acompanhados de mulheres com vestidos decotados.

No que ela estava pensando, andando ao longo da zona portuária quase à noite assim? Ela deveria ter contratado um veículo, não importava o preço.

Mas a resposta, claro, era que ela não estava pensando.

Devagar, Edie arriscou uma espreitada para trás. Um arrepio gelado na nuca a avisou que estava sendo seguida, mas uma rápida olhadela revelou que o marinheiro que havia falado com ela ainda estava apoiado na parede de uma casa de apostas, uma aranha esperando a chegada da próxima presa.

Ela se permitiu um único suspiro de alívio. Depois, desviando-se de um bêbado desmaiado na rua, tornou a apressar o passo para uma caminhada acelerada. Ela havia tido sorte. Mas não podia se dar ao luxo de se descuidar mais uma vez. Precisava da cabeça no lugar para o que a esperava adiante.

Cinco minutos depois, Edie alcançou a suspensa ponte ferroviária de aço. Ela continuava com a sensação desconfortável de estar sendo seguida, mas não enxergava ninguém atrás dela quando se virava. Logo estava subindo a Rua G, a algazarra e a balbúrdia barulhentas da zona portuária desaparecia. E então... ela sentiu.

Uma pressão familiar na cabeça. Um aviso na boca do estômago.

Mais meio quarteirão e ela o avistou. Agigantando-se à sua frente. Muros altos de pedra atrás de portões pretos de ferro. Uma placa acima onde se lia: SANATÓRIO DE SACRAMENTO PARA LOUCOS.

Mais cedo naquela tarde, ela havia presumido que sua reação física àquele lugar não era nada mais do que nervosismo. Medo de como seria sua vida se seu pai a encontrasse e a forçasse a viver atrás daqueles portões para sempre.

Mas nesse momento ela entendia o que não tinha percebido antes. Aquela pressão na nuca... O revirar no estômago... Eram uma resposta para um afinamento do Véu.

As palavras de Ruby surgiram em sua mente.

Atrás dos portões pretos.

Depressa.

Ela deu alguns passos para a frente. As grades do portão eram próximas demais para que Edie passasse entre elas, e o muro de pedra que cercava a propriedade devia ter pelo menos três metros de altura. Ela não conseguiria escalar sozinha.

E sozinha era exatamente como ela estava.

Você sabe que não posso esperar para sempre.

Com esforço, Edie expulsou as palavras de Violet de sua mente. O espírito de Ruby tinha lhe dado uma tarefa, e Edie já havia decepcionado pessoas demais por um dia.

Seus olhos examinaram os muros do sanatório mais uma vez. Havia alguns grandes carvalhos crescendo em volta dos muros. A noite cairia logo. Talvez ela pudesse esperar a cobertura da escuridão e então escalar uma das árvores? E para descer, ela... pularia? Não, ela certamente quebraria um tornozelo, e então onde estaria? Ela precisava achar uma corda. Poderia amarrar a corda ao galho de uma árvore e depois...

— Nós deveríamos mesmo parar de nos encontrar assim.

Assustada, Edie deu um salto e, ao mesmo tempo, tentou se virar em direção à voz. O resultado foi um tipo de giro no ar que tirou seu equilíbrio.

Uma mão a alcançou para firmá-la.

— Isso — disse o rosto sorridente de Laws Everett — é exatamente o que as ovelhas costumavam fazer.

EDIE PUXOU COM FORÇA O BRAÇO QUE LAWS HAVIA SEGURADO.

Ele a soltou e deu um passo para trás, dando-lhe espaço. Antes que ela pudesse exigir que ele dissesse o que estava fazendo ali, espionando-a no meio da calçada, Laws levantou a mão e falou:

— Antes que me pergunte. Desta vez eu *realmente* a segui.

Os olhos de Edie se estreitaram, mas Laws continuou falando:

— Falei para o meu editor que queria ir atrás da história que sua amiga Lillian me contou. Aquela sobre o sanatório.

A boca de Edie fechou rápido. Isso *não* era o que ela esperava que ele fosse dizer.

— Ele disse que não. Então eu disse que faria por conta própria e pedi demissão.

— O senhor pediu demissão do *Sting*?

Laws confirmou com a cabeça.

— Fui procurá-la no hotel, porque, bem, a senhorita estava certa. Eu me tornei jornalista, pois queria ajudar as pessoas a descobrir a verdade das coisas. E acho que eu... Bem, para ser honesto, fui preconceituoso com a senhorita. A senhorita e suas amigas. Eu tinha meus motivos, mas nunca deveria ter...

— Quais eram?

Laws inclinou a cabeça com a pergunta.

— Seus motivos para o preconceito.

— Bem, srta. Bond. É uma longa...

— Pode me chamar de Edie.

Mortificada, Edie teve de se impedir de tapar a própria boca.

O que ela tinha acabado de falar?

— Edie então — disse Laws, um sorriso repuxando o canto dos lábios. — Mas só se você me chamar de Laws.

Sem conseguir formar palavras de fato, Edie só concordou com a cabeça.

— Bem, *Edie*. — Laws mudou o peso de um pé para o outro. — Se quer mesmo saber...

— Quero.

Dessa vez, o sorriso dele se abriu de verdade. Mas desapareceu tão rápido quanto surgiu.

— Tudo bem, então. — Enfiando as mãos nos bolsos, Laws encarou um ponto fixo na calçada. — Como deve se lembrar, eu cresci em uma fazenda. Com ovelhas. — Ele lhe lançou um rápido olhar provocador, depois baixou os olhos outra vez. — Era do meu pai, mas ele morreu quando eu tinha doze anos.

— Sinto muito.

— Obrigado. Foi uma época difícil. Porém, mais difícil para a minha mãe. Ela não... aceitou bem essa morte. Então, quando uma médium viajante foi até nossa cidade, afirmando que falava com os mortos, minha mãe foi a primeira a marcar uma consulta. Deu cada centavo que tínhamos, inclusive o dinheiro que ela conseguiu fazendo uma hipoteca da fazenda, para aquela mulher. Quando ficou sem dinheiro para pagar a médium, ela tirou a própria vida. Deixou-me um bilhete dizendo para não me preocupar. Que ela faria contato comigo a partir do outro lado. — Os olhos dele piscaram e se viraram para o rosto de Edie, e embora tenha sido só um segundo antes de ele baixar o olhar novamente, Edie viu ali uma dor verdadeira. — Óbvio que estou esperando até agora para isso acontecer.

Edie fitou a cabeça abaixada de Laws. Sem palavras.

Sua mente relembrou a pergunta que ele havia lhe feito no beco.

E quanto às pessoas que vocês enganam, srta. Bond? E quanto às mães enlutadas cujo dinheiro vocês tomam?

Ela tinha lhe respondido com tanta convicção. Desconsiderando as preocupações dele.

— Laws. Sinto muito. Eu não… Não sei o que dizer.

Ele então olhou para ela, dessa vez mantendo o contato visual.

— Não precisa dizer nada. Não é sua culpa.

— Mas eu…

— De verdade — disse Laws, interrompendo-a. — Você perguntou, e eu contei. Simples assim. — Tirando as mãos dos bolsos, ele as cruzou na frente do peito. — Em vez de falar disso, acho que deveríamos conversar sobre *como*, exatamente, você estava planejando invadir uma propriedade do governo.

Os olhos de Edie se arregalaram.

— Não faço ideia do que está falando.

— Claro que não. E é por isso que, só como tema de conversa, vou comentar que a última vez que tentei entrar nesse prédio nas minhas investidas, reconhecidamente equivocadas, para obter uma entrevista com o recluso dr. Lyon, percebi que há vigias andando pela área. Vigias que vão avistar qualquer pessoa no mesmo instante, mesmo se você *conseguir* escalar esses portões.

O estômago de Edie se revirou. Ela não tinha pensado nisso.

— A não ser que você tenha outro plano.

Claro que ela não tinha outro plano.

— Sinto muito pelo balde de água fria.

— Vou repetir — disse Edie. — Não faço ideia do que está falando. Eu só estava dando um passeio.

— É claro. Eu também adoro um bom passeio. Ainda mais quando uso uma roupa toda preta que não é nada suspeita. Claro, se *for esse* o caso, então suponho que você não estaria interessada em saber sobre o homem que eu posso ou não conhecer dentro do sanatório.

Edie o encarou na mesma hora.

— Ah. *Achei* que pudesse interessar.

— Por quê?

Laws levantou uma sobrancelha.

— Por que é que ele está lá dentro? Bem, alguns de nós têm trabalhos *honestos*. Não é algo que eu espere que entenda muito bem…

— Não. Por que está me contando isso? Por que iria querer me ajudar, *hum*…

— Por que eu iria querer ajudá-la a invadir um sanatório público?

Edie estremeceu com a franqueza das palavras dele, mas não as negou. Os olhos de Laws cintilaram.

— Bem, eu poderia dizer que isso é parte da história que me propus a escrever. Que eu quero ver o interior desse lugar sem que eles tenham tempo de se preparar para uma visita da imprensa. Mas isso não seria realmente a verdade. E não tenho certeza se nossa amizade recente suporta o peso de mais uma mentira, não é?

Edie não disse nada. Ele deu um passo em sua direção.

— Vou ser sincero, Edie. Como jornalista, eu me orgulho de ter certo… faro para a verdade, digamos assim. Um instinto no qual aprendi a confiar. E esse instinto me diz que você está enfiada em uma coisa grande. Uma coisa que não deveria encarar sozinha.

Sozinha.

Mas Edie nunca tinha estado sozinha. Ela sempre tivera Violet.

Laws enfiou as mãos nos bolsos.

— Olhe, você não me deu nenhum motivo razoável para confiar em você. Diabos, você tem mentido descaradamente desde o instante em que nos conhecemos. E mesmo assim, por alguma razão, eu confio. É verdade, confio em você. — Ele não tinha mais a habitual expressão de humor e a observou com um olhar sério e pensativo. — Então, para responder a sua pergunta… Eu simplesmente quero ajudar. O que me leva a uma pergunta que quero fazer.

Os olhos de Edie encontraram os de Laws.

— Ah. E o que é?

Laws arqueou uma sobrancelha.

— Você está pronta para confiar em mim também?

Meia hora depois, Edie estava inclinada contra a casca áspera de um carvalho, tentando comer sua metade de um sanduíche de queijo, que Laws tinha comprado da carroça de lanches noturnos do outro lado da rua.

— É melhor comermos enquanto esperamos — ele havia dito enquanto partia o sanduíche em dois.

Quando Edie havia perguntado — pela vigésima vez pelo menos — *o que* exatamente eles estavam esperando, Laws tinha apenas dado uma piscadela e dito que ela logo veria.

Antes de comprar os sanduíches, Laws havia encontrado um garoto disposto a levar um bilhete para o "homem lá dentro". Mas então, após Edie ter recusado responder às perguntas *dele* sobre *quem* ou *o que* ela estava procurando dentro do sanatório, em troca ele se recusou a responder as perguntas *dela* sobre o que aconteceria a seguir. Eles estavam em um impasse desde então.

Edie se mexeu contra o tronco de árvore. A casca era áspera e afiada contra suas costas, e era quase impossível encontrar uma posição na qual uma pequena pedra ou raiz não estivesse espetando sua coxa. Laws, que havia muito tempo já tinha engolido sua metade de sanduíche, estava esparramado de costas sobre o chão coberto de folhas. Um braço lhe cobria os olhos, e ele parecia, para quem visse, estar no meio de uma boa e prazerosa soneca.

Não que Edie pudesse ver mais do que a sua silhueta. O sol já havia se posto fazia meia hora e a escuridão era quase total. Sem querer levantar qualquer suspeita por perambularem a um quarteirão do sanatório depois de anoitecer, Edie e Laws aproveitaram o pouco de vegetação para se encobrirem fora do alcance do brilho dos postes de luz recém-acesos.

Edie engoliu um pedaço do sanduíche de queijo. Apesar de não ser culpa do cozinheiro, o sanduíche tinha gosto de serragem.

— Quanto tempo, exatamente, devemos esperar?

— Vai ser a qualquer hora agora.

— Você disse isso vinte minutos atrás.

Laws encolheu os ombros, fazendo as folhas farfalharem.

— Esse negócio criminoso leva tempo. E planejamento adequado.

— Eu *não* sou uma criminosa.

— Ah, não? — Mais farfalhar de folhas quando a figura de Laws se apoiou nos cotovelos. A luz da lua que subia no céu e o brilho distante dos postes de rua eram suficientes apenas para iluminar o reflexo de provocação nos olhos dele. — Como sou bobo. Achei que arrombar e invadir ainda fossem considerados crimes neste país. A não ser, claro, que possa me elucidar sobre o que exatamente você...

— Não.

Uma risada vibrou na garganta dele.

— Achei que não.

As folhas farfalharam outra vez quando Laws se levantou do chão. Depois de sacudir o casaco sobre o qual estava deitado, ele enfiou os braços nas mangas e espreitou entre as árvores na direção da rua. Depois, virou-se para Edie e estendeu a mão.

Edie a fitou, sem fazer qualquer movimento para aceitá-la.

— Espero que não esteja pensando em desistir agora, porque acho que nosso homem chegou.

Ignorando a mão esticada, Edie se levantou depressa e se encaminhou para a rua.

O trânsito na Rua 6 havia mantido um ritmo contínuo pela última hora, charretes, veículos de aluguel e belas carruagens pretas passavam com regularidade. Mas não foi uma elegante carruagem preta que parou ao lado da calçada naquele momento. Foi uma carrocinha de quatro rodas, puxada por um único cavalo. A carrocinha de madeira era pintada com um tom azul-hortênsia, e as seguintes palavras estavam escritas ao longo das laterais:

WAH LEE

LAVAGEM E ENGOMAGEM

Laws se aproximou da carrocinha e levantou a mão em um aceno. Edie segurou o cotovelo dele e o puxou de volta.

— Achei que tinha dito que conhecia alguém lá dentro!

— Bem, e o que acha que é isso?

— Acho que é uma carrocinha de lavanderia.

— Exatamente — respondeu Laws, com uma piscadinha. — Uma carrocinha de lavanderia que está indo *lá para dentro*.

Antes que Edie pudesse explicar que isso não tinha *nada a ver* com o que ela achava que ele quis dizer ao afirmar que conseguiria fazê-los entrar, o condutor da carrocinha se inclinou para a frente, colocando a cabeça para fora no assento da frente.

— Lawrence Everett — chamou o motorista. — Pode acreditar que vou lhe mandar a conta deste trabalho de última hora.

O motorista era um jovem com ascendência do leste asiático, que parecia ter por volta da idade de Laws. Usava um chapéu de feltro todo preto puxado para trás, revelando que, apesar do tom de voz seco, seus olhos cintilavam com um brilho malandro. Laws gentilmente se desvencilhou de Edie e foi na direção do condutor.

— Ora, Tom. Você sabe que eu pago o que devo.

— Eu só sei — disse o condutor, que pelo visto se chamava Tom — é que depois dessa, estamos quites.

— Quites? — Laws enfiou as mãos nos bolsos e soltou um assobio curto. — Não vamos nos precipitar...

— Se vai agir assim — Tom pegou as rédeas e instou o cavalo marrom--claro para a frente —, então acho que tenho outros lugares para ir.

A carrocinha rolou para a frente só um pouco antes de Laws gritar:

— Tudo bem, tudo bem! Que seja assim, então. Você me ajuda nessa e ficamos quites. Está bem?

A carrocinha parou. A cabeça de Tom apareceu de novo, um sorriso aberto no rosto agora.

— Nesse caso, é melhor vocês dois subirem antes que alguém veja.

Laws concordou e se encaminhou para a parte de trás da carrocinha. Quando percebeu que Edie não o seguia, ele parou e se virou.

— E então? Você vem?

Edie colocou as mãos nos quadris.

— *Esse* é o seu plano? Esconder-se dentro de uma carrocinha de lavanderia?

Laws sorriu.

— Está tudo bem. Você pode admitir que está impressionada.

— Impressionada? — Sua voz saiu como um guincho. — Há responsáveis por revistar a carrocinha! Já são quase oito e meia! Certamente as entregas do dia já foram encerradas. Tudo isso vai parecer bastante suspeito.

A sensação corrosiva de dúvida no estômago de Edie estava se transformando depressa em desespero. Era *isso* o que acontecia quando ela deixava outras pessoas assumirem o controle. Não iria funcionar jamais. Ela precisava interromper aquilo logo e criar um novo plano.

— Ah, não se preocupe com isso — retrucou Laws, sua expressão o oposto de preocupado. — O Tom aqui vai cuidar dessa parte. Não vai, Tom?

Da frente da carrocinha, Tom levantou a mão como confirmação, mas não se virou.

— Viu? Ele dá conta. — Laws deu alguns passos na direção de Edie. Baixando o tom de voz, ele acrescentou: — Vai dar certo, está bem? Você precisa confiar um pouquinho em mim.

Sua mandíbula se tensionou. Era fácil para ele falar. Ele era repórter. Se fosse pego pelas pessoas erradas ali, provavelmente não levaria nada além de uma reprimenda. Diabos, ele talvez conseguisse até uma matéria de primeira página com essa experiência. Mas se Edie fosse pega...

Os olhos de Edie desviaram-se para os portões pretos de ferro, visíveis na rua logo abaixo. A comichão em seu estômago não tinha diminuído. E as palavras de Ruby ainda estavam frescas em sua mente.

Depressa.

Será que ela podia mesmo dar meia-volta nesse instante?

Laws estendeu a mão mais uma vez, a palma para cima.

— O que me diz, Edie? Quer subir nesta carrocinha de lavanderia comigo e invadir um sanatório público?

Um sorriso começou a se abrir no rosto de Edie. Ela estava maluca para fazer isso. Mas estendeu a mão e aceitou a dele.

O sorriso de Laws iluminou seu rosto inteiro. Ele a puxou na direção da carrocinha e abriu a porta de trás. Edie espirrou quando o aroma de sabão limpo e fresco fez seu nariz coçar. Laws a ajudou a entrar na carrocinha de madeira e depois subiu atrás dela. Eles se cobriram com algumas dúzias de quadrados de lençóis brancos e dobrados com cuidado. Quando estavam o mais cobertos possível — o que não significava lá muito cobertos; bastava apenas uma olhadela superficial para apanhá-los —, Laws bateu com o punho duas vezes na lateral da carrocinha.

E então eles partiram, a ruidosa carrocinha de madeira chacoalhando ao longo da rua de terra em direção aos portões pretos de ferro forjado.

Laws e Edie se esforçaram ao máximo para criar um espaço próprio dentro da carrocinha. Os dois estavam deitados de costas, os lençóis empilhados por cima deles da cabeça aos pés. Mas embora a carrocinha de lavanderia sem dúvida fosse grande o suficiente para fazer sua função normal, com dois corpos praticamente adultos do lado de dentro, estava... apertado.

Ela podia sentir cada ponto de contato entre seu corpo e o de Laws. O ombro direito dele grudado no seu esquerdo; a extremidade do quadril dele roçando no seu sempre que a carrocinha balançava ao passar por uma parte acidentada da rua; o dedo mindinho dele pressionado as costas de sua mão.

Seu corpo inteiro estava quente demais. E seu coração martelava contra o peito. Talvez fosse pelo rapaz bem próximo de seu corpo. Ou talvez fosse porque, depois de passar um ano tentando ficar distante do plano de seu pai para ela, agora Edie estava, por vontade própria, caminhando — ou melhor, rolando — em direção àquele mesmo destino.

Talvez aquela fosse uma péssima ideia. Talvez ela devesse jogar aqueles lençóis para o lado nesse momento e pedir que Laws interrompesse tudo. E dizer ao seu amigo Tom para dar meia-volta com a carrocinha. Ela não precisava fazer isso. Era tarde demais para salvar Ruby. Ela poderia deixar o Véu resolver as coisas sozinho. Esquecer o dinheiro de Mary Sutton. Ignorar a semelhança assombrosa entre o espírito tremeluzente de Ruby e o espírito que sua mãe havia enfrentado.

Mas antes que pudesse decidir se queria suspender a missão, o balanço cessou e a carrocinha parou.

Passos pesados se aproximaram pelo lado esquerdo da carrocinha, triturando o cascalho. O que soava como um molho de chaves de metal fazia barulho contra a perna de alguém. Os passos pararam e uma voz grave e rude se pronunciou:

— Boa noite, Tom. Um pouco tarde para as entregas, não é?

Embaixo dos lençóis, Edie prendeu a respiração. Mas Tom não se abalou.

— Oi, Samuel. E, caramba, nem me fale. Eu estava quase indo para casa quando eles me mandaram entregar esta carga aqui. Acho que a enfermeira Harris pediu com urgência.

— Com urgência? Não parece coisa dela.

O cheiro do sabão de lavanderia coçou o nariz de Edie de novo, e ela arriscou levar a mão ao rosto para apertar o nariz com o indicador e o polegar.

— Só sei o que me disseram — replicou Tom. — Mas se não quiser a carga agora, posso voltar amanhã.

— Não, não.

Edie pensou ter detectado uma ponta de medo na voz rude do homem.

— Se a enfermeira Harris quis para hoje, é melhor eu não ficar no caminho. Ela deve ter as razões dela.

— Ela sempre tem — concordou Tom.

Uma risada baixa e compreensiva ressoou no peito do homem, e então ele disse:

— Tudo bem, então. Espere aí que vou abrir o portão.

Mas assim que os passos recomeçaram, Edie perdeu a batalha contra o sabão e espirrou.

O corpo de Laws ficou rígido ao seu lado.

— O que foi isso? — disse a voz rude.

— O que foi o quê? — Tom parecia estar tentando continuar no mesmo tom tranquilo, mas não estava conseguindo muito bem.

— Achei que eu tinha ouvido alguma coisa. — Passos em direção ao fundo da carrocinha soaram no cascalho. O coração de Edie dava saltos homéricos no peito. Suor começou a brotar em sua testa.

Ela teria de correr.

Eles ainda não estavam do lado de dentro dos muros. Ela poderia esperar até que o homem abrisse a porta de trás da carrocinha, dar um salto e então correr o mais rápido que conseguisse. Mas e se ele a segurasse antes que ela conseguisse escapar?

Laws mudou de posição perto dela. Ela o sentiu virar a cabeça para o lado. Então os lábios dele pressionaram a sua orelha.

— Eu pulo primeiro e distraio o vigia. — A voz dele não passava de um sussurro. — Então você corre.

Edie balançou a cabeça. Ela não precisava da ajuda dele. Ela não *queria* a ajuda dele. E se ele não conseguisse distrair o guarda? Então, ao esperar para correr, ela estaria abrindo mão do elemento-surpresa.

Laws pegou a sua mão e a apertou.

— Olhe, Edie. Eu sei, está bem? — A voz dele era tão baixa que ela mal conseguiu ouvir. — Só confie em mim.

O que ele queria dizer com "eu sei"? Ele sabia *o quê*? Ela queria pressioná-lo, mas os passos estavam se aproximando.

E então a voz de Tom soou.

— Não me diga que este lugar começou a afetar você também, Samuel. Sempre achei que você fosse um dos mais fortes aqui.

Os passos cessaram.

— E o que exatamente quer dizer com isso?

— Bem, não é assim que começa? Ouvindo vozes imaginárias e tudo mais? Dizem que essa foi a primeira coisa que aconteceu com Charlie antes de ele, bem…

Tom foi parando de falar.

— Você soube disso, é? — A voz áspera de Samuel ficou triste. — Foi uma coisa horrível isso do Charlie. Ele era um colega meu.

— Sinto muito — disse Tom.

Houve um momento de silêncio. E então Samuel tornou a falar:

— Acho que é melhor deixar você ir logo. Um de nós precisa aproveitar a noite.

Os passos mudaram de direção, afastando-se da carrocinha. Houve um som de chave girando em uma tranca. E então o rangido de metal raspando no cascalho. Mas Edie não se atreveu a respirar direito até que a carrocinha de madeira seguisse adiante, suas rodas de metal trepidaram no caminho e cruzaram os portões pretos de ferro.

QUANDO A CARROCINHA DEU OUTRO SOLAVANCO E PAROU, LAWS APERTOU a mão de Edie e a soltou. Foi só então que ela percebeu como esteve segurando Laws com força.

— É a nossa deixa — disse ele em voz baixa.

Eles precisaram de algumas manobras para conseguirem se livrar dos lençóis sem arruinarem por completo os quadrados cuidadosamente dobrados. Por fim, foi Laws que se contorceu para fora primeiro, seguido de Edie, seus pés pousando na terra batida com uma pancada suave.

Seus olhos logo examinaram a construção sóbria e gótica de vários andares que se erguia adiante. Sua fachada de pedra escura sorvia a luz da lua que subia no céu, mas a luz amarela opaca dos lampiões a gás instalados na porta da frente fornecia iluminação suficiente para Edie ver as barras de ferro ao longo das janelas. Um arrepio percorreu sua espinha com aquela imagem. Esse edifício era certamente uma jaula gigante.

Laws afastou-se de Edie e correu até a frente da carrocinha. Ele e Tom trocaram algumas breves palavras sussurradas e então, para o desespero de

Edie, Tom estalou a língua para o cavalo e a carrocinha sacudiu adiante, balançando em direção à parte de trás do prédio.

— Espere! — Edie correu até Laws. — Ele não pode nos deixar aqui. Ele precisa nos levar lá para dentro!

Laws se virou para ela, a luz do luar deixando um brilho prateado em seu rosto, e balançou a cabeça.

— Tom nos ajudou a passar pelo portão, mas haverá alguém esperando por ele para a entrega. Não queremos fazer parte disso. Mas não se preocupe. — Laws saiu em direção ao edifício, Edie logo atrás. — Na verdade, eu não consegui *entrar* no prédio da última vez, mas Tom disse que os corredores da ala leste devem estar vazios a esta hora da noite, a não ser por poucas vigílias de enfermeiras de hora em hora.

Eles tiveram o cuidado de se esconderem nas sombras enquanto contornavam o prédio, evitando os fachos dos lampiões a gás que iluminavam os degraus de pedra da frente. Quanto mais perto chegavam, mais intensamente o estômago de Edie se revirava.

Eles estavam a meio caminho do prédio quando Laws deu um tapinha em seu ombro. Ela parou e seguiu a ponta do dedo dele.

— Lá — sussurrou Laws. — Você acha que aquela janela está aberta?

Era uma janela no andar térreo, uma das poucas sem barras. Edie se aproximou e viu que estava entreaberta. Infelizmente, a abertura era cerca de um metro acima da cabeça dela.

— Eu levanto você — sussurrou Laws. — Você pode checar para ter certeza de que está vazio, e se estiver, eu subo e entro depois.

Ela preferiria ter encontrado uma maneira de passar sozinha pela janela, mas a verdade era que ela precisava de um impulso para alcançá-la.

— Certo — sussurrou ela em resposta, entre dentes cerrados. — Mas não banque o espertinho.

Laws tossiu, como se estivesse abafando uma risada. Mas ele apenas disse:

— Você tem a minha palavra.

Edie andou na ponta dos pés até a janela e então ficou parada, enquanto Laws colocava as mãos em volta de sua cintura.

— No três — sussurrou ele em seu ouvido. — Um. Dois. *Três!*

Na terceira contagem, Laws dobrou os joelhos e levantou Edie no ar com um pequeno grunhido. Seus dedos se enterraram dolorosamente na cintura dela, mas Edie ignorou, focada em agarrar a borda mais baixa do peitoril da janela.

Seus dedos engancharam em volta da grossa beirada de madeira da moldura, e ela se impulsionou para cima. Quando estava a meio caminho da janela, parou — tentando não pensar na maneira indigna que suas saias estavam ondulando ao redor de suas panturrilhas — e se esforçou para dar uma espiada no cômodo. O lugar era pequeno, escuro e parecia vazio, o que foi o suficiente para ela. Ela bateu os pés a fim de ganhar impulso e se lançou para o resto do caminho. A queda não foi grande, apenas cerca de um metro e meio. E ela conseguiu colocar as mãos à frente em vez de cair de mau jeito nos azulejos frios.

Ela tinha acabado de se endireitar quando o rosto de Laws apareceu na janela. Ele mesmo logo caiu de mau jeito — foi de certa forma reconfortante verificar que as maneiras dele não foram nem um pouco mais graciosas do que as suas — antes de pular e tornar a se pôr de pé.

A única iluminação do pequeno cômodo era um raio de luar que atravessava a janela, mas foi suficiente para ver que eles tinham entrado em algum tipo de despensa. Havia uma vassoura no canto, uma prateleira do que pareciam ser toalhas amareladas dobradas e diversos jarros de vidro cor de âmbar enfileirados ao longo do chão.

— Bem — disse Laws, a voz um sussurro baixo. — Essa parte está feita. Parece que conseguimos entrar com sucesso.

Edie confirmou com a cabeça apenas uma vez para mostrar que tinha escutado; mas, em vez de responder, fechou os olhos para conseguir se concentrar na sensação peculiar de afinamento do Véu. Ela estava tão perto agora de qualquer que fosse a fonte que sentiu um pequeno puxão. Adiante e à direita.

Quando voltou a abrir os olhos, Laws a encarava. Havia apenas o luar para iluminar, mas foi suficiente para Edie perceber que ele a estava examinando com mais intensidade do que permitia sua curiosidade normal. Ela ficou tensa, preparando-se para a pergunta inevitável, mas, para sua grande surpresa, Laws apenas inclinou a cabeça e murmurou:

— Depois de você.

Edie estendeu o braço para a frente e colocou a mão na maçaneta da pequena despensa. E foi então — nos segundos entre alcançar a porta e abri-la — que Edie percebeu que estava feliz por Laws Everett estar ali com ela.

Ela não fazia ideia do que encontraria ali nessa noite. Será que o corpo de Ruby estava em algum lugar daquele sanatório? Será que ela encontraria a pessoa possuída pela sombra do espírito que havia escapado? E quanto às pessoas que administravam aquele lugar? Se Edie e Laws fossem pegos, e se depois Edie fosse identificada, as chances de ela nunca mais ver o outro lado daqueles portões pretos de novo eram enormes.

E muito embora ela não pudesse contar nada disso para Laws — não tinha intenção de fazer isso nunca —, não podia negar que havia alguma coisa na presença dele que a fortalecia. Uma sensação de desafio permanente nos olhos de Laws que a fazia se sentir apenas um pouco mais... corajosa.

As dobradiças na porta da despensa só rangeram um pouco quando Edie a abriu com cuidado. Do outro lado da porta havia um corredor comprido e estreito. Não havia lampiões acesos, e o brilho do luar mal iluminava o espaço. Edie puxou uma caixa de fósforos do bolso e acendeu um, deixando sua chama trêmula iluminar o corredor pelos segundos que levou até o fogo consumir a extensão do pequeno palito.

Naquela hora, ela viu que havia várias portas de madeira enfileiradas no corredor. Todas fechadas. Todas trancadas com cadeados de metal. E embora o corredor em si estivesse silencioso, ela podia distinguir alguns sons baixos vindos do outro lado das portas. Era uma confirmação de que os residentes do sanatório tinham sido trancados para a noite.

Seu coração ficou apertado com a imagem daquelas trancas, mas Edie se obrigou a focar em seu estômago embrulhado, uma sensação que ficou mais forte quando ela se virou para a direita. Então para a direita ela foi, Laws seguindo alguns passos atrás dela.

Quando o primeiro fósforo se apagou, Edie acendeu um segundo. E foi então que ela avistou outro corredor, mais curto, a alguns metros de distância à sua esquerda. Ela foi na ponta dos pés em direção a ele e deu uma olhada. O segundo corredor não tinha saída, e havia uma única porta à direita.

O estômago de Edie revirou.

Um segundo depois, o fósforo se apagou. Ela acendeu um terceiro e o ergueu.

A porta no fim do segundo corredor era diferente das outras. Para começar, era de metal em vez de madeira. Além disso, tinha uma placa aparafusada, mas ela não conseguia enxergar o que estava escrito daquela distância.

Porém, Edie não precisava ler o que estava escrito para saber — para *sentir* — que o que quer que estivesse procurando estava do outro lado.

O terceiro fósforo se apagou. Ela pegou um quarto e já estava se preparando para acendê-lo quando, de repente, sentiu alguém agarrá-la por trás. Uma mão cobriu sua boca.

Ela ficou tensa, mas então a voz familiar sibilou em seu ouvido:

— *Shhhh.* Alguém está vindo.

Edie piscou para mostrar que tinha entendido. Laws tirou a mão da sua boca e pegou sua mão, puxando-a de volta para a despensa. Juntos, eles deslizaram para dentro do pequeno cômodo, fechando a porta suavemente.

Nem quinze segundos depois, o som de passos — dois pares de pés, foi o que pareceu aos ouvidos de Edie — percorreram o corredor na direção deles. Cada passo era acompanhado por um barulho de metal tilintando que soava como um molho de chaves.

Os passos pararam a alguma distância à esquerda da despensa onde Edie e Laws estavam. Houve um som de chave girando uma fechadura e uma porta se abriu com um rangido das dobradiças.

— Achei que Tom tinha dito que as enfermeiras faziam a ronda de hora em hora — sussurrou Edie.

Mesmo à fraca luz da despensa, Edie pôde ver um músculo na mandíbula de Laws estremecer.

— Parece que ele estava errado — sussurrou ele de volta.

Menos de um minuto depois, a porta se fechou de novo. A fechadura foi trancada com estrépito. Os passos continuaram adiante e então pararam no que devia ser a porta seguinte. De novo, a chave foi girada. De novo, as dobradiças rangeram. A porta ficou aberta por cerca de trinta segundos antes de ser fechada com força e trancada mais uma vez.

Os passos prosseguiram para o quarto logo ao lado da despensa. Em um movimento síncrono, Edie e Laws se viraram para se entreolharem. Laws inclinou a cabeça na direção de uma parte da parede que ficaria escondida quando a porta se abrisse para dentro. Não era o mais seguro dos lugares para se esconder, mas era a melhor opção que eles tinham. Edie concordou, e juntos andaram de fininho e pressionaram as costas contra a parede.

Os passos ruidosos se aproximaram da despensa, e tanto Edie quanto Laws prenderam a respiração. Mas dessa vez não pararam. Prosseguiram e só pararam a pouca distância à direita da despensa. Outra porta foi destrancada e depois fechada de novo.

Os dois soltaram a respiração ao mesmo tempo. Laws encontrou seu olhar e sorriu de alívio. Edie não pôde evitar sorrir de volta.

Mas eles ainda não ousaram sair do esconderijo atrás da porta. Ao contrário, esperaram vários minutos até o som de passos desaparecer no corredor.

Então, após outro minuto de silêncio, Laws disse em voz baixa.

— Tom pode ter errado no horário, mas, se elas estavam fazendo a ronda, então agora é o momento de entrarmos.

Edie concordou com a cabeça.

— Há uma porta do outro lado do corredor por onde eu preciso entrar.

Laws fez uma pausa. Ela podia sentir a pergunta nos lábios dele. O desejo de saber para onde eles estavam indo e por quê. Mas uma vez mais, ele a surpreendeu com um simples gesto da cabeça.

— Tudo bem, então. Vamos.

Dessa vez, foi Laws quem abriu a porta com cuidado, segurando-a para ela. Edie acendeu outro fósforo e os dois seguiram da forma mais rápida e silenciosa que conseguiram, percorrendo o corredor até alcançarem a grande porta de metal. No segundo antes de o fósforo se apagar, Edie viu as palavras impressas na pequena placa presa na frente.

ALA EXPERIMENTAL. APENAS ACESSO AUTORIZADO.

O fósforo seguinte revelou duas trancas de metal afixadas na porta alguns centímetros abaixo da placa.

Laws inspirou com força. Com uma olhadela rápida, Edie percebeu que ele havia chegado à mesma conclusão que ela. Essa porta estava trancada pelo lado de fora. A tranca não estava lá para impedir as pessoas de *entrarem*, estava lá para impedir as pessoas de *saírem*.

Ela precisou respirar profundamente duas vezes a fim de reunir coragem para deslizar os ferrolhos e abrir a porta. Viu então um estreito lance de escada que levava a um poço escuro. Enquanto os seus olhos se ajustavam à penumbra, ela pôde notar que havia alguns lampiões a gás espaçados ao longo da parede à sua direita, tremeluzindo com uma luz amarela pálida.

Ela olhou de volta para Laws, cujo rosto mal dava para ver na escuridão do corredor, e então começou a descer os degraus. Não havia corrimão, apenas uma parede de tijolos desgastados ligeiramente úmida e cheirando a mofo.

Enquanto Edie descia as escadas, o embrulho em seu estômago crescia. Ao chegar à metade da descida, tinha se transformado no enjoo mareado familiar que Edie associava ao afinamento do Véu.

Eles estavam se aproximando.

Quando ela finalmente chegou ao final da escada, sentia uma forte tontura, e gotas de suor haviam brotado em sua testa; porém ela parou na base da escada apenas o tempo suficiente para Laws alcançá-la antes de prosseguir, dessa vez, avançando por outro corredor comprido com mais lampiões a gás tremeluzindo na parede.

O corredor acabava em uma segunda porta, também trancada pelo lado de fora. Edie deslizou a tranca e a abriu. Então se dobrou de dor.

— Edie!

Laws foi até ela no mesmo instante.

— Edie, o que houve? Você se machucou?

Mas Edie só conseguiu balançar a cabeça. O enjoo e a tontura alcançaram um pico assim que ela abriu a porta. Foi como uma pancada forte. Mais forte do que nunca. Nem mesmo sua primeira experiência com a morte — quando ela era jovem e despreparada — a havia afetado dessa maneira.

Havia alguma coisa errada com o Véu naquele lugar. Alguma coisa... instável. Estava muito mais fino do que deveria após uma morte recente. Mais fino do que deveria após mais de *centenas* de mortes recentes.

Ela balançou a cabeça de novo, tentando clareá-la. A única maneira de entender era seguir em frente. Ela precisava se recompor e passar por aquela porta.

Edie se forçou a ficar ereta e inspirou rápido pelo nariz, deixando o ar sair pela boca. Assim como sua mãe havia lhe mostrado na primeira vez que ela tinha interagido com o Véu.

— Edie — chamou Laws, a mão estendida para segurar o seu cotovelo —, você não parece nada bem. E acho que... talvez seja melhor nós voltarmos. Há alguma coisa errada com o ar deste lugar. Está fazendo a minha cabeça girar.

Edie olhou para ele. Então Laws também estava sentindo os efeitos do afinamento do Véu. Em qualquer outro momento, ela teria gostado disso. Um cético tendo sua primeira experiência real com o mundo espiritual.

Mas esse não era qualquer outro momento.

Em vez de responder, Edie forçou seu corpo a se endireitar pelo resto do caminho e enxugou o suor da testa com a parte de trás da manga. Depois, cerrou o maxilar e deu um passo em direção à fraca luz amarela no quarto à frente.

A mão de Laws em seu cotovelo apertou mais, detendo-a com delicadeza, mas também com firmeza.

— Edie. — A voz dele era um sussurro baixo. — Tem certeza de que quer fazer isso? Não é tarde demais para voltar.

Ela se virou para fitá-lo. E mesmo à pouca luz, detectou algo como uma compreensão no olhar do repórter.

Olhe, Edie. Eu sei, está bem?

Ela não sabia a que ele se referia quando estavam na carrocinha e nesse momento também não queria saber.

Gentilmente, ela tirou o braço. Ele não reclamou. Ela inspirou fundo e seguiu devagar até onde o corredor fazia uma curva, pressionando as costas contra a parede. Quando chegou o mais perto que pôde sem ser vista, torceu o corpo para conseguir espiar dentro do cômodo.

Era um porão quadrado, escuro e úmido, com camas de metal brancas alinhadas. O tipo que é encontrado em um hospital, se as camas de hospitais também tivessem grades em volta. Porque Edie percebeu que eram verdadeiras jaulas. Grades de metal haviam sido afixadas em um quadrado em volta das camas, prontas para prender seus ocupantes lá dentro.

Quem quer que estivesse sendo mantido ali não tinha nem sequer o espaço de uma cela.

Os olhos de Edie varreram o lugar. Parecia que apenas uma das camas estava ocupada no momento; havia uma figura magra vestida com uma bata branca e suja. A figura gemia de leve. Uma expressão de dor tão desesperançosa e pesarosa que ficou nítido que ela não esperava que alguém que pudesse ouvi-la se importaria.

Edie entrou no quarto e se aproximou da cama devagar. Lá estava uma mulher de cabelo louro brilhante, preso no que parecia ter sido um penteado rebuscado e elegante, mas que nesse momento estava emaranhado e embaraçado. Edie deu uma outra examinada no cômodo e — aliviada por estar vazio, além da habitante da cama — continuou a se mover em direção à mulher loura.

Assim que viu o rosto da mulher adormecida, Edie ficou petrificada.

Laws deu um encontrão nela por trás, tirando Edie do seu torpor. Ela se lançou em direção à cama e caiu de joelhos, os dedos agarraram as barras de metal.

Sua voz era uma mistura de dor, incredulidade e espanto quando soltou uma única palavra abafada.

— Ruby?

20

Mais um gemido sofrido vindo da cama.

E então Ruby se agitou no sono, as pálpebras tremendo, mas ainda fechadas.

Ruby.

Ruby, cujo espírito ela havia visto no Véu.

Ruby, que não tinha morrido de verdade, mas estava ali.

Viva.

Ruby, que havia lhe pedido pressa.

— Ruby! Ah, meu Deus, Ruby! Estou aqui! — Edie balançou a grade de metal. — *Por favor.* Ruby, você precisa acordar!

Mas os olhos de Ruby apenas estremeceram de novo.

Laws se ajoelhou ao lado de Edie.

— Você conhece essa garota?

Edie fez que sim e ao mesmo tempo examinou cada centímetro da jaula. Onde estava a tranca? Certamente havia alguma maneira de abri-la para que pudessem colocar e tirar as pessoas daquelas coisas horríveis.

— Quem é ela?

Edie se levantou e começou a andar ao longo da jaula, os dedos explorando à procura de quaisquer cantos ocultos.

— Ruby Miller — murmurou ela para Laws. — Ela está na nossa turnê. Você deveria tê-la entrevistado na outra noite, mas...

— Mas ela não apareceu — Laws terminou a frase, mostrando compreensão na voz. — Meu Deus. Ela estava aqui esse tempo todo?

Edie balançou a cabeça.

— Não sei. Não entendo o que... Só procure por um buraco de chave, está bem? Alguma espécie de porta ou portinhola. Precisamos tirá-la daqui.

Laws se levantou e começou a examinar a jaula.

— Edie, o que está acontecendo? Como você sabia deste porão? E por que uma médium da sua turnê acabaria nessa... nessa gaiola?

Edie balançou a cabeça, mas não respondeu. Ela mesma não entendia o que estava acontecendo. Ela tinha certeza de que Ruby estava morta. De que outra maneira seu espírito conseguiria fazer contato com Edie na morte? Ela havia ficado na coxia em muitas das sessões espíritas de Ruby, e em nenhuma delas sentiu a menor mudança no Véu. Não era possível que Ruby compartilhasse a habilidade de Edie de atravessar a morte quando quisesse.

A não ser que ela estivesse escondendo sua habilidade.

E, ainda assim, mesmo que isso fosse verdade, não explicava o que Ruby estava fazendo no porão ou por que o Véu estava tão fino ali. O que quer que Edie estivesse sentindo — o que quer que estivesse causando essa náusea em seu estômago — não podia ser só Ruby.

Na hora em que estava começando a se desesperar, os dedos de Edie tatearam uma ponta irregular na jaula de Ruby. Ela se agachou e encontrou um pequeno cadeado redondo que se encaixava quase com perfeição na jaula. E agora que sabia para onde olhar, viu o contorno de uma pequena porta quadrada.

— Aqui está o cadeado — sussurrou Edie. — Precisamos encontrar...

Nesse momento, passos pesados soaram a distância, do lado oposto à direção de onde os dois haviam vindo.

Edie e Laws se entreolharam. Eles se deram as mãos de novo e correram para a extremidade mais distante do porão.

— Aqui.

Laws a puxou em direção a um armário solto, abriu a porta com força, empurrou Edie para dentro e depois entrou desajeitado atrás dela. O armário estava vazio, a não ser por um único casaco de lã em um cabide no meio da barra horizontal de madeira. Laws puxou as portas duplas para fechá-las, mergulhando o espaço minúsculo na escuridão. A única luz remanescente vinha de uma fresta mínima onde as duas portas do armário se encontravam.

Menos de um minuto depois, uma voz anasalada e aguda encheu o quarto.

— Obrigada mais uma vez por vir, pastor.

— O prazer foi meu, doutor. Fiquei intrigado com o seu bilhete.

Edie abriu a boca e soltou um arquejo de espanto. Laws tapou a sua boca.

— Sim — respondeu aquela primeira voz anasalada. Um médico, provavelmente. — Um resultado muito promissor, devo dizer. Estou ansioso para saber seus comentários.

Dois pares de passadas continuaram a atravessar o porão. Um par era rápido e irregular, o outro, pesado e firme.

— Essa paciente... Ela é uma das suas?

Era a segunda voz falando novamente. Uma voz que deu arrepios na espinha de Edie. Uma voz que não deveria — *não poderia* — estar ali naquele instante.

— Uma coisa engraçada — respondeu o médico da voz anasalada. — Mas ela é de uma das apresentações itinerantes. Charlatões, todos eles, é o que sempre achei. Devo admitir que minhas expectativas não eram altas. Mas recebemos informações confiáveis de um... *cliente* dela, e preciso dizer que estou bem satisfeito por termos apostado nela.

A parte lógica da mente de Edie lhe disse que isso não estava acontecendo. Que o que ela estava escutando não podia ser verdade. Que o Véu afinado naquele porão havia bagunçado o seu cérebro. Feito-a imaginar coisas que não estavam lá de fato.

Porém, embora sua mente consciente se agarrasse à negação, seu corpo estremecia com a verdade.

Ela conhecia aquela segunda voz. Profunda e séria. Com o sinal bem leve de uma antiga língua presa.

Seus olhos giraram em volta do espaço fechado e apertado do pequeno armário. Um segundo antes, parecia um esconderijo inteligente. Mas agora parecia tão pateticamente insuficiente. Uma única tábua de madeira barata era tudo o que a separava do homem que tinha sua liberdade nas mãos.

E foi ficando cada vez mais difícil de respirar. Será que o armário tinha ar suficiente? O que aconteceria se ela desmaiasse e caísse no chão? Ele certamente a encontraria, então. Logo ali, dentre tantos lugares.

Uma pequena e histérica gargalhada começou a subir pela sua garganta com aquele pensamento especialmente horrível, e de repente Edie ficou muito feliz pelo braço de Laws ainda envolvê-la, a mão dele tapando a sua boca. Bastante inapropriado, mas igualmente necessário, já que ela não podia mais confiar em si mesma para não fazer barulho.

Os passos no porão diminuíram até pararem.

— Aqui estamos — disse o médico. — Como eu disse, ainda temos um caminho a percorrer. Mas depois do lamentável, hum... Bem, o que quero dizer é que estou bastante satisfeito com a resposta do corpo dela com a primeira dose. Muito promissor, como o senhor pode ver.

Houve uma pausa na conversa enquanto alguns papéis farfalhavam. E depois a segunda voz falou mais uma vez:

— Essa é a temperatura corporal correta? Tem certeza?

— Ah, sim, tenho.

— E ainda assim a pulsação do coração dela...

— Continuou forte, sim.

Uma breve pausa.

— Entendo.

— Sim — disse o médico, um tom orgulhoso na voz. — Achei que entenderia.

— Sem dúvida é promissor. Obrigado por me passar logo as informações. Devemos dar mais uma dose hoje.

— Hoje?

— Sim. Agora. Assim que estiver pronta. Algum problema?

— Não, não, claro que não. É só que... Bem, outra dose tão cedo. O tálio pode ser, bem... fatal, se usado em excesso. Não vamos querer outro incidente em que...

— O incidente a que o senhor se refere foi resolvido. O chefe de polícia em pessoa me garantiu. Lembre-se, doutor, é nossa obrigação purificar a alma. Purifique a alma e o corpo acompanhará.

Mais uma pausa. Uma pausa na qual Edie não precisou dos olhos para saber exatamente o tipo de expressão que cruzou o rosto do segundo homem. Um franzir na testa. Uma virada dos lábios para baixo. Uma leve inclinação na cabeça que indicava descontentamento.

Tanto ela quanto Violet conheciam aquela expressão, e o tom de voz que a acompanhava, como conheciam a palma das próprias mãos. Era uma das preferidas do pai.

— Essa mulher aqui é uma filha de Deus — continuou seu pai. — É nossa obrigação fazê-la retornar ao caminho correto. Eu não fujo dos meus deveres, doutor.

E mesmo sendo tão aterrorizante ouvir a voz do pai bem *ali*, dentre todos os lugares, foram as palavras que ele falou que congelaram seu sangue de verdade. Como ele se tornara aquilo? Como o homem que um dia a tinha colocado no colo e contado sobre os mistérios dos planos de Deus com admiração e fascínio podia estar falando com tanta indiferença e insensibilidade sobre a morte de uma mulher?

A pergunta que havia assombrado Edie por anos, mesmo antes daquela noite fatídica um ano antes, ressurgiu: *O que havia acontecido com o pai que ela amava antes?*

— Bem, não. Claro, quando o senhor coloca dessa maneira — retrucou o médico. — Eu só quis dizer que com um indivíduo tão promissor, não iríamos querer...

— Ela está nas mãos de Deus agora. Quanto tempo até que a segunda dose mostre resultados?

— Ah. Bem. Se o senhor insiste... sim, tudo bem. Ela deve estar pronta para observação em uma hora. O espécime foi sedado, e primeiro vou precisar...

— Muito bem. Avise quando estiver tudo pronto. Enquanto isso, vou me retirar para rezar pela garota. Sua mente pode estar afetada, mas, se Deus quiser, salvaremos sua alma.

— Sim, pastor. Claro. Obrigado mais uma vez por vir.

Um par de passos pesados saiu do aposento e seguiu pelo corredor. Assim que desapareceu, o médico fez um barulho com o fundo da garganta que soou bastante como um suspiro. Ele murmurou alguma coisa indistinta e depois seus passos leves e rápidos começaram a andar de um lado para o outro no porão. Um minuto depois, houve um rangido de metal.

Edie se inclinou para a frente, em direção à fresta nas portas do armário. O braço de Laws — que ainda estava em volta dos seus ombros de modo que a mão dele pudesse cobrir o seu rosto — se apertou com mais firmeza, mas Edie balançou a cabeça e, com cuidado, desvencilhou-se dele. Ela pressionou o olho esquerdo na fresta entre as portas e só conseguiu ver um pedaço pequeno da cama de Ruby.

Era difícil distinguir muito daquele ângulo, mas parecia que o médico tinha aberto a cela de Ruby e estava segurando o braço inerte da moça e ao mesmo tempo inseria alguma coisa abaixo do cotovelo dela.

Houve mais um rangido de metal quando a porta da jaula ao redor da cama de Ruby foi fechada e novamente trancada. O médico se levantou e andou até uma prateleira comprida de madeira à esquerda da cama de Ruby. Houve mais um farfalhar e o tilintar de frascos de vidro se chocando.

Então o médico deu meia-volta. Edie se afastou da fresta do armário, prendendo a respiração, enquanto os passos ligeiros do homem atravessavam o cômodo, saindo pelo corredor e logo desapareceram.

Assim que teve certeza de que ele tinha ido embora, Edie se virou para Laws.

— Precisamos tirá-la daqui.

21

No porão, Edie caminhava de um lado para o outro. Ela se virou para Laws, que estava ajoelhado na frente da jaula que envolvia a cama de Ruby.

— Rápido! — exclamou ela pela terceira vez em trinta segundos. — Ele pode voltar a qualquer momento.

Laws a ignorou. Assim como havia ignorado as duas vezes anteriores em que ela insistiu para ele se apressar com a fechadura. Eles não tinham conseguido encontrar a chave que o médico havia usado. Ela ainda duvidava que ele conseguisse abrir a jaula. Ele logo quebrou o primeiro grampo — mas, felizmente, Edie tinha muitos.

A única boa notícia era que o que quer que o médico tivesse injetado em Ruby parecia tê-la acordado um pouco. Ela estava se mexendo na cama. Ainda grogue, mas despertando aos poucos. Edie só podia torcer para ela conseguir andar. Seu próprio corpo ainda estava enjoado — devido ao afinamento do Véu e ao pavor vibrante que havia se infiltrado em seus ossos desde que ouvira a voz do pai.

A tranca na jaula de Ruby fez um clique.

Laws soltou um suspiro leve, e Edie correu para a cama. Ele tirou o cadeado da jaula e abriu a porta quadrada. Edie se debruçou para dentro e segurou os braços de Ruby, guiando com cuidado a amiga para fora. Os olhos de Ruby continuaram fechados, seus movimentos lentos e desajeitados, mas ela não tentou se desvencilhar de Edie.

Laws se apressou até o corredor.

— Vou checar para ter certeza de que a escada está livre.

Edie concordou e ajeitou seu aperto em Ruby de forma que a amiga ficasse meio sentada na beirada da cama e meio apoiada nela. Enquanto esperavam, o olhar de Edie se desviou para uma prateleira de madeira ao longo do lado esquerdo do porão. Seu pai e o médico haviam falado alguma coisa sobre dosagem. O mero fato de que seu *pai* estava tendo esse tipo de conversa era tão incompreensível que ela precisou parar de pensar em *por que* e focar em *o quê*.

O que eles estavam fazendo ali?

Com cuidado, ela soltou Ruby e deixou a amiga apoiada na lateral da jaula aberta. Então correu para a mesa de madeira e examinou os vários frascos de vidro enfileirados na prateleira.

Reconheceu alguns dos nomes.

Láudano. A versão médica para o ópio. Provavelmente era o que estava mantendo Ruby sedada. Calomelano. O cura-tudo contra o qual Lillian sempre discursava. Alguma coisa chamada erythroxylum coca da qual Edie nunca tinha ouvido falar. E então um frasco pequeno etiquetado com tálio. Era essa droga que o médico havia mencionado. Da qual tinha acabado de dar uma segunda dose para Ruby.

Passos voltaram para dentro do quarto, seguidos pela voz sussurrada de Laws.

— Sou eu — avisou ele, com a respiração acelerada. — A escada está livre. Precisamos ir. *Agora.*

Eddie concordou com a cabeça, pegou um frasco de tálio e guardou dentro do bolso da saia perto da bolsinha de ervas. Laws já havia colocado um braço embaixo de Ruby, e Edie se apressou para pegar o outro lado. Juntos, eles seguiram pelo corredor. A escada, porém, era estreita demais para três pessoas de uma vez só, então Laws tomou grande parte do peso de Ruby e, mesmo assim, precisou subir de lado o caminho todo.

Quando finalmente chegaram ao topo, pararam junto à porta, tentando escutar passos. Depois de um minuto, Edie acenou para Laws, e ele abriu a porta.

O corredor estava vazio. Edie fechou a porta e prendeu a tranca dupla de novo. Depois colocou o braço em volta do outro lado da cintura de Ruby, e ela e Laws praticamente a arrastaram pelo corredor para a mesma pequena despensa por onde tinham invadido. Foi um desafio passar a garota grogue pela janela aberta, mas de alguma maneira, com Edie empurrando por trás e Laws pronto para pegá-la por baixo, eles conseguiram tirar Ruby do prédio e colocá-la no chão.

Eles correram no escuro em direção aos portões pretos de ferro. Foi só então que os passos de Edie diminuíram de velocidade.

— Como vamos conseguir...

— Eu tenho um plano — disse Laws, interrompendo-a.

— Que tipo de plano? — sussurrou Edie.

Laws se virou para olhar para ela por cima da cabeça de Ruby e sorriu.

— Confie em mim.

Cinco minutos depois, Edie e uma Ruby quase inconsciente estavam enfiadas atrás de um par de grandes carvalhos, enquanto Laws caminhava em direção ao portão, a caneta e o caderno proeminentes em mãos.

— Por favor — exclamou Laws para o homem branco de meia-idade que claramente era o responsável por abrir e fechar o portão. — O que um camarada como o senhor gostaria de dizer em uma entrevista para *o Sacramento Sting* sobre as condições de trabalho aqui?

Os olhos do homem se arregalaram com a abordagem de Laws. Ele se levantou de uma cadeira de pinho simples que havia sido colocada sem cerimônia perto do portão, revelando uma barriga redonda e um cigarro enrolado na mão. O homem olhou em volta, frenético, como se esperasse que outros repórteres surgissem de trás das árvores ao redor.

— Como o senhor entrou aqui?

Edie reconheceu a voz do homem. Era o mesmo vigia com quem Tom havia falado quando ela e Laws estavam escondidos na parte traseira da carrocinha da lavanderia.

— *Como* eu entrei aqui não é importante — respondeu Laws. — A questão é que eu entrei. E no seu turno, pelo visto. Então, que acha de uma entrevista?

Edie apertou os olhos e viu o homem corpulento virar a cabeça em direção ao prédio principal. Se ele chamasse ajuda, eles estariam perdidos.

— Seu nome é Samuel, não é? — perguntou Laws.

Isso chamou a atenção do homem. Ele tornou a se virar para Laws, a boca um pouco aberta.

— O negócio é o seguinte, Samuel — continuou Laws. — Meu editor vai me encontrar do outro lado daquele portão em... — ele parou e fez uma cena, checando o relógio — cinco minutos. E como atravessei para cá há cerca de meia hora, acho que, se ele publicar alguma coisa sobre a minha... incursão, os registros vão mostrar que *você* estava em serviço na hora da minha chegada. Não é isso?

— Ei, olhe aqui — o homem balbuciou. — Não sei como entrou, mas eu tenho uma família para alimentar e não posso...

— Ah, entendo o que quer dizer, Samuel. Claro, quando você diz assim, a impossibilidade de consentir em uma entrevista se torna bastante evidente. Longe de mim querer pôr em risco o sustento de um homem de família.

Laws cruzou os braços e inclinou a cabeça para o lado, como se estivesse pensando.

— Tudo bem, Samuel. O que vamos fazer é o seguinte. Vou explicar ao meu editor que você não quis conceder uma entrevista, mas que foi muito útil em fornecer informações gerais básicas sobre este sanatório. A data da fundação e outros desses detalhes inofensivos.

O homem observava com atenção o rosto de Laws, pronunciando para si mesmo a palavra *inofensivos*, enquanto Laws prosseguia.

— Acho — continuou Laws — que isso vai convencer o meu editor a manter qualquer informação ligada a você fora do artigo. Ele vai ficar furioso *comigo*, mas é o mínimo que eu posso fazer por um homem de família. O que acha disso?

— Bem — disse o homem, a testa bastante enrugada. — Acho que, hum...

— Excelente. Então estamos de acordo. Agora. Se puder fazer a gentileza de abrir o portão, vou embora e não vou mais incomodar.

O homem parou e, embora fosse difícil ver à luz da lanterna, Edie pensou ter notado os olhos dele se estreitando.

— Se o senhor conseguiu entrar — disse ele, a voz desconfiada —, não consigo ver por que precisaria da minha ajuda para sair.

Laws parou por um breve instante. E nesse mesmo segundo, o estômago de Edie se revirou e sua cabeça girou. Próximo a ela, Ruby começou a tremer sem parar. E embora ela não entendesse por quê, ou como, Edie soube imediatamente o que estava acontecendo.

Ruby tinha aberto o Véu.

Mas só por um breve momento. Ela já podia senti-lo se fechando de novo.

E então outro tranco quando o Véu se abriu... e se fechou.

Abriu e fechou.

O estômago de Edie deu um nó, e ela fez tudo o que podia para não cair de joelhos. A tontura era insuportável.

Como isso era possível? Nem ela nem Ruby tinham queimado qualquer erva.

Devemos dar mais uma dose hoje.

Veio a voz do pai falando com o médico no porão. Edie pensou no frasco de vidro de tálio que ela havia guardado no bolso da saia. Era isso o que a droga fazia? Estava forçando Ruby a abrir o Véu?

Perto dela, o corpo de Ruby deu uma sacudida violenta, e depois ficou rígido como uma tábua. Edie se abaixou para ajeitar a maneira como estava segurando a cintura de Ruby e, nesse momento, as pálpebras da amiga tremeram e se abriram.

Edie ficou paralisada ao ver aquilo.

Ruby olhava de volta para ela — não com seus olhos castanho--esverdeados normais, mas com olhos de um preto intenso.

Porém, Ruby logo piscou, e o brilho dos lampiões a gás ao longo das paredes do sanatório captaram um lampejo de castanho-esverdeado escuro em volta do preto de sua íris.

A droga. Deve ter dilatado as pupilas dela.

— Ruby — sussurrou Edie, ansiosa. — Aguente firme. Só mais um pouquinho.

Os olhos da amiga reviraram para cima e as pálpebras tremeram e se fecharam de novo. Ao longe, Edie escutou Laws falando novamente com o homem no portão. Alguma coisa sobre o editor de Laws. Como seria fácil descobrir o nome completo do homem.

Ruby cambaleou. Se eles não saíssem logo dali, ela iria desabar.

E então... o som de passos pesados no chão. O som de metal raspando no cascalho. Edie apertou a cintura de Ruby com mais firmeza, colocou a mão no bolso para segurar depressa o estojo de couro da faca da mãe para dar sorte, e então correu adiante.

Ela não se importou se o homem no portão estava olhando na sua direção. Ela não parou para checar os arredores. Ruby parecia que estava prestes a desmaiar a qualquer momento, e como Edie não estava em condições de carregá-la, ela seria forçada a escolher entre deixar a amiga para trás ou ficar do lado errado dos portões pretos.

Ela conseguiu mantê-las nas sombras no início, mas foi forçada a mudar de direção para a parte iluminada quando cruzaram a soleira do portão aberto.

Houve um grito atrás delas. Seguido por um baque alto.

Uma voz masculina gritou algo que Edie não conseguiu distinguir, mas ela não se virou.

E então seus pés bateram nas tábuas de madeira dura das calçadas elevadas. Elas tinham passado do portão. Estavam do lado de fora dos muros do sanatório.

Porém, enquanto corria sobre o piso de madeira, ela ouviu o som de perseguição. Vozes grossas se elevaram em alerta. Ela apressou o passo o máximo que pôde, mas, ao seu lado, as pernas de Ruby estavam falhando.

Elas não iriam conseguir.

Ruby seria pega novamente, só que dessa vez não estaria sozinha. Dessa vez, Edie seria levada com ela. E quando seu pai percebesse quem mais tinha sido apanhada... O que aconteceria então?

Uma voz soou da rua à sua direita.

— Edie! Rápido!

Era Laws. E ele estava sentado em uma carroça de madeira simples, com um lábio sangrando e segurando as rédeas de um burro que parecia apavorado. Edie cambaleou para a carroça, carregando a amiga junto.

— O quê? — arfou ela. — Como...?

Laws balançou a cabeça.

— Não temos tempo. Aqui, entregue-a a mim.

Edie tentou empurrar Ruby na direção da carroça, mas nesse momento, o que restava da consciência de Ruby sucumbiu, e ela desmaiou por completo. Edie só conseguiu pegá-la antes que ela caísse. Laws xingou e saltou do banco do cocheiro. Ele pegou Ruby nos braços e, com um grunhido, levantou-a e a colocou com o máximo de delicadeza que conseguiu na traseira da carroça.

Ele se virou para ajudar Edie a entrar, mas ela já tinha cambaleado para dentro.

— Vá! — gritou ela para Laws. — Agora!

Laws voou de volta para o banco da frente e se inclinou adiante para acariciar o pescoço do burro com o olhar indignado que zurrava ansioso e ofegante. Fingindo um ar de calma que Edie não compartilhava de jeito nenhum, Laws murmurou palavras tranquilizadoras para o burro, continuando a afagar seu pescoço até — para o imenso alívio de Edie — o animal trotar para a frente. E embora esse burro nunca fosse ganhar um prêmio por velocidade, mesmo assim ela poderia beijar aquela coisa peluda, porque pelo menos ele era mais rápido do que os dois homens que correram para fora dos portões do sanatório a pé.

Eles estavam escapando. Por ora, pelo menos. E mais uma vez, parecia que ela precisava agradecer a Laws Everett.

22

A CARROÇA DO BURRO SE AFASTOU DO SANATÓRIO E VIROU À DIREITA NA
Rua 4. Laws incitava o pobre animal a trotar o mais rápido que suas curtas
pernas conseguiam. Mas seria rápido o suficiente? E para onde eles poderiam ir?

Laws parecia estar pensando a mesma coisa.

— Acho que não podemos ir à polícia — gritou ele por cima do barulho da carroça, olhando rápido para Edie atrás, antes de tornar a se virar
para a rua. Ela assentiu, e então, dando-se conta de que Laws não podia
vê-la, gritou que concordava.

Ela havia escutado o que o pai falou naquele porão sobre o chefe de
polícia. E embora ele não tivesse sido específico, Edie tinha certeza de que
ele e o médico estavam falando sobre a morte de Nell Doyle. Ela ainda não
conseguia compreender por que tinha sido o seu pai — seu *pai* — a falar
aquilo, mas o significado estava claro como dia. O sanatório de onde eles
libertaram Ruby era administrado pelo governo. O que estava acontecendo
no porão tinha que ser autorizado. E o que quer que tivessem feito com
Ruby, eles haviam feito com Nell Doyle antes. Afinal, ela havia morrido, e
a polícia tinha encoberto a real causa da morte.

Não. Eles não podiam ir à polícia. Nem procurar qualquer outra autoridade.

Na carroça, Ruby soltou um gemido suave e choroso. Edie pegou um
cobertor de lá que estava enfiado no canto da carroça — tinha um cheiro
forte de cebolas — e o enrolou em volta de Ruby. Ela ainda podia sentir
a amiga tentando abrir o Véu. Podia senti-lo afinando. Entretanto, àquela
altura, Edie havia conseguido controlar sua própria reação a ele, então seu
enjoo não saía mais do controle.

Inclinando-se para a frente, ela chamou Laws de novo:

— Vire à direita aqui. Precisamos levá-la para a casa de Lillian Fiore.
É na J com a 6.

— *Lillian Fiore?* — Laws se virou mais uma vez para fitar Edie. Mesmo à luz fraca dos postes de rua, a incredulidade em seus olhos brilhantes era bastante óbvia. — Edie, seja o que for que esteja acontecendo com essa garota, ela precisa de um médico *de verdade*. Não alguém que vai chamar espíritos imaginários para ajudar!

— Vamos levá-la para Lillian — gritou Edie de volta. — Você pode nos levar até lá nesta carroça ridícula ou eu posso arrastá-la a pé. Você escolhe.

— Pelo amor de Deus, Edie...

— Você disse que confiava em mim, Laws Everett? Bem, eu confio em Lillian. E estou pedindo para você nos levar até lá. Agora!

Lillian abriu a porta com um robe floral que tinha jogado às pressas por cima da camisola, o lampião a querosene na mão direita revelava um par de olhos que ainda estavam com as pálpebras pesadas de sono. Porém, assim que avistou o corpo mole de Ruby suspenso entre Edie e Laws, aqueles olhos sonolentos ganharam vida.

Ela não perdeu tempo perguntando o que tinha acontecido ou por que eles haviam ido até ela. Apenas abriu a porta da frente o máximo que conseguiu e disse:

— Tragam-na para dentro. Rápido.

Lillian iluminou o caminho com seu lampião, enquanto Edie e Laws a seguiram, quase arrastando a pobre Ruby — que ainda estava enrolada no cobertor com cheiro de cebola.

Uma porta no fim do corredor se abriu, e outra pessoa correu na direção deles. Era Ada, também vestida com um robe, uma vela acesa na mão.

— Lillian, o que... *Edie?* Essa é...?

Ruby escolheu esse momento para acordar.

O estômago de Edie se revirou quando o Véu foi aberto de novo. Um grito irrompeu dos lábios de Ruby, e ela começou a se debater violentamente para se soltar de Edie e Laws. Edie enrolou os braços em volta dela, tentando acalmá-la. Mas Ruby resistiu, golpeando a cintura, os quadris e os ombros de Edie na sua tentativa desesperada de se libertar.

Xingando baixo, Laws se abaixou e passou os braços sob os joelhos de Ruby, tirando seu corpo agitado do chão com um grunhido de esforço e pegando-a no colo.

Lillian correu para a frente e abriu apressada a porta para uma pequena sala.

— Aqui — disse ela com firmeza para Laws, apontando para um divã estofado no meio da sala. — Deite-a aqui.

Laws obedeceu. E para o choque de todos, no segundo em que as costas de Ruby tocaram no divã, ela parou de se debater e ficou imóvel novamente.

Depois de sussurrar algumas instruções apressadas para Ada, que concordou e saiu apressada pelo corredor, Lillian acendeu duas luminárias de parede, enchendo a sala com uma luz suave e fraca.

— Agora — disse Lillian, dobrando as mangas do robe, os olhos em Ruby. — Contem o que aconteceu.

Edie enfiou a mão no bolso e pegou o pequeno frasco de vidro que havia roubado da prateleira no porão.

— Isto aqui. Foi isto que deram para ela.

Lillian pegou o frasco e o estendeu para a luz.

— Tálio? — Seus olhos se desviaram para Edie. — Administraram isto na Ruby? Tem certeza?

Edie confirmou com a cabeça.

— Você sabe o que é?

A boca de Lillian formou uma linha preocupada.

— É um tipo de veneno. Potencialmente mortal. Onde ela estava? Quem fez isso com ela?

— Encontramos a Ruby no porão do Sanatório de Sacramento para Loucos — disse Laws.

Lillian empalideceu. Ela acenou com a cabeça uma vez para mostrar que havia entendido a informação — suas próprias memórias de ter sido drogada em um sanatório estampadas com clareza no rosto — e então ela se abaixou com cuidado para se debruçar na ponta do divã, pegando o pulso de Ruby para checar seus batimentos. Ela fechou os olhos por longos segundos. Quando os abriu de novo, seu olhar encontrou o de Edie.

— O Véu. Você pode sentir como está...

— Lillian. — Edie inclinou a cabeça na direção de Laws e arriscou balançar a cabeça de leve.

Mas Lillian a ignorou.

— Não está aberto, mas também não está fechado. Não consigo bem...

— Sr. Everett — disse Edie, virando-se para Laws. — Talvez o senhor fique mais confortável esperando do lado de fora enquanto a srta. Fiore examina...

— Não temos tempo para isso — interrompeu Lillian. — Foi você que trouxe ele aqui, Edie. Certo ou errado, não temos tempo para corrigir isso agora.

— Lillian! — Edie se voltou para a curandeira. — Você pode, *por favor*...

— Sr. Everett — interrompeu Lillian. — O senhor nos dá a sua palavra de que não vai falar, ou escrever, sobre qualquer coisa que vir ou vivenciar aqui hoje? Lembre-se, se falar, a vida de uma jovem ficará em risco.

Um breve momento de silêncio se seguiu à pergunta de Lillian, durante o qual Edie não ousou se virar para olhar para Laws, em vez disso, quase prendeu a respiração, literalmente.

— Sim — disse Laws, a voz baixa e firme. — Vocês têm a minha palavra.

— Ótimo. — Lillian se voltou para Edie. — O Véu — repetiu ela.

— Está...

— Instável. — Um arrepio na nuca de Edie lhe disse que Laws a estava observando, mas ela expulsou aquele pensamento. Lillian estava certa. Só Ruby importava nesse instante. — É a Ruby. Ela está tentando abri-lo, mas ele se fecha de novo na mesma hora.

— Mas Ruby nunca mostrou nenhuma habilidade...

— Eu sei, mas... Eu a vi hoje mais cedo, Lillian. No Véu. Achei que ela estava morta, mas então... — Edie hesitou, procurando as palavras.

— É possível que o tálio possa fazer isso? Pode dar a alguém a habilidade de atravessar?

Os olhos de Lillian se arregalaram. Ela se inclinou sobre Ruby e levantou suas pálpebras, examinando as pupilas abaixo.

— Se pode fazer isso — disse ela depois de alguns momentos tensos —, não está funcionando como deveria. É quase como se ela estivesse...

— Presa — terminou Edie, constatando isso enquanto pensava novamente na estranha maneira como o espírito de Ruby tremeluzia no Véu. Tão parecido com o espírito pelo qual sua mãe tinha morrido para tentar ajudar.

Lillian voltou a fitá-la.

— Ela não é como você ou Violet. Ela não saberia como voltar. Edie, você está com suas ervas?

Edie e Lillian se entreolharam, e ela confirmou com a cabeça.

Ela voltaria para o Véu.

23

Edie lançou uma olhadela de soslaio para Laws enquanto se sentava de pernas cruzadas no tapete perto do divã, onde Ruby estava deitada. Se ele reconheceu a posição como sendo a mesma de mais cedo quando a surpreendeu na sala de Nell Doyle, não falou nada.

Na verdade, Lillian foi a única que disse alguma coisa nos últimos minutos.

— Talvez você tenha de obrigá-la — repetiu ela pela terceira vez, enquanto colocava um cobertor extra em volta do corpo trêmulo de Ruby —, se ela resistir.

Edie concordou com a cabeça, mas não disse nada enquanto tirava um molho fresco de lavanda da bolsinha.

Lillian terminou de ajeitar Ruby e se virou para Edie.

— Devo avisar Violet? Se alguma coisa acontecer, ela pode conseguir...

— Não. Ela está... indisponível.

Lillian inclinou a cabeça em dúvida. Mas, quando Edie não ofereceu mais informações, ela apenas concordou.

— Tudo bem. Vou fazer o que puder pelo corpo dela em vida. Mas, Edie... você precisa se apressar.

Edie não respondeu; em vez disso, concentrou-se em tirar uma caixa de fósforos da bolsinha de seda. Ela ainda podia sentir o calor do olhar de Laws, mas outra vez enxotou aquele pensamento, forçando-se a focar em Ruby. Ruby, que ela achava que estava morta. Ruby, que ela ainda podia salvar.

Por um breve momento mais cedo, ela havia considerado contar a Lillian sobre a sombra no Véu, mas logo resolveu que não deveria. Ela não podia arriscar que a amiga decidisse que era perigoso demais para Edie atravessar.

Acendendo um fósforo, Edie o levou ao maço de lavanda até a erva pegar fogo. Depois fechou os olhos e atravessou mais uma vez para a morte.

Um campo nebuloso de trigo amarelo-claro recebeu Edie quando ela abriu os olhos no Véu. Os caules se agrupavam em grupos grossos e tão altos que quase chegavam à altura de sua cabeça.

Ela xingou baixo enquanto fechava o Véu e colocava o galho de lavanda na bolsinha. Seria difícil achar o espírito de Ruby em um campo tão denso assim, e ela esperava não precisar gritar o nome da amiga — ou fazer qualquer tipo de barulho — para evitar atrair a sombra.

Edie puxou os ombros para trás e partiu em meio aos altos caules de trigo. Ela teria de procurar o espírito de Ruby por si só. Com alguma sorte, não estaria tão longe do corpo em vida.

Ela se movia devagar em círculos cada vez maiores, procurando centímetro por centímetro. Algumas vezes, pensou ter visto uma forma brilhante que se assemelhava a uma pessoa entre os caules; mas, quando alcançava o lugar, saltando para a frente, os dedos se fechando em nada a não ser ar gelado, ela descobria que era só a névoa pregando peças, espiralando em uma nuvem de neblina que parecia ter o formato humano.

Era difícil contar o tempo na morte, mas Edie estimava que fazia quinze minutos que ela tinha atravessado, e ainda não havia sinal do espírito de Ruby.

E se o veneno tivesse vencido? Aquele médico no sanatório dissera que poderia ser fatal. Edie estava convencida de que a droga tinha matado Nell Doyle. E se...

Edie soltou um gemido quando tropeçou em cima de uma parte irregular do chão, caindo para a frente e quebrando caules de trigo com os joelhos. Uma névoa fria estava fechada à sua volta, grossa e branca, mas antes que pudesse se levantar para continuar a busca, avistou uma coisa brilhante no chão perto de si.

Uma luz que acendia e se apagava.

— Ruby?

Edie tapou a boca com a mão, logo se arrependendo do volume da sua voz. Balançando a cabeça por sua estupidez, ela engatinhou em direção à luz tremeluzente. Em direção ao que ela esperava ser o espírito da amiga.

Ela a alcançou em alguns segundos e ficou tanto aliviada de tê-la encontrado quanto consternada com o seu estado.

Assim como antes, o espírito de Ruby tremeluzia sem parar. E agora que Edie sabia o que procurar, ela podia ver que a avaliação de Lillian estava correta. O espírito de Ruby não tinha atravessado completamente para a morte. Mas ela também não estava em vida.

De alguma forma, estava presa entre os dois.

E a oscilação não era o pior de tudo. A luz do espírito de Ruby estava tênue demais. Um sinal de que seu espírito estava sucumbindo ao puxão da morte final. Edie precisava abrir apropriadamente o Véu e levar Ruby de volta à vida antes de o puxão vencer.

Pondo-se de joelhos do lado de Ruby, Edie se inclinou para mais perto e sussurrou o nome da amiga.

— Ruby, é a Edie.

Ruby não reagiu. Seus olhos permaneceram fechados, seu espírito tinha espasmos a cada oscilação, sem dar nenhum sinal de ter ouvido Edie.

— Ruby — Edie tentou de novo. — Precisamos atravessar de volta para a vida. Preciso que você abra os olhos e faça exatamente o que eu falar.

A única resposta de Ruby foi soltar um gemido suave.

Talvez você tenha de obrigá-la.

Lillian tinha lhe avisado, mas pensar em obrigar o espírito da amiga contra sua vontade parecia profundamente errado. Isso era feito apenas a espíritos agitados, problemáticos. Àqueles que se prolongavam demais no Véu.

Edie vasculhou em sua bolsinha de seda até encontrar um maço de alecrim, a erva da memória que Violet havia usado para ajudar Edie a se lembrar dos seus vínculos em vida. Ela acendeu um fósforo e colocou fogo na erva. Momentos depois, uma fumaça azul-clara subiu em espirais. Edie direcionou a fumaça para Ruby até ela estar cercada em um brilho azul cintilante.

Alguns segundos depois, Ruby abriu os olhos.

— Edie?

Sua voz estava fraca.

— Ruby! Ah, Ruby, estou tão feliz de… Mas não temos tempo para isso agora. Escute. Precisamos voltar. Preciso que você…

Mas Edie parou de falar quando uma expressão de pavor cruzou o rosto de Ruby. Os olhos da amiga ficaram arregalados, e ela balançava a cabeça em desespero para a frente e para trás. Tão depressa que, entre as oscilações e o rápido movimento de cabeça, seu espírito parecia um borrão.

— Não — disse Ruby, murmurando baixo. — Não vou voltar para aquilo. Não me faça voltar.

— Não para o sanatório — disse Edie, inclinando-se para mais perto da amiga. Mas Ruby arfou de terror com o movimento de Edie, continuando a balançar a cabeça violentamente.

Ruby tentou sair do chão, mas ela não tinha força suficiente para se levantar.

— Por favor — ela gemeu novamente. Sua voz estava irregular e fraca.

— Não posso. — Estendendo as mãos tremeluzentes, ela agarrou um caule de trigo e meio engatinhou, meio se impulsionou para longe de Edie. — É forte demais. Não posso...

Suas palavras se transformaram em um choro.

O coração de Edie se apertou. Ruby tinha se lembrado, era verdade. E ficou apavorada com as lembranças que a fumaça de alecrim havia despertado.

Edie sabia o que precisava fazer a seguir, embora tenha se odiado enquanto tirava o maço de heléboro da bolsinha de seda. Mas, se Ruby não permitisse que Edie a ajudasse a atravessar de volta para a vida, então Edie teria de forçá-la, tirando seu livre-arbítrio e prendendo seu espírito ao de Edie.

Ruby continuou gemendo a palavra *não* repetidas vezes, arrastando-se para mais longe, enquanto Edie acendia o heléboro, seu inconfundível aroma semelhante a café enchia o ar enevoado.

Desculpando-se mentalmente, Edie usou cada centímetro do seu foco e mandou a fumaça de heléboro depressa em direção à amiga. Fitas brilhantes de um tom rosa pálido envolveram o espírito de Ruby em uma teia de amarras que se entrecruzavam. Em instantes, seu espírito cedeu e parou de lutar.

Mantendo os olhos fixos e firmes na amiga agora imobilizada, Edie tirou a lavanda da bolsinha de seda e colocou fogo na erva. Ela tinha plena consciência que um pensamento vago, um momento de distração, poderia romper sua conexão com as ervas de associação. Ou, pior, mandar o espírito de Ruby a um lugar que Edie não queria.

Então o máximo de movimento que ela fez foi piscar, enquanto a suave fumaça roxa de lavanda enchia a névoa com seu aroma tranquilizante, permitindo que Edie talhasse uma abertura no Véu, grande o suficiente para o espírito de Ruby passar.

— Sinto muito — disse Edie de novo, dessa vez alto. Fechando os olhos, ela segurou o espírito da amiga e lhe deu um *empurrão* sem cerimônia em direção à vida.

Ruby só pôde obedecer.

24

Edie piscou, abrindo ligeiramente os olhos e viu um campo de flores. Delicadas margaridas amarelas dançavam ao sol reluzente. E embaixo dela, uma coisa macia e felpuda que não parecia nada com um campo de trigo. Ou o tapete perto do divã de Ruby.

— Você acordou.

Seus olhos se abriram de verdade. Dessa vez, encontraram um par de íris castanhas e preocupadas.

— Você ficou apagada por quase meia hora — continuou aquela voz. — A srta. Fiore, a srta. Loring e eu estávamos começando a nos preocupar.

A mente de Edie lutou para dar sentido ao que essa pessoa estava falando. Estava mais difícil do que deveria. Havia alguma coisa errada com a sua cabeça. Parecia estar girando em círculos. Ela fechou os olhos outra vez, e uma única imagem surgiu em suas pálpebras.

Ruby. Seu espírito tremeluzente sucumbindo à vontade de Edie, forçando-a de volta à vida. A teia de amarras drenando a força de Edie.

Seus olhos mais uma vez se abriram rápido, e dessa vez ela examinou a realidade ao seu redor. Ela não estava em um campo florido. Estava no que agora reconhecia como a sala principal da casa alugada de Lillian. As luminárias a gás que tremulavam nas paredes criavam sombras no papel de parede amarelo, fazendo parecer que as flores estampadas dançavam.

Edie estava deitada em um canapé. Laws estava sentado em uma cadeira à sua esquerda, seus olhos castanhos captando a luz de uma vela em uma mesa lateral próximo. Assim que ele a viu o fitando, Laws se inclinou para a frente na cadeira.

— Edie. O que...?

— Ah, ótimo, você acordou. — Lillian entrou às pressas na sala, uma xícara de chá lascada com estampa de flores equilibrada nas mãos. Laws se levantou, recuando até a lareira, e Lillian imediatamente se sentou na cadeira que ele antes ocupava.

Edie impulsionou o corpo para se sentar.

— Ruby. Ela está...

— Descansando confortavelmente — disse Lillian. — Ada está cuidando dela. Agora, beba isto.

Lillian estendeu a xícara fumegante até os lábios de Edie, mas ela balançou a cabeça.

— Eu preciso falar com Ruby assim que possível. É importante.

Lillian suspirou e inclinou a xícara, forçando Edie a escolher entre abrir a boca e beber ou deixar que o líquido quente se derramasse pelo seu queixo. No fim, foi uma combinação dos dois.

Felizmente, depois que Edie havia derramado e engolido metade da xícara de chá de limão com gengibre, Lillian pareceu decidir que era suficiente, porque colocou a xícara de lado e disse:

— Você não vai falar com Ruby hoje de jeito nenhum. Você pode ter trazido o espírito dela de volta, mas o corpo ainda está sofrendo os efeitos daquela droga horrível. Eu dei uma coisa para ajudá-la a dormir. Ela vai ficar apagada pelo resto da noite.

— Mas... não há nada que possa fazer para ela acordar?

— Não — disse Lillian, com uma expressão séria. — Não sem comprometer sua saúde já precária.

O rosto de Edie ficou quente com o julgamento nos olhos de Lillian.

— Claro, você está certa. Sinto muito. É só que...

Edie parou e deu uma espiada em Laws. Ele estava parado de lado para ela, parecendo inspecionar algumas bugigangas em cima da lareira. Mas Edie não achou nem por um minuto que ele não estava se esforçando para escutar cada palavra que ela e Lillian diziam.

Ela abaixou a voz em um sussurro.

— O tálio. Lillian, acho que ele permite que a pessoa atravesse. Só que...

— Só que sem o próprio controle.

Edie concordou.

— Mas por que forçar a pessoa? Ruby estava instável demais para contatar ou influenciar um espírito. Qual seria o objetivo?

Lillian balançou a cabeça.

— Eu não sei, Edie. Estive pensando nisso e só tenho certeza de que é perigoso. E posso estar errada, mas tenho uma teoria que só houve esse efeito na Ruby porque ela possui alguma habilidade inerente ao Véu. Da qual imagino que ela nem saiba. Não quero nem *pensar* sobre que efeitos essa mesma droga teria em você ou em Violet.

Uma imagem do espírito tremeluzente que sua mãe havia enfrentado surgiu em sua mente. Será que aquele espírito também foi uma vítima? Um experimento como Ruby? Será que a mãe procurou o espírito de propósito? E por que tinha sido vital que ela o forçasse para além do Véu?

Um pouco da frustração de Edie deve ter transparecido em seu rosto, porque Lillian deu umas batidinhas em seu joelho.

— Seja qual for a resposta, não vamos descobrir hoje. Basta para você. Você precisa voltar ao hotel e descansar. O sr. Everett concordou em se certificar de que chegue bem até lá.

Por reflexo, os olhos de Edie se desviaram para Laws. Ele estava olhando diretamente para elas nesse momento, sem mais fingir que não queria escutar.

Ela voltou a fitar Lillian.

— Não sei se é a melhor ideia.

— É a *única* ideia. Não temos camas sobrando com a Ruby aqui, e no seu estado, não é prudente que volte para casa sozinha. — Lillian olhou para Edie de alto a baixo. — Você se sente firme o suficiente para andar?

— Lillian — repetiu Edie, a voz suplicando. — Eu realmente não...

— Se ainda estiver fraca demais para andar — disse Laws da lareira, o tom da sua voz deixou claro que ele havia escutado cada palavra sussurrada por elas —, eu ficaria mais do que feliz em contratar os serviços de uma carruagem.

A contragosto, Edie deu uma espiada em Laws e encontrou os olhos dele do outro lado da sala. A expressão no rosto do rapaz deixou absolutamente claro que, no momento em que estivessem sozinhos, ele faria cada pergunta que vinha guardando desde que eles passaram pelos portões daquele sanatório.

Você o trouxe aqui. Certo ou errado, não temos tempo para corrigir isso agora.

Palavras de Lillian. E pela expressão no rosto de Laws nesse instante, ela supôs que estava prestes a descobrir o preço exato daquela confiança.

Edie cerrou o maxilar e se empurrou para fora do canapé, satisfeita por descobrir que sua cabeça estava muito mais estável depois da mistura que Lillian forçou-a a ingerir.

— Não vou precisar de carruagem. Sou perfeitamente capaz de andar.

Laws então atravessou a sala e ficou parado perto da entrada do corredor, que levava à porta da frente. O repórter dentro dele estava claramente pronto para iniciar o interrogatório, mas Edie o ignorou por um segundo, virando-se para Lillian.

— Você vai me avisar assim que ela acordar?

Lillian confirmou com a cabeça.

— Prometo. Agora vá e descanse.

Edie hesitou. Parecia errado deixar Ruby ali. Ruby, que talvez fosse a única pessoa viva que tinha as respostas que Edie procurava. Mas, por outro lado, ela também sabia que Lillian estava certa. Havia sido um dia muito longo, muito cansativo. Uma espiada no relógio em cima da lareira lhe informou que já era meia-noite e meia. Se ela fosse ter alguma possibilidade de descobrir isso tudo, precisava dormir um pouco.

E Ruby estaria segura ali com Lillian e Ada. Ela também podia ter certeza disso.

Edie agradeceu a Lillian pela ajuda. Então passou por Laws e abriu a porta da frente.

O ar estava frio quando Laws e Edie saíram no meio da noite. Ele pagou um menino para devolver a carroça com o burro para o comerciante de quem tinha pegado emprestado às pressas, e depois ele e Edie se viraram em direção ao hotel sem dizer uma palavra.

Ela estava esperando o bombardeio de perguntas começar de imediato, portanto, ficou surpresa quando eles andaram os dois primeiros quarteirões em silêncio, apenas o barulho ocasional de um veículo de aluguel ou carruagem noturna preenchia o silêncio entre eles.

Ela estava tão distraída por essa reticência incomum por parte de Laws que, quando eles atravessaram a Rua K no cruzamento com a Rua 3, não prestou atenção no chão e a barra de sua saia ficou presa em uma das pistas dos bondes, quase a derrubando de cara no chão. Edie deu um gritinho e, por instinto, Laws agarrou seu braço bem na hora, firmando-a.

Ela soltou a saia e recuperou o equilíbrio; mas quando eles retomaram a caminhada, Laws não soltou o seu braço. E por algum motivo ela não se afastou. Tão próximo assim, ela podia facilmente sentir o aroma suave de sândalo emanando da pele dele.

O silêncio continuou a se prolongar entre eles; cada segundo enlouquecia Edie ainda mais. Tudo o que ela queria desde que conhecera o rapaz havia alguns dias era que ele parasse de fazer perguntas e a deixasse em paz.

E agora ali estava ela, desesperada para saber o que estava se passando na cabeça dele.

Já estava prestes a desistir e ela mesma iniciar a conversa que tanto temia quando Laws de repente parou de andar. Como ele segurava o seu cotovelo, Edie precisou parar, e então se virou para encará-lo.

— Por que me deixou acreditar que você era uma fraude?

Surpresa, Edie piscou para ele.

— O que disse?

Ele deu um passo em direção a ela.

— Se você consegue mesmo atravessar para o mundo espiritual, por que me deixou... Não, por que me *encorajou* a pensar que era uma fraude?

Edie o fitou de volta. Ela não tinha muita certeza de como esperava que essa conversa começasse, mas Laws com tanta rapidez e facilidade aceitando a realidade da morte — e a sua habilidade de atravessar para lá — *não* era uma delas.

Ela levantou as sobrancelhas.

— Como tem tanta certeza de que eu não sou uma fraude?

— Não. Você não pode fazer isso comigo agora, Edie. Não depois do que eu vi acontecer lá com você e sua amiga Ruby.

— Talvez tenha sido um truque. Você mesmo disse. Nós, médiuns, somos cheias deles.

Ele afrouxou o aperto no cotovelo dela, deixando claro como se sentia por ter suas próprias palavras sendo jogadas contra ele.

— E quanto ao que aconteceu no sanatório? — perguntou ele, diminuindo a voz. — Vai tentar negar também? Você esquece que eu também estava lá naquele armário. Que eu *senti* sua reação quando aquele pastor...

— Não!

— ... falou. E mesmo eu sendo o primeiro a admitir que há muita coisa aqui que não entendo, sei mais do que você...

— Você não *sabe* nada, Lawrence Everett.

Com o coração aos saltos, Edie tentou dar um passo para trás, porém Laws a puxou para mais perto.

— Eu sei que Bond não é o seu nome verdadeiro — disse ele, o olhar fixo no dela. — Sei que você e sua irmã não estão, na verdade, sozinhas no mundo. Sei que sua mãe morreu, mas que seu pai está bem vivo. Um pastor que prega em várias igrejas, baseado em Marysville. Um homem de família respeitado que está desesperado para encontrar suas filhas que fugiram.

Chocada, Edie não conseguiu fazer nada além de encará-lo.

Os olhos dele varreram o seu rosto, avaliando-a, antes de continuar:

— Sei que me disse que eu não sabia nada sobre você e nada sobre a vida. Sei que eu queria mudar isso, e então perguntei ao meu editor sobre você e sua turnê. Ele morou em São Francisco alguns anos antes de vir para cá, e achei que seu nome pudesse lhe soar familiar. Não soou. Mas então eu contei um pouco mais sobre sua irmã e seus transes no palco. Comentei sobre a diferença na cor do cabelo.

Os olhos dele se desviaram para cima do rosto de Edie, pousando no cabelo louro-branco enrolado no topo de sua cabeça.

Seu rosto ficou quente diante da análise que ele fazia.

— E foi então que meu editor me contou de um rumor que ele tinha ouvido enquanto cobria uma eleição para prefeito no norte, em Wheatland, um ano atrás. Uma história sobre um estimado pastor que pregava em várias igrejas e que havia perdido tanto a mulher quanto as filhas gêmeas na mesma noite. A mulher tinha morrido e as filhas haviam fugido. Mas foi a descrição das gêmeas que chamou a atenção dele.

Com a mão livre, Laws soltou uma mecha do cabelo de Edie. Segurando-a entre o indicador e o polegar, ele a virou, examinando-a sob o luar.

— As gêmeas eram descritas como idênticas. A não ser pelo cabelo. O de uma, castanho-avermelhado. O de outra, louro-claro.

Com cuidado, quase com reverência, ele enfiou a mecha solta atrás da orelha de Edie. Seus dedos, quentes e ásperos com calos, pairaram sobre o lugar onde a pulsação dela vibrava contra a garganta.

— Estou bastante seguro que sei *quem* era aquele pastor no porão hoje, e que agora sei por que você e sua irmã fugiram. Também sei que eu estava falando sério sobre o que disse do lado de fora dos portões daquele sanatório. Sobre você precisar de ajuda.

Ele passou os dedos ao longo da garganta dela, parando quando chegou ao contorno do maxilar. Edie lutou contra o desejo de se inclinar na direção da mão dele. Ela precisava se afastar desse rapaz que tinha visto demais. Que *sabia* demais.

— Eu sei — disse ele, contraindo o lábio — que tudo o que você mais quer neste momento é fugir. Sei que fugir é o que você faz quando está assustada. E sei que está apavorada agora.

Edie ficou agitada com as palavras dele. Ela fez menção de soltar o cotovelo que ele estava segurando, mas, em vez disso, Laws pegou a sua mão, pressionando-a contra o peito dele, a mão dele cobrindo a sua.

Ele não segurava com força. Ela podia facilmente se desvencilhar.

Ela deveria se desvencilhar.

Mas então ele voltou a falar, a voz baixa e suave, os olhos penetrantes fixos nos dela.

— Sei que foi incrivelmente corajosa hoje. Sei que não consigo parar de pensar em você desde que esbarrou em mim naquela calçada. Sei que assim que a vi de novo no saguão do Metropolitan, uma parte de mim percebeu que eu não queria perdê-la de vista nunca mais.

Fechando o resquício de distância que ainda existia entre eles, ele inclinou a cabeça na direção da dela.

— Mas ainda existe uma coisa que eu *não* sei, Edith Bond.

Sua respiração reverberava sobre a delicada pele da garganta dela enquanto ele falava. Edie dobrou os dedos, amassando o tecido da camisa de Laws em sua mão. Ela podia sentir as batidas do coração dele contra sua palma. Rápidas, aceleradas. A pulsação dele coincidia com a sua.

— Eu ainda não sei — sussurrou ele, os lábios tão perto que ela quase podia sentir o gosto deles — se você está pronta para confiar em mim.

Por um longo momento, Edie achou impossível respirar. Tudo o que conseguiu fazer foi encarar os olhos de Laws. Olhos que a encaravam de volta com uma intensidade que fazia seu sangue ferver. E então ela levantou o queixo. Ficou na ponta dos pés. Pressionou os lábios nos dele.

Ela sabia que não deveria. Sabia que isso não era apenas um beijo, mas uma promessa. Uma promessa de confiar nesse rapaz com a verdade sobre o passado dela e de Violet. A verdade sobre a vida delas.

Você virou uma mentirosa tão boa, Edie.

As palavras de Violet soaram em seus ouvidos.

Ela não queria mais mentir.

Assim que os seus lábios tocaram os dele, Laws retribuiu da mesma forma. Um rosnado suave ressoou no fundo da garganta dele, e então Edie não pensou em nada a não ser na sensação da mão de Laws apertada em sua cintura. Os dedos do rapaz espalmados na base de suas costas, puxando-a para perto. A outra mão dele traçando o contorno do seu maxilar antes de parar na curva de seu pescoço, inclinando a sua cabeça para aprofundar o beijo.

E então as mãos de Edie se moveram também. Viajando pelos braços de Laws, pelo pescoço, e se enrolando nos cachos do cabelo dele.

Quando ela acidentalmente tirou o chapéu da cabeça de Laws, os dois se afastaram, surpresos.

Laws riu de leve. Edie também riu e começou a se desculpar, mas Laws só balançou a cabeça, puxou-a para mais perto e tornou a beijá-la.

E mesmo quando ela o beijou de volta, apreciando a sensação dos lábios dele se movendo contra os seus, uma vozinha lá dentro insistia que ela não deveria se sentir assim. Aconchegada e segura nos braços desse rapaz. Não com as palavras horripilantes de seu pai martelando em sua cabeça. Não com a imagem do rosto atormentado de Ruby assombrando sua mente.

Mas mesmo sabendo dessa verdade, ela também reconheceu outra.

Ela queria isso.

Esse rapaz.

Esse momento.

Os dedos manchados de tinta macios e firmes ao acariciarem a sua nuca. Os suspiros no fundo da garganta dele. Os suspiros em resposta dela.

A sensação de ser notada. Vista. De não ter de correr para fugir de alguma coisa, mas correr *em direção* a algo.

E então ela enroscou os dedos mais fundo no cabelo de Laws, pressionando os lábios com mais firmeza nos dele, e se permitiu aproveitar.

NA MANHÃ SEGUINTE, EDIE ACORDOU COM A BRILHANTE LUZ DO SOL SE infiltrando pelas cortinas de renda das janelas do hotel.

Já passava das duas horas da manhã quando ela finalmente voltou para o quarto do hotel. Ela e Laws passaram pelo menos uma hora em um banco de praça perto do quarteirão de onde estava hospedada, Edie contando para ele, entre beijos que a faziam se derreter, tudo sobre as razões por que ela e Violet tinham fugido. Sobre suas reais habilidades. A lista de nomes da mãe. A verdadeira identidade de Frances Palmer.

Sobre a ameaça do pai.

Laws tinha certeza de que conseguiria descobrir uma trilha do dinheiro que revelaria quem estava apoiando — ou pelo menos fazendo vista grossa — quaisquer experimentos que estavam acontecendo no sanatório público.

— Posso encontrar as conexões — ele havia dito de novo, abraçando-a a pouca distância das portas do saguão do hotel. — Mas o desaparecimento de Ruby vai ser notado. Você precisa se manter discreta nos próximos dias. Nada de chamar atenção indesejada.

Seu rosto esquentou com a lembrança do que tinha acontecido após aquelas palavras. Um beijo final de boa noite que havia começado rápido e leve, mas logo se transformou em outra coisa. Algo que deixou os dois sem fôlego.

Sorrindo, Edie suspirou e se espreguiçou. O relógio ao lado da cama mostrava que havia dormido demais — já eram dez horas —, mas isso ainda lhe dava horas até Violet voltar da cidade para a sessão espírita com Mary Sutton naquela noite.

Uma sessão que elas talvez tivessem de cancelar. Seu estômago reagiu com decepção quando ela pensou nisso. E então reagiu por outra coisa.

Roncou de fome. Ela estava *morrendo de fome.*

Ficando de pé, vestiu-se às pressas e se encaminhou para o restaurante do hotel, onde devorou torradas, dois ovos cozidos e uma xícara de café. Depois de checar para ter certeza de que Lillian não havia mandado nenhuma mensagem, ela finalmente conseguiu ir para o banho que seu corpo tanto desejava. Foi um banho rápido, mas ainda assim, maravilhoso.

De volta ao quarto, ela escovou suas longas mechas molhadas, deixou o cabelo solto por cima do ombro para secar e pegou seus molhos de ervas. Quando Edie enfim contasse a Violet tudo sobre a sombra, a presença inexplicável do pai no sanatório e a fuga por um triz de Ruby, ela poderia muito bem querer cancelar a sessão com Mary Sutton. E provavelmente estaria certa ao fazer isso. Parecia uma inconsequência total à luz das revelações do dia anterior. Mas ao mesmo tempo, tanto ela quanto Laws tinham concordado que seria prudente para Edie não fazer qualquer alteração perceptível em sua agenda. E havia o fato ainda inegável de que oportunidades como essa — dinheiro que significava independência real — não apareciam com frequência para garotas como elas.

Então ela havia decidido preparar as ervas de qualquer maneira. Por via das dúvidas.

Pegando a saia azul que havia usado no dia anterior, procurou no bolso pela faca com cabo de osso da mãe.

Mas não estava lá.

Enfiou os dedos às pressas no outro bolso, mas a faca também não estava lá.

Segurando a saia no ar, deu uma balançada vigorosa, mas nada caiu das dobras. Jogando-se de joelhos, ela começou uma busca completa no chão, vasculhando nas várias peças de roupa que Violet tinha deixado espalhadas na pressa de arrumar a mala na noite anterior.

Depois de longos minutos de busca desesperada, Edie foi forçada a aceitar que a faca não estava em nenhum lugar do quarto.

Será que a tinha perdido na noite anterior?

Ela se lembrava de ter passado os dedos no estojo de couro para dar sorte, logo antes de correr para fora do sanatório com Ruby ao seu lado. Será que tinha perdido depois, na carroça do burro, que balançava muito? Ou era possível que Lillian pudesse estar com a faca? Poderia ter caído do seu bolso quando...

Edie paralisou na hora em que pegou uma chemise de renda, a peça de roupa na cor creme esvoaçou até o chão quando uma lembrança vívida da noite anterior surgiu em sua mente.

O retorno súbito de Ruby à consciência. A maneira como ela tinha dado um encontrão em Edie no meio do corredor da casa de Lillian. Suas mãos segurando a cintura de Edie para evitar de cair. Aquelas mesmas mãos baixando para o quadril direito de Edie. Foi só por um instante, mas...

Uma possibilidade terrível surgiu em sua mente. Ela não queria que fosse verdade. Não *podia* ser verdade, e ainda assim...

Não vou voltar para aquilo. Não me faça voltar.

Olhos negros a fitando sob o luar.

Em menos de um segundo, Edie mudou de uma posição estranhamente imóvel para um borrão de movimentos. Ela tirou o robe e se enfiou nas primeiras roupas disponíveis que conseguiu encontrar. Seu cabelo ainda estava úmido e solto nos ombros, mas ela não tinha tempo para se importar.

As batidas de seu coração aumentaram a um ritmo febril e continuaram dessa maneira enquanto ela descia correndo as escadas do hotel e irrompia pelas portas duplas para a luz do fim da manhã. Um barulho de cascos no chão anunciou a chegada de uma charrete de aluguel. Sem nem pensar no custo, Edie puxou a porta para abri-la, gritou o endereço de Lillian para o cocheiro e se jogou lá dentro.

O cavalo saiu trotando, e a charrete foi balançando adiante. Uma distância que Edie e Laws levaram vinte minutos a pé na noite anterior levou apenas dez na charrete. Mas, assim que Edie pagou ao motorista e subiu correndo os degraus até o portão de Lillian, um grito aterrorizante soou de dentro da casa, lhe dizendo que já era tarde demais.

Agarrando a maçaneta, Edie tentou abrir a porta da frente, mas estava trancada.

— Lillian!

Edie bateu à porta com o punho.

— Lillian, deixe-me...

— Náooooooo!

Era a voz de Ada. Quase irreconhecível entre os soluços entrecortados de choro.

— Entregue-me, Ruby.

Lillian. Seu tom era mais calmo do que o de Ada, mas estava claro pela tensão palpável em sua voz que ela estava assustada.

Não, era evidente que ela estava apavorada.

Edie se virou de lado e jogou o ombro contra a porta, que não se moveu.

— Por favor, Ruby — disse Lillian novamente, a voz aumentando o suficiente para ser ouvida por cima do choro de Ada. — Entregue-me a faca. Ada... não. Dê espaço para ela. Ruby e eu estamos conversando agora.

— Essa não é a Ruby — chorou Ada. — Lil, por favor. Ela não...

Mas o aviso de Ada foi engolido por um som baixo, gutural. Um grito de pura e verdadeira agonia.

— Ruby, não! Ada, precisamos contê-la. Ruby...

— *Afaste-se!*

A voz que rosnou aquelas palavras era tanto de Ruby quanto não era. Parecia que sua cadência de risada normal tivesse sido contaminada.

Influenciada.

Possuída.

Edie puxou o punho fechado para trás e bateu com ele à porta de novo. Agarrou a maçaneta com as duas mãos e a balançou com tanta força que a madeira sacudiu.

Gritou o nome de Ruby.

Não vou voltar para aquilo. Não me faça voltar.

Quando o espírito de Ruby disse essas palavras no Véu, Edie teve tanta certeza de que ela estava se referindo ao sanatório, que ela não queria voltar ao porão dos horrores.

Mas não era nada disso a que ela se referia.

É forte demais.

Não posso.

Um soluço se formou na garganta de Edie. Ela voltou a chamar o nome de Ruby. Os nós de ambas as mãos estavam vermelhos e gotículas de sangue se formavam de tanto bater na porta de madeira, mas ela não percebeu nem se importou.

A verdade do que tinha acontecido estava tão nítida para ela nesse momento. Os olhos negros de Ruby não haviam sido um efeito colateral da droga. Eles eram um sinal da sombra que possuía sua amiga, assim como tinha tentado possuir Violet no palco.

O tálio havia forçado Ruby a abrir o Véu, e a sombra, irracional na sua ânsia para se reunir com o espírito que tinha deixado para trás, havia forçado a passagem por aquela abertura e para dentro do corpo de Ruby em vida.

Mas Ruby havia lutado, recusando-se a se entregar. O vislumbre do castanho-esverdeado que Edie vira no olho dela era uma evidência disso. Quando ficou difícil demais, Ruby fugiu para a morte. Para o único lugar aonde a sombra não a seguiria.

Não me faça voltar.

É forte demais.

Não posso.

Mas Edie havia interrompido sua fuga. Ela a tinha enfraquecido ao subjugar sua vontade. Depois a havia forçado a voltar ao campo de batalha que era seu corpo em vida.

Ruby não teve chance.

Sem aviso, a porta da frente da casa de Lillian se abriu, e Edie caiu para a frente. Mãos fortes seguraram seus ombros, impedindo-a de cair, e Edie viu o rosto molhado de lágrimas de Ada. Havia um fino corte vermelho na sua face esquerda.

— Ruby. — Edie engasgou, a voz rouca. — Ela está...

Ada balançou a cabeça. Sem soltar os ombros de Edie, Ada a guiou pelo corredor até a sala de estar.

Lillian estava lá. Sentada no meio de um tapete trançado e sujo de sangue. O cabelo louro cacheado de Ruby caía como uma cortina no colo de Lillian, sua cabeça estendida para trás em um ângulo estranho.

Os joelhos de Edie falharam.

Ada tentou mantê-la de pé, mas Edie se desvencilhou dela, caiu no chão e engatinhou até onde Lillian estava sentada chorando sobre a figura inerte e imóvel de Ruby.

Ela não precisava de confirmação para saber que Ruby estava morta. Ela podia sentir. Mas assim mesmo estendeu a mão e jogou para o lado a camada de cabelo louro cacheado.

Sangue vermelho e brilhante jorrava de um corte irregular na garganta de Ruby. Empoçava a saia de Lillian e corria pelo pescoço, o peito e os braços de Ruby em pequenos rios macabros.

Entorpecida, Edie baixou o olhar para a mão flácida de Ruby. Lá, bem na sua palma, jazia a faca de cabo de osso da mãe de Edie, a lâmina de metal mergulhada no sangue de Ruby.

Seus olhos não se desviaram da faca quando, após um bom tempo, Lillian falou com uma voz rouca e falha:

— O efeito do sedativo acabou hoje de manhã. Tentamos... contê-la. Mas não sabíamos sobre a faca. Ela atacou Ada primeiro. Depois foi atrás de mim. E então ela... Ah, meu Deus.

Lillian se dissolveu em choro novamente.

Uma mão pousou no ombro de Edie, apertando-o de leve.

— Logo antes de ela... — Ada estremeceu, desviando o olhar do corpo desmoronado de Ruby. — Foi a única vez que ela foi ela mesma. Ela nos salvou.

Um distanciamento atordoado tomou conta de Edie quando ela se forçou a desviar o olhar da faca ensanguentada e se voltou para o corpo inerte da amiga.

Às vezes era possível trazer o espírito de volta à vida se você agisse com muita rapidez. Mas Edie podia sentir, mesmo ali na vida, que, tal como com sua mãe, não seria possível com Ruby. O que quer que ela tivesse feito — ou o que quer que a sombra tivesse feito com *ela* quando Ruby a forçou de volta para a morte — havia rompido a ligação entre seu corpo e seu espírito permanentemente.

Ruby estava morta.

E era culpa de Edie.

De novo.

Ela só teve uma vaga sensação do que aconteceu depois daquilo. Em algum momento, viu-se sentada em uma cama — de Lillian e Ada, talvez — com uma caneca de chá esfriando na palma das mãos.

Algum tempo depois, um puxão em seu cabelo lhe mostrou que alguém estava desembaraçando seus cachos agora secos e penteando seu cabelo em uma trança que descia por suas costas.

As roupas sujas de sangue tinham sido retiradas do seu corpo. E então uma voz — de Lillian, ela percebeu — falou em um tom baixo e reconfortante. Disse-lhe que ela e Ada estavam cuidando de tudo. Que Edie estava em choque. Que ela precisava descansar.

A última coisa que Edie se lembrava era de sua cabeça deitada em um travesseiro enquanto seus olhos, pesados com lágrimas não vertidas, finalmente cederam e se fecharam.

26

EDIE ACORDOU COM VOZES DO LADO DE FORA DO QUARTO.

A luz do sol, que havia entrado pelas cortinas de renda mais cedo, tinha desaparecido com o anoitecer. Um lampião a óleo aceso na mesa de cabeceira lançava um brilho amarelo suave no quarto.

— Você não pode me deter, Lillian. Preciso ver a minha irmã agora…

— Mas ela acabou de…

— Não me importa.

A porta do quarto se abriu de repente, revelando o rosto desesperado de Violet. Ela ainda estava usando suas roupas de viagem, e havia cachos soltos caindo na lateral do seu rosto, sem dúvida por conta de sua viagem pelo rio.

— Edie. O que…?

— Ruby está morta.

De alguma forma, Edie conseguiu se impulsionar para se sentar na cama. Ela estava usando apenas sua combinação de linho, e o frio do ar do início da noite atingiu seus braços nus, mas ela não trouxe as cobertas para si. O torpor em que o choque havia lhe lançado mais cedo tinha ido embora, substituído por uma bola flamejante de sofrimento e vergonha alojada no fundo do seu peito. Ela recebeu bem o frio.

Atrás de Violet, Lillian fechou a porta devagar, dando-lhes privacidade.

Violet tirou a capa e o chapéu, mas não avançou para dentro do quarto, posicionando-se logo à frente da porta. Seu olhar era uma mistura de cautela e preocupação ao observar a irmã.

— Lillian disse que Ruby estava possuída. Mas eu não entendo como isso…

— Foi uma sombra — disse Edie, a voz baixa e profunda. — A mesma sombra que tentou forçar o caminho para a sua mente na outra noite.

Violet franziu a testa.

— Mas aquilo era um espírito desaparecendo. Você disse...

— Eu menti.

Ela tentou manter o olhar fixo no de Violet. Tentou se forçar a encarar o que havia feito. Porém, quando os olhos da irmã se arregalaram e ela balançou a cabeça em silêncio, confusa, Edie olhou para suas mãos com vergonha.

— Não — disse Violet. — Você não faria isso. Não esconderia uma coisa assim de...

— Eu fiz. — As palavras de Edie saíram à força. Inexpressivas.

Era a única maneira com que conseguia lidar com elas. A única maneira com que conseguia impedir a bola de fogo que girava em seu peito de explodir e consumir seu interior. Ela só precisava mantê-la sob controle um pouco mais. Apenas por tempo suficiente para contar a Violet o que ela precisava — não, o que ela *merecia*, escutar.

— E não foi só sobre isso que eu menti — continuou Edie. — Na noite passada, não contei a você que eu havia visto o espírito de Ruby no Véu. Então achei que ela estivesse morta. Mas não contei para você, embora estivesse certa em se preocupar. Você *sabia*, e eu não dei ouvidos...

— Edie, mesmo se nós tivéssemos...

— Não! — gritou Edie. Ela não permitiria que Violet a consolasse. Não quando ainda havia tanto que ela não sabia. — Foi minha culpa, Vi. Eles a aprisionaram. No porão daquele sanatório horrível. E *ele* estava lá. O papai estava lá, e eles estavam forçando a Ruby a...

— O papai?

Os olhos de Edie piscaram com o tremor na voz da irmã. Violet não estava mais de pé; havia afundado em uma poltrona estofada de leitura à esquerda da porta. Ela encarava Edie com olhos arregalados, confusos.

— Não estou entendendo. Por que você...?

— Não — interrompeu Edie, com amargura. — Você não está entendendo. E isso é *minha* culpa. Assim como é minha culpa que Ruby tenha morrido. Assim como é minha culpa...

Uma dor ardente rasgou o seu peito. Por dentro, uma barragem estava se rompendo. Havia fogo no fundo da sua garganta. Uma ardência cegante por trás dos olhos. E então as lágrimas que ela ainda não tinha vertido por Ruby chegaram de uma vez em ondas intensas e furiosas — com tanta força que ela lutou para respirar.

Depois de alguns minutos assim, Violet se sentou na cama e olhou para Edie.

— Venha.

Edie piscou para ela.

— Você precisa comer alguma coisa. Ou pelo menos beber um copo de água.

Mas Edie não queria se mover. Ela queria ficar dessa maneira para sempre, envolvida no casulo seguro dos braços da irmã. Adiar indefinidamente a realidade que lhe esperava do lado de fora daquele quarto.

Violet, entretanto, não era nada além de teimosa e logo conseguiu fazer Edie sair da cama, vestir um dos robes de Lillian e se sentar a uma pequena mesa redonda no meio da modesta cozinha. Colocou água para ferver na chaleira e deslizou um prato na frente de Edie. Havia dois pedaços de pão nele, com bastante manteiga, do jeito que ela gostava.

— Coma — ordenou Violet, sua voz vibrando em um tom de comando raramente usado.

Já haviam se passado horas desde o café da manhã apressado de Edie no restaurante do hotel, mas ela ainda não estava com nenhuma fome. Mesmo assim, se forçou a comer um pouco.

Violet se ocupou fazendo o chá, enquanto Edie continuou a mastigar mecanicamente. Não havia sinal de Lillian ou Ada. Será que elas tinham levado o corpo de Ruby embora?

Duas canecas fumegantes pousaram na mesa com um baque suave. Violet chegou em seguida, deslizando para uma cadeira em frente a Edie. Levando uma das canecas aos lábios, Violet se preparou para tomar um gole, parou, e depois abaixou a caneca de novo.

— Preciso contar uma coisa.

Edie parou no meio da mastigação, erguendo as sobrancelhas.

— Não é a hora certa, mas eu também não quero esconder nada de você. É uma coisa que pode... mudar tudo.

Mordendo o lábio, Violet fitou a caneca intocada de chá. O que quer que fosse, ela estava nervosa por contar. Preocupada com a reação de Edie.

Edie engoliu o pedaço de pão um pouco rápido demais, tossiu, e então conseguiu falar:

— Conte-me, Vi. Seja o que for.

Violet continuou fitando o chá. Depois, com uma voz tão suave que Edie mal conseguiu distinguir as palavras, falou:

— Eu consegui.

Edie franziu a testa.

— Conseguiu o quê?

Violet ergueu o olhar. Seus olhos estavam bem abertos, mas não de medo ou tristeza. Não, esses olhos estavam explodindo com uma animação quase incontida.

— Eu consegui o papel na peça. Os ensaios começam na semana que vem para uma temporada de três meses em São Francisco. Há planos para uma turnê depois. Talvez até mesmo em Nova York.

A boca de Edie se abriu, mas não emitiu nenhuma palavra.

— Significa que vou sair da turnê de médiuns — continuou Violet, as palavras saindo apressadas de nervosismo. — Não vou com vocês para o Oregon. Significa…

Ela foi interrompida pelo som das pernas da cadeira de Edie arranhando o chão de madeira. Em menos de um segundo, Edie havia circulado a mesa, puxado Violet para cima e colocado os braços em volta dela.

— Estou tão orgulhosa de você — sussurrou ela com entusiasmo ao ouvido de Violet. Ela pensou que tivesse acabado com todas as lágrimas, mas havia algumas frescas rolando pelo seu rosto nesse instante. — Você conseguiu, Vi. Eu estou tão, tão orgulhosa.

Violet soltou uma risada surpresa, hesitante.

— Mas você está chorando, Edie. Você está realmente…

— Lágrimas de felicidade. — Edie soltou Violet e a segurou na distância dos braços para poder vê-la direito. — Estou feliz por você. Tão incrivelmente feliz.

— Você não se importa que…

— Não.

— E você não…?

— Claro que vou sentir saudades. Mas essa é a sua chance, Vi. Você precisa aproveitar. Eu *quero* que aproveite.

Violet avaliou seu rosto por mais alguns instantes. Edie permitiu. Ela não tinha nada a esconder da irmã. Não mais.

E, pelo visto, foi suficiente. Porque uma fração de segundo depois, o rosto de Violet se iluminou com um sorriso de orelha a orelha. Um gritinho saiu de sua garganta, e então seus braços estavam enrolados em volta do pescoço de Edie.

— Ah, Edie. — Ela suspirou na bochecha da irmã. — Você acha que é possível estar tão loucamente feliz quanto apavorada e triste, tudo ao mesmo tempo?

Discrição para o enterro de Ruby, os pensamentos de Edie completaram, o coração apertado, enquanto Violet lia em voz alta o bilhete.

Quando chegaram à ampla varanda da casa de Sutton, Violet lançou a Edie um olhar animador e apertou sua mão. Porém, antes que ela pudesse estender o braço e bater, a porta se abriu e um mordomo alto com um bigode ruivo, vestindo um terno mais requintado do que qualquer coisa que Edie já vira seu pai usar, ocupou a moldura da porta.

— Srtas. Bond, presumo?

Sem esperar por uma resposta, o mordomo as conduziu para dentro.

— A dra. Sutton vai vê-las agora. Por aqui, por favor.

Ele as levou por um corredor ricamente decorado até uma sala de estar diferente de qualquer outra que Edie já tinha visto na casa de uma dama. Um misto de artigos distintamente femininos — tapetes ricos e luxuosos; estofados de seda, com estampas florais; e mesas de canto com entalhes sofisticados — dispostos lado a lado com pilhas enormes de grossos volumes de medicina, imagens de anatomia meio desenroladas e até mesmo um esqueleto todo articulado apoiado em um suporte perto da janela.

Era o tipo de sala que Edie nunca tinha sonhado em ter, mas agora queria desesperadamente. Entretanto, na sua fantasia, ela substituiria os livros de medicina por outros de direito e filosofia. Mas a premissa da sala seria a mesma. Adornos de conhecimento que costumavam ser reservados aos homens, espalhados sem nenhum constrangimento em um domínio feminino.

E lá, sentada a uma pequena mesa redonda no meio do aposento, estava a mulher que Edie e Violet haviam arriscado tanto para encontrar.

Mary Sutton era exatamente como Edie se lembrava da sessão em que ficou espiando atrás da cortina do Teatro Metropolitan. Seu cabelo escuro estava penteado de maneira simples, mas elegante, e sua pele clara tinha a quantidade ideal de pó. Ela estava imaculadamente vestida com um conjunto sofisticado lilás e, na garganta, uma cintilante joia roxa combinando. Apenas a leve coloração sob seus olhos dava pistas de que ela pudesse passar as noites lendo à luz baixa.

Quando as irmãs entraram, Mary se levantou da cadeira, os olhos sobre aquelas olheiras — de um azul tão claro que pareciam quase cinza — enrugaram-se em um sorriso genuíno enquanto se aproximava delas.

— Bem-vindas, bem-vindas.

A voz dela era forte, ressoante e repleta de confiança interior. Ela estendeu as mãos primeiro para Violet, puxando-a para perto e dando dois beijos, um de cada lado do rosto. Depois Mary se virou para Edie e repetiu o gesto.

— Não posso expressar o quanto é maravilhoso *finalmente* conhecer vocês duas. Embora — acrescentou ela, os olhos cinzentos cintilando — eu suponha estar em vantagem por já ter visto as duas no palco.

— O prazer é nosso, madame — murmurou Edie. Perto dela, Violet sorriu e murmurou alguma coisa igualmente indistinta.

— Agora — disse Mary, gesticulando para trás em direção à mesa posta no meio da sala —, vocês precisam me dizer se arrumamos tudo conforme o seu gosto.

Elas a seguiram até a mesa, onde três velas apagadas haviam sido colocadas em um círculo sobre uma toalha de mesa branca rendada.

— O sr. Huddle me garantiu que vocês só precisavam de algumas velas — disse Mary enquanto se acomodava à mesa. — Mas estou acostumada às médiuns precisarem de mais alguns suprimentos.

— O sr. Huddle está correto, madame — respondeu Violet, aceitando a cadeira que Mary lhe ofereceu. Edie fez o mesmo, sentando-se em uma cadeira à direita de Violet e à esquerda de Mary. — É melhor diminuir as luzes antes de começarmos, para receber melhor os espíritos, mas um pouco de luz de velas não irá afastá-los. — Violet tirou do bolso sua própria bolsinha de seda e um pequeno prato de bronze. — Trouxemos todo o resto de que precisamos.

Ela colocou o prato no centro da mesa e começou a esvaziar a última das suas pétalas de lavanda seca nele.

Mary assistiu ao processo com uma fascinação extasiada.

— Ah, que maravilha. — Ela estendeu um único dedo enluvado e cutucou as ervas dentro do prato. — Vi vocês queimarem uma coisa parecida no palco naquele dia, querida. Contem-me, qual a finalidade?

— As ervas nos ajudam a contatar o mundo espiritual — informou Violet em tom suave, bem acostumada a essa pergunta.

— Que fascinante. — Mary deu outra cutucada delicada nas ervas com o dedo e depois ergueu os olhos novamente para fitar Violet. — Que sorte, minha querida. Você possuir um dom tão extraordinário.

— Sim — disse Violet. — Agradeço ao nosso grande Senhor todos os dias por ter me achado apta a receber este dom.

A dama murmurou uma palavra polida de concordância e retirou as mãos das ervas.

— Bem — tornou Edie, com um breve olhar em Violet para confirmar que ela estava pronta. — Se a senhora quiser, madame, acho que estamos prontas para começar. Só falta diminuir as luzes.

E então, como se fosse uma resposta para os dois pensamentos, algo brilhante surgiu à sua direita. Um espírito se movia em sua direção como um lampião flutuando em um mar de neblina.

Ela ficou imóvel enquanto o espírito se aproximava. Com o Véu atipicamente turbulento assim, Edie não queria espantá-lo por acidente. Ela deixaria que o espírito se aproximasse e então descobriria se era com quem Mary queria conversar.

Quando o espírito se aproximou, ela conseguiu distinguir o que pareceu ser a forma de uma mulher, o cabelo puxado para atrás em um coque simples e elegante.

Havia algo familiar na maneira como ela andava. Na maneira como ela inclinava a cabeça e olhava para Edie enquanto se aproximava. Mas foi só quando o espírito estava a alguns centímetros de distância que Edie percebeu por quê.

— Então — disse o espírito de Mary Sutton, suas feições brilhantes totalmente visíveis agora. — Esta é a morte.

28

EDIE CAMBALEOU PARA TRÁS QUANDO O ESPÍRITO DE MARY CHEGOU MAIS perto, deixando que ela visse o que antes estava escondido pela densa névoa.

O espírito de Mary tremeluzia.

Ela havia tomado uma dose de tálio.

Mas como? Quando? E por que alguém...

— O cálice.

Edie sussurrou as palavras, mas Mary escutou. Ela sorriu e parou de andar.

— Agradeço tanto a você quanto ao tálio por minha presença aqui, Edith. Até agora, eu só tinha conseguido captar vislumbres deste lugar.

Mary inclinou a cabeça para cima, examinando as tempestuosas nuvens de neblina. Ao mesmo tempo, Edie enfiou a mão na bolsinha de seda e tirou uma caixa de fósforos.

— Porém, preciso admitir, sua mãe deu a entender que seria um pouco mais bonito do que isso.

Edie ficou paralisada, um palito de fósforo apagado na mão.

— Trágica a maneira como ela morreu.

A mão de Edie segurou o fósforo com mais força.

— Como conheceu a minha mãe?

Os olhos de Mary fitaram o espírito de Edie de alto a baixo de uma maneira ávida.

— Se eu soubesse que Lena tinha filhas, teria nos poupado muito tempo.

Com a referência às filhas — no plural — o estômago de Edie se revirou. Ela precisava voltar para a vida. Voltar para Violet.

Ela acendeu um fósforo e então praguejou quando uma rajada de vento apagou a chama. Mary assistiu quando ela pegou o segundo fósforo, com o mesmo interesse clínico que havia mostrado na sessão apenas alguns minutos atrás, sem fazer nenhuma menção de interrompê-la. Edie não parou para pensar por quê. Dessa vez a chama se manteve, e assim que a fumaça de lavanda afinou o Véu, ela fechou os olhos e atravessou.

A primeira coisa que escutou na vida foi um grito.

O grito de Violet.

Ela abriu os olhos no mesmo instante em que alguém enganchou um par de algemas de metal frio em volta dos seus pulsos.

Tudo ficou em foco logo depois disso. Os lampiões na sala estavam acesos de novo, um assobio constante de gás impregnava o ar. O mordomo de bigode ruivo estava de volta, parado no meio da sala, conversando com um homem em um uniforme policial com duas barras de prata costuradas na manga. Ela o reconheceu na hora como o detetive de lábios finos que estava investigando a morte de Nell Doyle.

Perto de Edie, os olhos de Mary piscaram e se abriram. Sem dignar um único olhar a Edie, Mary se levantou da mesa e se encaminhou até o mordomo e o detetive.

Um segundo policial, mais jovem, estava no meio do processo de colocar um par de algemas nos pulsos de Violet. Era essa a causa do grito da irmã.

— Fique quieta — disse o jovem policial enquanto fechava a segunda algema em volta do pulso de Violet. — E você vai fazer o que nós dissermos.

— E por que eu faria isso? — gritou Violet.

Violet tentou se levantar da cadeira, mas o jovem policial a empurrou de volta.

— Estou tão feliz por tê-la encontrado, Edith. Nós duas faremos coisas fantásticas.

Os olhos de Edie se desviaram para onde o detetive estava parado atrás de Mary. É claro que ele havia escutado aquele estranho comentário. É claro que ele insistiria que *antes* de Edie e Violet serem entregues nas mãos dela, o caso deveria ser ouvido por um juiz...

Mas não foi isso que o detetive Barney disse. Ao contrário, ele inclinou a cabeça em direção a Mary com uma reverência respeitosa.

— Vou embora agora, madame. Um prazer, como sempre.

Com um resmungo, o policial que segurava as mãos algemadas de Edie a empurrou para a frente. Ela tropeçou, e ele a deixou cair de joelhos. Quando ele tornou a levantá-la, ela sentiu uma dor aguda no ombro esquerdo.

Um prazer, como sempre.

Mary já havia feito isso antes. Com outras mulheres. Outras *médiuns*.

Ruby.

Nell Doyle.

As médiuns de Belden Place? Mulheres que haviam sido detidas sob acusação de indecência por outro departamento de polícia e das quais nunca mais se tivera notícias.

— Você é uma garota sortuda — zombou o policial atrás dela. — Pelo interesse de uma dama gentil e respeitável em salvar um pescoço bonito como o seu.

Sortuda.

A palavra ecoou na mente de Edie enquanto ela era empurrada pelos degraus da frente da casa de Mary Sutton.

Sortuda.

Violet já estava no banco de trás da viatura policial quando Edie foi bruscamente empurrada para dentro. As mãos da irmã também estavam algemadas.

Sortuda.

As duas portas de madeira da carroça foram deixadas abertas, permitindo que os passantes tivessem uma visão completa das duas jovens encolhidas lá dentro. Duas mulheres cuja vida deveria começar de verdade naquele dia.

Quando os policiais retornaram, cada um carregando uma xícara do que Edie sabia ser o sedativo que Mary Sutton tinha prometido, Violet lutou com unhas e dentes, metade do líquido escorreu pela lateral da sua bochecha.

Mas Edie, sabendo que já estava tudo perdido, simplesmente inclinou a cabeça para trás e abriu a boca. O líquido que desceu por sua garganta era amargo, mas ela se forçou a engolir cada gota. E quando a escuridão chegou para envolvê-la, ela a aceitou sem lutar.

QUANDO EDIE ACORDOU, ELA ESTAVA EM UMA CELA.

Ela também estava vestida com uma bata branca manchada por tantas lavagens, a bolsinha de ervas que mantinha sempre no bolso havia sumido e ela estava deitada em um colchão fino como palha. Mas não precisou se sentar e olhar direito em volta para saber onde estava. Ela estava deitada em uma cama com barras em volta no porão do Sanatório de Sacramento.

Outro pensamento surgiu entre o torpor do que restava dos sedativos.

Violet.

Violet também estaria ali.

Edie impulsionou o corpo para cima com tanto ímpeto que o topo da sua cabeça colidiu contra o teto da jaula de metal em volta da cama, o tilintar ecoou pelo porão cavernoso. Gemendo de dor, ela se virou para a direita e avistou uma figura deitada na cama ao lado, tão perto que os elos de metal de suas gaiolas individuais quase se tocavam.

Estava escuro no porão. Os poucos lampiões a gás ao longo da parede estavam baixos, produzindo uma luz fraca e turva. Mas um único lampião a querosene em uma mesa perto tornava possível que Edie distinguisse a figura de Violet através da jaula de metal. Ela estava encolhida de lado, de costas para Edie, vestida com uma bata quase idêntica.

Edie ficou de joelhos e se inclinou em direção à segunda cama.

— Violet!

Ela não ousou erguer a voz mais do que um sussurro. Violet rolou na cama, seu rosto capturando a luz, seus olhos vermelhos e inchados pelo choro.

branco não conseguiam esconder como sua pele estava solta nos ossos. Mesmo à luz fraca do lampião, ela conseguiu distinguir um brilho de suor ao longo do lábio superior e da testa. E havia sombras profundas embaixo de seus olhos.

Olhos que eram de um castanho-escuro.

O que era impossível.

Porque os olhos do seu pai eram azuis.

— *Você!*

A voz de Edie saiu como um rugido, e uma gargalhada masculina profunda preencheu o espaço em resposta, o rosto do pai — não, *não* o seu pai — se contorcendo em um sorriso sarcástico.

E então o sorriso foi substituído pelo que pareceu ser uma sacudida involuntária da cabeça. Seus olhos piscaram, e apenas por um momento — não mais do que um segundo — eles não eram mais castanhos, mas de um preto intenso.

Antes que Edie pudesse entender o que havia visto, sua visão foi bloqueada por uma dupla de enfermeiros passando com uma maca de rodas pela sua jaula. Deitado na cama havia um homem de meia-idade com o cabelo oleoso e desgrenhado. Seu corpo estava coberto com um lençol branco sujo e seus olhos estavam fechados.

— Deixem aqui. Perto da mesa.

A voz de Mary Sutton soou mais alta do que as rodas rangendo.

Um tinido de metal à sua direita chamou a atenção de Edie para a cama-jaula de Violet. O homem que não era seu pai estava abrindo a jaula dela.

Edie jogou o corpo para a frente.

— Não toque nela! Seja quem você for, tire suas mãos da minha...

— Mas, Edith querida. — A voz de Mary avançou calmamente na direção da jaula de Edie. — Não reconheceu seu querido papai?

— Aquele homem — Edie respondeu, ríspida — não é o nosso pai.

Sua mente voou de volta para aquele dia um ano antes. O espírito tremeluzente avançando em sua direção, enquanto ela corria para salvar sua vida. Seu pai, já na sala quando ela atravessou de volta, o Véu bem aberto atrás dela.

Mas não. Não era possível. Sua mãe havia levado o espírito tremeluzente com ela.

— A beladona. — A voz de Edie saiu como um murmúrio quando ela se virou para o homem com o traje de pastor. — Ela forçou você para o além. Ela o levou junto.

O homem usando o corpo do seu pai se virou para fitá-la, um frio sorriso desconhecido curvou seus lábios.

— Sua querida mãe fez o máximo que pôde para me matar, menina. Talvez tivesse conseguido. Se você não tivesse ido me ajudar.

Todo o ar deixou o corpo de Edie. Seus pulmões lutaram para respirar, mas era inútil. Uma faixa apertada havia se formado em volta do seu peito. Extremamente constrita.

Tinha sido ela.

Ela estava procurando a médium que trouxera um espírito para a vida e permitido que se apossasse de um corpo vivo.

Tinha sido ela.

O espírito tremeluzente havia escapado da beladona, assim como Edie. Ela tinha aberto o Véu e o espírito a havia seguido para a vida, possuindo o primeiro corpo vivo que encontrou.

Se o espírito estivesse tentando se apossar do corpo de Violet, sua irmã gêmea saberia como resistir, da mesma maneira como fizera com a sombra no teatro.

Mas seu pai... seu pai não teria entendido o que estava acontecendo. Ele seria o hospedeiro perfeito para a possessão.

A distância, ela estava consciente de que o homem que possuía o corpo de seu pai ainda estava falando.

— ... o homem, seu *pai*, acho que posso chamá-lo assim, resistiu. Levei um tempo até conseguir controlar a mente dele. Quando consegui, fui forçado a reprimi-lo. Por isso eu não tive lembrança de você por tanto tempo, Edith. Mas agora eu a encontrei, e posso enfim agradecê-la.

A morte da mãe. Seu sacrifício final. Tinha sido por nada. Por culpa dela.

— Não, Edie! Não dê ouvidos a eles. Não é sua culpa. *Eles* fizeram isso. Você não pode deixar que ele...

— Silêncio! — interrompeu Mary, a voz fria e dura. — Continue essa baderna e eu vou sedar você de novo. Sua presença é necessária, mas não preciso de você consciente. Sugiro que se lembre disso.

A chicotada dessas palavras forçaram a mente de Edie a voltar para o presente. Ela sugou o ar, forçando os pulmões a se encherem, e depois se focou em Mary.

— O que a senhora quer?

— Pensei que isso fosse bastante óbvio. Quero que salve o meu marido.

Edie piscou em surpresa.

— Mas a senhora não é casada.

Tanto Edie quanto Mary se viraram para Violet. Henry ainda segurava o braço da moça — o ângulo parecia doloroso —, mas ela olhou para além dele, em direção a Mary, quando enfim falou:

— Ela ofereceu ajuda. Só que não da maneira como você queria.

Mary encarou Violet, e, pela primeira vez desde o início da noite, Edie detectou uma falha na fachada fria e impassível da mulher. Quando Mary finalmente falou, sua voz estava baixa e terrível.

— A única *ajuda* que aquela hipócrita da sua mãe ofereceu foi mais morte. Mesmo depois que eu a levei a acreditar que meu Henry já estava morto. Que a alma dele clamava por mim em agonia. Mesmo depois de eu assegurar que o corpo que eu havia preparado para ele não tinha vontade própria para se importar. Ainda assim, só o que ela me ofereceu foi *paz* no além. Como se ele pudesse algum dia ter paz sem mim.

Os olhos de Mary voaram para Henry, lágrimas brotavam em seus olhos. Mas Edie ficou admirada não só pela demonstração de emoção de Mary, mas pelo olhar com que Henry retribuiu. Uma adoração pura e incondicional. Uma expressão que ela não via no rosto do pai havia anos.

Edie fechou os olhos.

— Você concordou — disse ela suavemente. Quase para si mesma, embora soubesse que sua voz tinha se elevado ligeiramente. — Ela atravessou naquele dia para mandar o espírito do seu marido para além do Véu, a seu pedido. Ela achou que vocês dois estavam sofrendo, mas não sabia que o corpo dele ainda estava vivo. Foi por isso que ele conseguiu resistir às amarras das ervas.

Sua ligação com a vida não o teria ajudado contra a beladona, claro. Assim como não tinha ajudado a sua mãe. Mas Edie havia cuidado disso. Ela tinha permitido que ele escapasse.

— Mas se ele ainda estava vivo — disse Violet —, então como o espírito dele conseguiu...?

— Ele não estava vivo o tempo todo — interrompeu Edie.

O afinamento súbito do Véu. A única parte que Edie ainda não tinha entendido.

Ela olhou de volta para Mary.

— Você o matou, não foi? Enquanto a minha mãe estava na morte. Foi por isso que o Véu afinou tão de repente. Como você sabia a hora de matá-lo?

Os olhos de Mary ainda cintilavam pelas lágrimas não derramadas, mas sua voz estava firme quando ela respondeu:

— O tálio não separa totalmente o espírito do corpo. Eu fiquei observando até notar sinais de sofrimento. Até perceber que Lena o tinha encontrado na morte. E então eu... — Ela engasgou, mas não parou. — Eu disse para ele fazer o que precisasse. Eu disse para ele achar um caminho de volta para mim. E então, sim, eu o libertei de um corpo doente que não mais o merecia.

Edie encarou Mary. Ela e Henry tinham corrido um risco terrível. Foi apenas sorte — e a estupidez de Edie — que permitiu que o plano dos dois funcionasse.

Mary estava desesperada. Disposta a sacrificar tudo por uma mínima chance de dar ao marido uma segunda vida roubada.

— E ele me encontrou — continuou Mary. — Mas então ficou doente de novo.

Edie mirou Henry. E nesse momento, captou outro vislumbre de preto nos olhos dele. Outro movimento involuntário da cabeça. Ela correu os olhos pelo corpo desgastado do pai. A cavidade de suas bochechas. A palidez doentia de sua pele.

Começando a compreender, ela percebeu por que Mary estava igualmente desesperada agora.

— A sombra — disse Edie. — Eles ainda estão ligados, e o puxão da morte o está drenando.

— Uma complicação — sibilou Mary — da qual eu não fazia ideia, porque sua *querida mãe* se recusou a nos ajudar. Mas você não vai cometer o mesmo erro, Edith. Você vai abrir seu precioso Véu. Vai atravessar para a morte, como fez mais cedo, e vai forçar a sombra de Henry a entrar na vida. Você vai libertá-lo dessa última amarra com a morte. Vai torná-lo *inteiro* de novo. E então vai dar uma nova vida a ele.

Mary inclinou o queixo em direção ao homem inconsciente na cama de hospital.

— A mente dele está corrompida. Acredite em mim, será uma bênção quando Henry tomar o corpo dele.

Edie encontrou os olhos de Mary.

— E se eu me recusar?

— Então vou continuar com meus experimentos. — Mary lançou um olhar significativo para a seringa cheia de tálio em sua mão. — Sua amiga Ruby foi a médium mais promissora até agora, e houve *algumas*, Edith. Mas você a roubou antes que eu pudesse descobrir se a bonitinha Ruby Miller conseguiria manter o Véu aberto tempo suficiente para meus objetivos.

de truque. Se você passar, vou permitir que ajude meu marido. Claro que a vida de sua irmã vai depender de que nada dê errado. E se conseguir tudo isso, então eu soltarei as duas. Você terá sua vida no palco. Concorda com esses termos?

— Diga-me o que quer que eu faça — tornou Violet —, e eu farei.

Mary sorriu. Um sorriso de verdade que alcançou seus olhos.

— Por acaso, tenho um candidato adequado à mão.

Sem mais uma palavra, ela se virou e saiu da área iluminada. Mary gritou alguma coisa, mas as palavras ecoaram no porão cavernoso e Edie não conseguiu distingui-las.

Menos de um minuto depois, ela ouviu o então familiar rangido de uma porta se abrindo nos fundos do porão. Em seguida, o som de alguma coisa sendo arrastada pelo chão quando os dois enfermeiros grandes que haviam levado a maca com rodas mais cedo chegaram até a parte iluminada.

Só que dessa vez havia uma terceira figura suspensa entre eles. Um homem, pela aparência das roupas. Sua cabeça sem chapéu e de cabelos castanhos estava abaixada, e seus pés se arrastavam pelo chão como se suas pernas fossem fracas demais para andar. Quando as três figuras se aproximaram, o cheiro penetrante, acentuado e ferroso de sangue atingiu o nariz de Edie.

E então a terceira figura, quase desfalecida, levantou a cabeça.

Um par de olhos castanhos foram direto para o rosto de Edie.

Laws Everett estava ali.

Edie se jogou para a frente, a palma das mãos batendo contra as grades de metal.

— Edie — pronunciou ele, com dificuldade, a voz arrastada. — Edie, é *ele*. O dr. Ly...

Mas o que quer que estivesse prestes a dizer foi interrompido por um dos grandes enfermeiros. O punho dele colidiu com o maxilar de Laws, emitindo um som abafado. Sangue espirrou da boca dele. Sua cabeça caiu, e seu corpo ficou lânguido.

Os dois homens deixaram o corpo inconsciente de Laws cair aos pés de Mary antes de se virarem para sair por onde tinham entrado, o eco de seus passos logo desaparecendo.

— Pegamos este jovem — os olhos de Mary se fixaram na pilha disforme que era o corpo de Laws a seus pés — tentando invadir o sanatório logo depois que vocês foram trazidas. Podemos muito bem fazer uso dele.

Edie tentou captar o olhar da irmã. Qual era o plano dela?

Mas os olhos de Violet estavam fixos em Mary, o rosto perfeitamente calmo.

— O que a senhora deseja ver?

— Abra o Véu. — Os olhos cinza de Mary brilharam de ansiedade. — Chame um espírito, qualquer um servirá, e ajude-o a possuir o corpo deste jovem. Sombra e tudo. — Ela inclinou a cabeça para Violet. — Isso está dentro de suas habilidades?

Violet ergueu o queixo.

— Claro que sim. Contanto que eu tenha acesso às ervas para guiar o espírito e a sombra. — Ela estendeu a mão, a palma virada para cima. — Acredito que vocês estejam de posse da bolsinha da minha irmã.

O olhar de Mary desceu até a mão de Violet. Então ela olhou para Henry, que hesitou por um momento, mas depois — após outro olhar de Mary — ele obedientemente cruzou o porão e pegou a bolsinha de ervas da mesma mesa de onde Edie havia roubado o frasco de tálio, na noite anterior.

— Receio — disse Mary — que durante essa... *demonstração*, nós precisemos manter vocês duas contidas.

Violet deu de ombros.

— Não faz diferença para mim.

Mary concordou, satisfeita. Henry entregou a Violet a bolsinha de ervas, fechou a porta da jaula em volta da cama e se manteve próximo a ela.

Violet abriu a bolsinha de uma vez e começou a vasculhar por dentro. Primeiro tirou um maço de lavanda. Mas em vez de prepará-lo para atear fogo, ela desamarrou o barbante que formava o buquê e colocou a lavanda seca por perto na cama. Depois puxou um maço de heléboro da bolsinha e repetiu o procedimento. Ela tornou a fazer isso com um maço de dente-de-leão e então com o funcho, até juntar ao acaso talos de todas as quatro ervas nos lençóis brancos e sujos da cama.

Então juntou um novo maço de ervas — só que dessa vez misturou todas as quatro ervas, amarrando com rapidez e eficiência um barbante em volta delas.

Edie assistiu à irmã de perto, tentando acompanhar o que ela estava fazendo. Ela havia combinado lavanda, que podia abrir o Véu e acalmar os espíritos em volta; heléboro, a mesma erva que Edie tinha usado para obrigar o espírito de Ruby a fazer sua vontade; funcho, que fortalecia as outras ervas; e dente-de-leão, que aumentava a proteção psíquica do médium contra a influência de um espírito. Era uma combinação de ervas que podia ser usada de diversas maneiras.

Seus velhos instintos familiares a cutucavam, cada nervo implorando para que ela se intrometesse e interviesse, mas ela se forçou a segurar

O GRITO DE EDIE A DESTROÇOU. ARRANCOU O AR DE SEUS PULMÕES, RASGOU seus membros e transformou seu sangue em gelo.

Mas mesmo se despedaçando, um pensamento permanecia claro em sua mente.

Violet. Ela precisa chegar a Violet.

Ela arranhou a cela de metal até seus dedos sangrarem. Uma espetada aguda no joelho a lembrou do grampo entortado, e ela logo girou em direção à porta quadrada da cela. Seus dedos tremiam violentamente enquanto ela tentava encaixar o grampo no cadeado, mas o ângulo era impossível.

Ela gritou de novo de frustração. Berrou o nome da irmã.

Ela precisava chegar a Violet antes que fosse tarde demais.

E então mãos frias cobriram as suas. Mãos grandes com manchas de tinta por baixo das unhas. Edie ergueu o olhar para o rosto machucado e espancado de Laws Everett. Seu nariz sangrava e seu olho esquerdo estava fechado de tão inchado. Ela girou a cabeça e viu Mary Sutton deitada, inconsciente, no chão; cacos da ampola de vidro não utilizada da seringa de tálio estavam espalhados perto de sua mão aberta.

— Por favor. — A voz de Laws estava arrastada e rouca. — Por favor, Edie. Deixe-me ajudar.

Edie não disse nada quando Laws delicadamente tirou o grampo de sua mão. Ela ficou imóvel como uma pedra enquanto ele se ajoelhava e pegava o cadeado da jaula.

Menos de um minuto depois, Laws destrancou a fechadura, e a porta de metal da jaula se abriu. Edie se jogou para fora. Foi até o corpo do pai. Ele ainda estava respirando, o que significava que Violet havia levado apenas o espírito de Henry com ela para a morte, deixando o que quer que tivesse sobrado do espírito do pai para trás. Mas Edie não tinha tempo para ele agora. Ela cambaleou na direção da cama de Violet, os braços já estendidos. Laws estava bem ao lado dela. Ele caiu outra vez de joelhos e, sem uma palavra, destrancou a jaula de Violet.

Edie cambaleou para dentro assim que a porta se abriu. Violet estava deitada de costas. Seus olhos estavam bem abertos, mas sem enxergar. Quando o espírito de Edie atravessava para o Véu, seu corpo permanecia vivo. Os pulmões continuavam respirando.

O corpo de Violet estava imóvel como uma pedra.

Com delicadeza, Edie fechou os olhos da irmã.

Do lado de fora da cela, Laws pigarreou.

— Sinto muito, Edie. Sinto muito mesmo.

Mas Edie não estava escutando. Espalhadas em volta do corpo de Violet estavam as ervas que ela não tinha usado. E à sua esquerda, jogada no lençol branco sujo, estava a bolsinha de seda de Edie.

Dentro da jaula, Edie sentiu uma mão repousar de leve em seu ombro.

— Edie. Sinto muito. Mas precisamos ir.

Edie afastou a mão de Laws. Ela se posicionou de pernas cruzadas, de frente para o corpo da irmã, e começou a juntar os galhos secos de lavanda.

— Edie, precisamos...

— Eu não vou a lugar nenhum.

Laws fez uma espécie de barulho sufocado no fundo da garganta. Ele se aproximou mais da jaula; e dessa vez, quando falou, foi urgente e rápido.

— Você não está entendendo. Esse homem, ele é... ou *era*... o dr. Henry Lyon. O especialista em mediomania. Ele e aquela Mary Sutton têm trazido mulheres aqui, médiuns, alegando insanidade fraudulenta. No último ano, ele conduziu todo o negócio a distância. Foi por isso que eu não conseguia uma entrevista...

— Não importa.

— Você não está entendendo, Edie! Eles têm *apoio*. Um exército inteiro de homens poderosos na assembleia legislativa, e até mais do que isso, que receberam a promessa de *uma cura para a morte*. Precisamos sair daqui antes que...

— Eu já falei. Nada disso importa agora.

— Por favor. Sua irmã já está... — A voz dele falhou. — Ela se foi, Edie. Por favor, ela iria querer que eu tirasse você daqui.

Terminando de juntar a lavanda, Edie pegou a bolsinha de ervas e colocou a mão dentro.

— Ela não se foi.

A conexão entre o corpo e o espírito de Violet ainda estava intacta. Ela podia sentir. Não era como o que havia acontecido com a sua mãe ou Ruby. Edie ainda tinha tempo.

O rosto de Laws perdeu toda a cor que restava.

— Por favor, Edie. Não é seguro aqui. Alguém pode chegar a qualquer...

— Preciso que você fique e tome conta dela.

— Você... o quê?

Edie terminou de juntar a lavanda, enfiou o resto das ervas na bolsinha e pegou um fósforo, pronta para acendê-lo.

Então olhou no fundo dos olhos de Laws Everett.

— Eu vou para o Véu salvar a minha irmã. Preciso que tome conta dela. Mantenha-a segura até que eu consiga trazer o espírito dela de volta. Pode fazer isso?

— Edie...

— Você disse que eu podia confiar em você, Laws Everett. Preciso que me prove. Agora.

Os olhos dele piscaram com uma emoção que ela não sabia nomear. Então ele ergueu o queixo.

— Eu cuido dela — prometeu ele, a voz séria e baixa. — Cuido de vocês duas.

Edie concordou com a cabeça. Então acendeu o fósforo, segurou a ponta do molho de lavanda amarrado às pressas e fechou os olhos.

⁂

Edie abriu os olhos para nada além de névoa. Segundos depois, fechou o Véu e ficou de pé, seguindo o aroma das ervas. Tentou não pensar sobre como aquilo estava parecido com o seu trajeto na morte um ano antes, quando ela procurou pela mãe. Tentou e fracassou.

Ela tinha minutos, no máximo, para fazer Violet retornar para a vida. Minutos antes que a conexão entre o corpo e o espírito de Violet se perdesse definitivamente. Mesmo naquele momento, poderia já ser tarde demais.

Não. Ela não pensaria daquela maneira. Ela encontraria Violet e a levaria de volta para a vida. E então cuidaria do espírito de Henry Lyon. Terminaria o que sua mãe havia começado. Ele não tinha mais conexão com seu corpo original em vida. Uma vez que ele e sua sombra estivessem reunidos, as ervas seriam suficientes para forçá-lo para o além.

Um grito ecoou na névoa. O grito de Violet.

Edie apertou o passo, correndo até finalmente encontrar o espírito da irmã. Brilhante com a luz dos recém-mortos. Violet estava de costas para ela, e Edie estava prestes a chamá-la quando avistou o que sua irmã estava encarando — e ficou paralisada.

Isso não podia estar certo.

Lá estava o espírito de Henry. Ela reconheceu sua figura alta e magra, a mesma que esteve no Véu com sua mãe, embora aquela oscilação anormal tivesse sumido. Substituída por uma luz fraca, mas constante.

Sua sombra estava gigantesca por cima dele. Pelo menos três vezes sua altura.

Agora que o espírito de Henry estava de volta ao Véu, esse deveria ser o momento de a sombra voltar a se unir a ele. O momento em que ele se tornaria inteiro de novo.

Mas não era o que estava acontecendo.

Em vez disso, a sombra — que havia ficado tanto tempo sozinha; tanto tempo sem a influência moderadora da luz de um espírito — o estava absorvendo. Da mesma maneira como havia feito ao pequeno William Brown.

Edie assistiu em choque quando tentáculos que pareciam cordas serpentearam para fora da sombra, circundando o espírito enfraquecido de Henry. Seus olhos estavam arregalados de medo, e sua boca, aberta como se fosse gritar, mas nenhum som saiu.

No segundo antes de a sombra parti-lo em dois, seus olhos desesperados encontraram os de Edie. Ela viu sua súplica por ajuda. Implorando em silêncio à filha da mulher que ele tinha matado e do homem que ele havia possuído para salvá-lo. E embora ela odiasse aquele homem, embora ele tivesse acabado com a sua família e alterado o curso da vida dela e de Violet, ela poderia ter tentado ajudar. Se tivesse tempo.

Mas ela não tinha.

A sombra o partiu e absorveu a ridícula quantidade de luz que seu espírito ainda tinha depois de um ano de vida emprestada. Até não sobrar nada do dr. Henry Lyon além de fiapos irrisórios de névoa.

Depois de se alimentar, a sombra se virou na direção das gêmeas. E foi então que Edie percebeu as amarras entrecruzadas de fumaça prateada das ervas em volta da sua figura. Amarras de fumaça que também entrelaçavam sua irmã.

As amarras que Violet havia lançado em vida ainda se mantinham ali.

A silhueta ondulante da sombra pulsava. Ela se lançou na direção das irmãs, porém foi impedida pela fumaça prateada. Estava presa no lugar, por enquanto.

Edie correu para a frente.

— Vi! Precisamos fazer você voltar.

Mas Violet não se virou. Ao contrário, começou a andar. Impulsionando-se para a frente com o tronco como se estivesse se preparando para carregar um fardo pesado.

Edie chamou seu nome de novo e correu atrás dela, mas Violet olhou por cima do ombro e levantou a mão para impedi-la.

— Não. Edie. Por favor. — A voz dela estava tensa e cansada. — É tudo o que eu posso fazer para...

Um *crac* cortou as palavras de Violet. Uma fração de segundo depois, uma das finas amarras prateadas de fumaça que conectavam Violet à sombra se partiu, desaparecendo na névoa. A sombra ondulou outra vez. Lutando para se libertar.

— Vi, o que você está...?

— Apenas *vá*, Edie. Por favor. Eu consigo cuidar disso sozinha. Mas não tenho força para lutar com você também.

— Cuidar disso...

Edie diminuiu o passo, finalmente parando a fim de avaliar o cenário em volta. O Véu tinha assumido a forma de um deserto ventoso naquela noite. Uma lua azul-clara pairava acima delas, seus raios iluminavam as amarras prateadas que ligavam Violet à sombra.

Edie mirou aquelas amarras. Mirou Violet lutando para andar. E então compreendeu o que a irmã planejava fazer. Compreendeu por que Violet só tinha juntado uma pequena quantidade de heléboro no buquê de ervas que havia arrumado. Apenas o suficiente para prender a sombra — não com a sua vontade —, mas com o seu corpo. Porque sua irmã não tinha intenção de *mandar* a sombra para além do Véu. Não. Ela mesma ia *levá-la* para lá.

Edie se plantou na frente de Violet.

— Vi. Você não pode fazer isso. Se alguém vai levar essa *coisa* para o além, tem de ser eu. Fui eu que...

Outro *crac* a interrompeu. A sombra se forçou para fora quando outro tentáculo da amarra de fumaça prateada se partiu, sumindo na névoa. Violet podia ter conseguido prender a sombra ao seu corpo, mas a sombra estava lutando contra as amarras.

Violet balançou a cabeça.

— Foi você que nos carregou neste último ano, Edie. Sei que você se sentiu sozinha durante a maior parte dele. E sinto muito. De verdade.

Porque não está sozinha. Nunca esteve. E agora é a minha vez. E você precisa me deixar ir.

Violet fez menção de voltar a andar, mas Edie pulou na frente dela, forçando-a a parar. Ela tinha acabado de ter uma ideia.

— Você está certa, Vi. A sombra *é* forte demais para ser mandada sozinha para o além, mas você acabou de dizer. Eu *não* estou sozinha.

Os olhos de Violet encontraram os de Edie, avaliando-a em silêncio. Seu olhar se desviou para a forma escura atrás dela. E então Violet foi jogada para trás, puxada por uma das amarras prateadas. Outro *crac* ecoou na névoa.

Edie segurou Violet logo antes de ela cair no chão. A luz que emanava do seu espírito estava ficando mais fraca. O esforço das amarras cobrava seu preço.

— Por favor — disse Edie outra vez. — Deixe-me tentar.

Violet usou os braços de Edie como apoio para se levantar.

— Podemos tentar. Mas precisamos ser rápidas. Não posso arriscar...

— Obrigada. — Edie deu um abraço em Violet antes de soltá-la. — Vai funcionar, prometo.

Ela não desperdiçou nem mais um segundo, enterrando logo os dedos na bolsinha de seda e tirando as ervas soltas, formando um molho misturado que prenderia o espírito não só ao seu próprio corpo, como Violet tinha feito, mas ao desejo unido das gêmeas.

Enquanto trabalhava, outro *crac* ecoou no Véu. Outra amarra se partiu. Edie e Violet olharam ao mesmo tempo em direção à sombra. Ela estava se espalhando para fora e por cima das amarras que restavam, uma tempestade de nuvens pronta para estourar.

A voz de Violet estava nervosa quando ela sussurrou:

— Rápido.

Edie decidiu-se por artemísia, funcho e heléboro. Uma erva para atrair, uma para prender e uma para intensificar. A mesma combinação que sua mãe tinha usado no espírito de Henry um ano antes. Amarrou os caules às pressas e depois pegou sua caixa de fósforos e se preparou para queimar as ervas.

Para Violet, ela disse:

— Assim que funcionar, solte suas próprias amarras.

— *Se* funcionar — afirmou Violet —, eu solto.

Edie assentiu. Era tudo o que ela podia pedir. Acendeu o fósforo e colocou fogo nas ervas. Segundos depois, uma espessa fumaça dourada subiu em elegantes espirais. Com uma das mãos, Edie segurou o molho de ervas no alto. Com a outra, segurou a da irmã. Violet apertou a mão dela. Um instante depois, Edie sentiu um solavanco de força descendo por seus braços. Uma sensação de formigamento serpenteando ao longo de sua pele e derretendo dentro de sua essência que era exatamente como Violet. Livre, e alegre, e forte.

Edie direcionou a fumaça dourada até a sombra, fitas compridas e ondulantes de ouro caíram como uma rede em volta da figura pulsante. Com a ajuda de Violet, foi quase fácil prendê-la à sua vontade. Com todo o seu tamanho e poder, a sombra não se equiparava à força delas combinada.

Quando se certificou de que as amarras estavam presas, Edie fez um movimento com a cabeça para Violet. Mas pelo brilho dos olhos da irmã, ela podia perceber que ela também havia sentido. Violet assentiu de volta para Edie, fechou os olhos e soltou suas próprias amarras.

As fitas prateadas de fumaça caíram em silêncio para longe do espírito de Violet, a fumaça desaparecia na névoa ao redor. Ao mesmo tempo, uma nuvem similar de fumaça prateada caiu da silhueta da sombra.

Violet estava livre.

Edie soltou a mão da irmã e enfiou os dedos de novo na bolsinha de ervas.

— Agora você precisa voltar.

Uma mão segurou seu pulso antes que ela pudesse tirar qualquer coisa da bolsinha. Edie olhou para a luz fraca do rosto da irmã. Ela já estava na morte havia tempo demais. Uma mecha de seu cabelo castanho-avermelhado já tinha perdido a cor e ficado branca. Talvez já fosse tarde demais para salvá-la.

— Não, Edie. Vamos mandar a sombra para o além juntas.

Edie balançou a cabeça.

— O que eu preciso é de uma vida para onde voltar, Vi. E não existe vida para mim sem você nela. Eu posso mandar a sombra para o além sozinha. Mas você precisa voltar agora, enquanto ainda é possível.

— Edie. — O rosto de Violet se contorceu de angústia. — Eu não posso simplesmente deixar você aqui.

— Você não vai me deixar. Nós duas temos nossas funções. A minha é aqui. A sua é voltar à vida e nos salvar. — Edie apertou a mão da irmã e encontrou os seus olhos. Ela precisava que a irmã entendesse. Precisava que ela visse que estava falando sério. Que ela sabia agora como era deixá-la de fora e que nunca faria isso de novo. — Por favor, Vi. Vá. Vá agora para que eu também possa depois.

Violet a encarou por bom tempo. A boca comprimida. Os olhos ilegíveis. E então, bem devagar, ela soltou a mão de Edie.

Edie manteve os olhos na irmã gêmea enquanto vasculhava mais ainda na bolsinha. Até o fundo. Até seus dedos se enrolarem em uma coisa torta e grossa.

Uma raiz de beladona.

Mas não foi só a raiz torcida que ela tirou da bolsinha. Edie também tirou um pacote de folhas de louro secas. Pequenas folhas úteis, capazes de inverter o propósito de uma erva. Quando combinada com a beladona, por exemplo, tinha o efeito de forçar um espírito a voltar para a vida, em vez de ir para o além, para a morte final. A única questão era que, quando invertida, a beladona não tinha poder suficiente para afetar todos os espíritos dentro do seu alcance. Mas podia levar um.

Edie pegou duas das maiores folhas de louro do pacote e, com cuidado, enrolou-as em volta da raiz torcida, prendendo as duas com um pedaço extra de barbante. Então pegou um fósforo.

Violet fez um som baixo com o fundo da garganta, os olhos fixos na beladona com o louro enrolado.

— Não importa o que acontecer — disse Edie, olhando para a irmã —, não lute. Você vai querer resistir ao puxão, mas precisa deixar a fumaça carregar você. Qualquer resistência pode enfraquecer as folhas de louro e permitir que a beladona force você para além do Véu.

Violet tirou os olhos da raiz com a folha enrolada.

— Não vou lutar, Edie. Eu confio em você. Sempre.

Um nó se formou na garganta de Edie, mas ela o engoliu. A luz de Violet estava fraca demais. Elas já tinham perdido um tempo precioso. Então ela focou no fósforo, acendendo-o e fazendo sua chama tocar a raiz retorcida.

As folhas de louro pegaram fogo primeiro, crepitando com um som agradável de lareira. Depois a chama subiu, lambendo a beladona torcida. A fumaça das duas ervas combinadas criou uma suave cor verde. O tom exato dos olhos idênticos das gêmeas.

Edie lançou a fumaça rodopiante em direção à irmã até que ela a envolveu como um xale muito grosso. As ervas reagiram rápido ao seu espírito. Tão rápido que Edie mal teve tempo de gritar as palavras *Eu amo você!* antes de a suave fumaça verde começar a se mover, puxando sua irmã de volta para a vida.

Fiel à sua promessa, Violet não lutou contra o puxão das ervas. Mas manteve os olhos fixos em Edie o máximo que conseguiu, até a névoa se fechar em volta dela e Edie não conseguir mais vê-la.

Porém, ela ainda podia sentir a irmã. Um pouco da alegria intensa que a irmã havia dividido com ela quando prenderam juntas a sombra. Um fio de conexão que estava mais forte agora do que jamais tinha sido. Forte o suficiente para ela sentir o momento em que a irmã atravessou de volta para a vida. Segura, mais uma vez.

Edie se permitiu um único suspiro de alívio. Então se virou e encarou a sombra presa.

Estava na hora de fazer essa coisa ir embora.

Edie tentou todas as combinações de ervas possíveis, levando em conta o material de que dispunha.

Tentou as óbvias, como hamamélis, e hissopo, e sálvia.

Tentou misturas estranhas, como casca de laranja, e funcho, e sorva.

Tentou combinações insanas que poderiam facilmente produzir efeitos negativos se ela fizesse errado.

Nada funcionou.

Toda vez que ela queimava as ervas, toda vez que ela direcionava a fumaça para a sombra, ela continuava imóvel.

Ela se recusava a andar. Recusava-se a ser enviada para o além.

A única boa notícia era que a amarra que ela e Violet tinham criado estava se mantendo firme até então. A sombra não conseguia se mover nem fazer qualquer barulho. Estava congelada no lugar. Presa lá, na jaula de fumaça dourada. Porém, nem mesmo a amarra mais forte conseguiria contê-la para sempre. Logo, Edie teria de fazer uma escolha. A mesma escolha que sua mãe havia feito.

Ela não tinha mentido para Violet. Ela achou que *conseguiria* forçar a sombra para além do Véu com as ervas, agora que estava presa. Mas nada havia funcionado, e ela não podia esperar mais tempo. A amarra estava sugando sua força rapidamente.

Não seria uma longa caminhada. Ela podia ver a parede de névoa densa e reluzente de onde estava. Uma barreira entre o Véu e a morte final que nunca estava longe demais para se alcançar. Mas ela precisava ir logo. Enquanto ainda tinha força para atravessar.

Ela só podia esperar que um dia Violet a perdoasse.

Enfiou as ervas de volta na bolsinha de seda. E então, quando estava prestes a amarrar o cordão para fechá-lo, a névoa ondulou à sua volta. Um instante depois, um espírito se aproximou.

Ele tinha todas as características dos recém-mortos. E ainda assim sua luz estava suave e vacilante. Quando ele se aproximou, Edie entendeu por quê.

Era o espírito de seu pai.

O corpo dele devia finalmente ter morrido em vida, enfraquecido pela possessão.

O rosto dele não estava como ela havia visto alguns minutos antes no porão do asilo. Suas faces estavam mais cheias como anteriormente, as olheiras profundas tinham sumido e os seus olhos… não eram mais pretos como breu, mas de um azul-claro brilhante.

Ele parou a certa distância dela. Quando falou, foi só para dizer uma palavra.

— Edith.

Seu nome pairou no ar entre eles. Reluzindo na névoa.

Sem saber o que mais falar com o homem que havia arruinado sua vida, com o homem cuja vida ela também havia arruinado, Edie apenas disse:

— Olá.

Ele lhe ofereceu um sorriso hesitante.

— Então — disse ele —, quer dizer que a morte é assim.

Edie confirmou.

— Nós chamamos de Véu. É um lugar para os espíritos se… prepararem.

— Se prepararem?

— Para a segunda e derradeira morte. Além do Véu.

Seu pai mexeu a cabeça, pensativo.

— E… você já esteve aqui antes?

Edie confirmou outra vez.

— Sua mãe também esteve?

— Sim.

— Ela ensinou a você como vir?

— Ensinou.

— E a Violet?

Edie balançou a cabeça. Era estranho. A maneira pragmática como eles estavam falando agora depois de anos escondendo a verdade daquele mesmo homem. Mas naquele momento em que estavam ali, na morte, parecia a coisa mais natural do mundo.

— Violet pode chamar os espíritos na vida. Só a mamãe e eu podíamos... atravessar de um lado para o outro. — Edie parou, depois acrescentou: — Mas a Violet estava aqui. Pouco tempo atrás. Eu... eu a mandei de volta.

O pai assentiu, como se entendesse o que ela queria dizer. Então seus olhos enxergaram além de Edie, para a sombra se contorcendo presa na fumaça dourada. Edie seguiu seu olhar.

— Desculpe — disse ela, a voz baixa. — É minha culpa que o espírito dele... se apossou do senhor daquela maneira. Eu queria que o senhor soubesse que não percebi...

— Não precisa se desculpar, Edie.

Ela se voltou para o pai, que, com os olhos ainda fixos na sombra, falou:

— Havia muita coisa que eu não entendia sobre vocês duas. E sobre a sua mãe. Muita coisa que eu não sabia.

Ela abriu a boca para se desculpar de novo; mas, como se ele tivesse sentido o que ela iria falar, seu pai balançou a cabeça e disse:

— Não, Edie. Sua mãe estava certa em não me contar. Vocês estavam certas em manter o segredo. Olhe como eu reagi quando... quando ela morreu.

Edie encarou o espírito do pai — fraco, mas claro — quando uma pergunta se formou em sua mente. Uma pergunta que havia surgido no porão do sanatório assim que ela soube a verdade sobre a possessão do pai. Uma pequena, mas persistente ponta de esperança.

— Naquele dia — começou Edie, com tanto medo da resposta quanto de não fazer a pergunta. — Quando o senhor nos viu... Quando o senhor... — Ela se conteve. Mesmo ali, mesmo naquele momento, era difícil repetir as palavras que ele havia arremessado contra elas. Relembrar o medo e a fúria nos olhos dele. Mas era uma coisa de que ela precisava saber. Ali, no fim daquilo tudo, estava uma resposta que ela merecia. — Era o senhor? Ou foi o espírito que ameaçou nos trancar?

Seu pai desviou o olhar da sombra e a fitou por um longo tempo. Então, devagar, balançou a cabeça.

— Eu queria poder dizer o que você gostaria de ouvir, Edith. Mas ainda era eu mesmo quando disse aquelas coisas para vocês. Quando ameacei vocês duas daquela maneira. — Os olhos dele se desviaram. — Sabe, pode haver muita coisa que eu não entendia, mas acho… em alguma medida, eu sempre suspeitei que você, sua irmã e sua mãe… que havia *alguma coisa*. — Ele olhou de volta para Edie e sorriu com tristeza. — E então quando vi você naquela noite, fria e ainda um cadáver… E, de repente, viva. Quando ouvi você implorando para ela voltar… não como uma filha sofrendo faria, mas como alguém que *sabia* que aquilo era possível…

Ele espalmou as mãos, abrindo os dedos. Não terminou o pensamento. Não precisava. Os dois sabiam o que havia acontecido em seguida.

— Bem — prosseguiu seu pai, mudando o tom. Ele apontou com o queixo a massa ameaçadora atrás dela. — O que vai fazer com aquilo?

— Com a sombra?

— É assim que você a chama? Interessante. Eu podia sentir, sabia. Puxando. E sempre achei que fosse o demônio. Mas vendo agora… sim. Uma sombra faz sentido.

— Desculpe mesmo por…

Seu pai a cortou, balançando a mão.

— Não é sua culpa, Edie. Nada disso.

— Mas é sim — insistiu Edie. — Se não fosse por mim, a mamãe não teria…

— Você se lembra de quando era criança? — interrompeu o pai, um sorriso suave se abrindo no rosto dele. — E se sentava no meu joelho para me escutar contar as histórias da Bíblia? Você sempre gostou, eu acho. Mas Violet nunca gostou. Uma vez você me perguntou uma coisa. Será que se lembra? Você disse: "Pai, Deus sempre vai me proteger?". Lembra o que eu respondi?

Edie fez que sim com a cabeça.

— O senhor disse que sim. Não importava o que acontecesse.

— Isso mesmo. Era a única coisa que eu podia dizer naquela época para a minha garotinha. Eu me lembro de pensar, o que poderia acontecer com ela? Claro que ela estará sempre segura — concluiu ele, com tristeza.

Nenhum dos dois falou por um bom tempo depois daquilo.

— Pelo que entendo — seu pai finalmente quebrou o silêncio —, essa sombra precisa ir para… Como você chamou?

— Além do Véu. Para a morte final.

Ela olhou em direção à densa parede de névoa que sinalizava o fim do Véu. Era sua imaginação ou a parede tinha se aproximado desde que seu pai chegou?

Ele seguiu o seu olhar, e por um bom tempo os dois apenas encararam a névoa.

Então seu pai se virou de novo para ela.

— Como vai fazer isso?

Edie franziu os lábios. Ela não sabia como responder aquilo. Não sabia o que dizer ao pai que uma vez lhe dissera que ela sempre estaria segura.

E então ela não disse nada.

— Acho — seu pai falou devagar — que eu gostaria de ir também.

A testa de Edie franziu.

— Ir para onde?

Ele moveu as mãos de leve, agitando vapores de névoa.

— Para o além — disse ele. — Acho que eu gostaria de ver.

— Mas o senhor não precisa ir ainda. Ainda tem muito tempo. O senhor poderia, hum...

Seu pai sorriu.

— Eu poderia... o quê? Assombrar quem eu amo?

Edie não tinha resposta para aquilo. Seu pai balançou a cabeça de leve.

— Não. Acho que é uma boa hora para eu ir. Você, por outro lado... talvez seja hora de voltar.

Ele olhou incisivamente para a cabeça dela. Adivinhando o que ele tinha visto, Edie soltou uma mecha de cabelo do coque e a examinou. Não estava mais louro, estava branco como leite. Seu tempo na morte — o enfraquecimento pelas amarras — estava cobrando seu preço.

Ela escondeu o cabelo e balançou a cabeça.

— Não posso voltar.

— Ah — disse seu pai. — Acho que entendo o seu dilema.

Mais uma vez, Edie não disse nada. E por um momento, pai e filha ficaram ali em silêncio. Por fim, seu pai tornou a falar:

— E se eu levasse?

Ela se surpreendeu.

— O quê?

— E se eu levasse a sombra comigo? Você conseguiria dar um jeito nisso? Já percebi que você tem algum controle sobre os espíritos. Afinal de contas, aquela... *coisa* e eu estivemos, de certa forma, unidos por bastante tempo. Parece adequado que nós façamos esta última viagem juntos.

Edie encarou o espírito do pai. Ela havia passado o último ano aprendendo a odiar aquele homem. E depois os últimos minutos tentando decidir o quanto daquilo havia sido merecido. E nesse instante ele estava se oferecendo para tirar esse fardo dela. Ele estava lhe oferecendo outra chance na vida.

Ela poderia aceitar?

— Eu... eu não sei — disse ela. — Eu estava planejando... Eu já...

— Às vezes — retrucou o pai em tom suave —, os planos mudam.

Edie não tinha ideia do que dizer.

Ele deu um passo em direção à filha.

— Vou compreender se você tiver dúvidas, Edie. Nós não estivemos sempre do mesmo lado, não é?

Sem falar nada, Edie balançou a cabeça.

— Sinto muito por isso. De verdade, sinto mesmo. Há... muitas coisas que eu gostaria de falar para você, Edie. E para a sua irmã, se ela estivesse aqui. Mas nosso tempo é curto, então vou escolher uma só. E é esta: às vezes não há problema em abrir mão.

Edie continuou encarando-o, em silêncio. Ele se aproximou mais um pouco, estendeu o braço e delicadamente pegou a bolsinha de ervas das mãos dela.

— É isso que usa para influenciar os espíritos? — perguntou. — Você queima estas ervas aqui?

Edie confirmou com a cabeça.

— Muito inteligente. E quais ervas acha que podem funcionar? Para... me *reconectar* com meu velho amigo?

— Acho — respondeu Edie, a voz parecendo vir de algum lugar muito distante — que o senhor só precisaria de hissopo. A conexão já está bem forte. Seria só uma questão de transferi-la para o senhor.

Seu pai sorriu.

— Genial. De verdade. Sua mãe deve ter lhe ensinado bem.

Um nó se formou na garganta de Edie quando ela assistiu ao pai vasculhar a bolsinha até encontrar um pacote de papel com a palavra hissopo escrita com a cuidadosa letra cursiva do farmacêutico de quem Edie havia comprado a erva. Seu pai estendeu o pacote para Edie e arqueou uma sobrancelha, questionando silenciosamente.

Ela confirmou.

— E quanto precisarei usar? — perguntou seu pai, abrindo a bolsinha.

Ele começou a tirar galhinhos da erva roxa e verde.

— Isso é suficiente — redarguiu Edie, depois que ele tirou seis ramos irregulares. Seu pai devolveu o resto do hissopo à bolsinha e então pegou um pedaço solto de barbante e uma caixa de fósforos. Entregou tudo para Edie.

— Vá em frente — disse ele, entregando-lhe também seu ramo de hissopo. — Quero muito ver você fazendo isso. Só desta vez.

Edie pegou os itens que ele estava oferecendo. O pai sorriu e deu alguns passos para trás, aproximando-se da sombra que pairava na névoa.

Edie juntou os galhos de hissopo, amarrando-os com um barbante. Depois acendeu o fósforo que o pai tinha lhe dado. Mas não tocou na erva. Esperou até que a chama estivesse quase nos seus dedos brilhantes. Até seu pai consentir com a cabeça uma última vez.

Só então ela abaixou o fósforo e ateou fogo no hissopo.

A fumaça espiralou rápido para cima, uma neblina roxa opaca que circundou a luz fraca e desbotada do espírito do pai. Metade da fumaça de hissopo ficou com ele, e o resto voou em direção à sombra pulsante, unindo-se à teia dourada de fumaça.

Em um instante, as amarras de Edie sumiram. Um peso enorme foi tirado dos seus ombros.

À sua frente, os ombros do pai caíram. Como se alguém tivesse pegado uma marreta e o martelado no chão.

Por um momento assustador, Edie pensou que ele não aguentaria a pressão, que ele iria fraquejar e falhar. Mas então o pai inclinou a cabeça e olhou para cima. Seus lábios se moveram em silêncio no que Edie tinha certeza — mesmo ali, no limiar da morte — de que era uma oração. E então, embora ela pudesse ver que ele precisou de um esforço incomensurável, seu pai se endireitou, virou-se de costas para Edie e começou a andar, a massa escura da sombra sacudia atrás dele, forçada a seguir a amarra em silêncio.

Ele olhou para trás apenas uma vez, um olhar breve. Foi provavelmente toda a energia que ele podia desperdiçar. Edie levantou a mão para se despedir. Ele piscou uma vez. E então a névoa se fechou em volta dele.

Edie queria esperar. Ela queria ficar no Véu até ter certeza de que a sombra havia realmente ido embora. Ela queria estar ali caso o pai voltasse. Caso ele mudasse de ideia.

Mas então ela sentiu.

Um puxão bem de leve.

Uma vibração ao longo de um fio que ainda a conectava à vida.

Violet.

Avisando que era hora de voltar.

Edie se virou de costas para o lugar onde seu pai havia desaparecido e pegou a última lavanda. Mas antes de atear fogo, ela parou. E então, com um tom de voz que era quase um sussurro, mandou uma única palavra para o Véu.

— *Adeus.*

E talvez não fosse nada além de uma nuvem passando em frente à luz azul fria da imitação da lua na morte. Talvez fosse apenas a névoa onipresente, subindo como sempre, os dedos frios acariciando seu rosto. Mas de alguma forma, Edie sabia que, embora sua mãe tivesse partido, embora seu espírito tivesse passado para além, a sutil mudança que ela sentiu naquele momento era sua maneira de se despedir.

Devagar, Edie sorriu. E então ateou fogo na lavanda.

TRÊS MESES DEPOIS

EDIE VOAVA PELA RUA MARKET, O VENTO CHICOTEANDO SEU CABELO, enquanto ela pedalava sua bicicleta o mais rápido a que se atrevia descer a colina da cidade. A reluzente Baía de São Francisco brilhava à sua frente através de uma leve camada de neblina.

Alguns minutos depois, ela parou em um prédio de dois andares com tijolos vermelhos e arcos em estilo coríntio na Rua Bush entre Kearny e Dupont. Desmontou da bicicleta, encontrou um lugar para deixá-la e atravessou um par de portas vaivém, aceitando um pequeno livreto de um jovem uniformizado que perambulava pelo saguão.

Esperou estar sentada em uma das cadeiras estofadas de veludo vermelho para olhar o livreto. A capa estampava uma ilustração de fadas correndo entre árvores. Do lado de dentro, as páginas eram preenchidas principalmente com anúncios de comerciantes locais de São Francisco. Mas lá, apertada na parte de baixo da segunda página, estava a lista do elenco da performance daquela noite de *Sonhos de uma Noite de Verão*. Talvez fosse o pedaço de papel mais valioso que Edie havia segurado.

— Com licença, senhorita — disse uma voz masculina vinda do corredor à sua esquerda. — Mas esse assento está ocupado?

— Depende — disse Edie, sem tirar os olhos do livreto em seu colo.

— E posso perguntar do que sua resposta depende?

— Depende se eu perdoar o dono original deste assento. Era para ele ter vindo comigo pedalando esta noite, mas ele não apareceu.

— Ah — respondeu ele. — E faria diferença se sua companhia tivesse, digamos, uma boa desculpa? Se, por exemplo, ele tivesse se atrasado devido à necessidade de pegar uma correspondência muito importante?

A cabeça de Edie se virou para cima na mesma hora.

— Não! Chegou?

Os olhos castanhos de Laws Everett cintilaram.

— Chegou. — Ele estendeu um envelope branco e liso. O nome de Edie estava escrito na frente. Mas foi o endereço de retorno que chamou sua atenção.

Faculdade de Direito de Hastings, São Francisco.

Laura de Force em pessoa havia escrito uma carta de recomendação para Edie, além de ajudar a garantir uma bolsa parcial da divisão local de direitos das mulheres, se Edie fosse aceita. As duas haviam se conhecido depois de Laura contatar Laws para parabenizá-lo por seu artigo, escrito de forma independente e então vendido para o *São Francisco Chronicle*, detalhando os abusos que ocorrem no porão do Sanatório de Sacramento.

Apesar de deixar de fora os detalhes mais delicados dos experimentos — ninguém teria acreditado naquela parte mesmo —, ele havia provado a culpa da dra. Mary Sutton na morte de Ruby Miller, limpando os nomes de Lillian, Ada, Violet e Edie. Ele também tinha ligado Mary à morte de mais uma dúzia de jovens mulheres de Belden Place e arredores, todas tendo sido diagnosticadas de forma fraudulenta e internadas ilegalmente no sanatório. O encarceramento dessas moças tinha sido possível graças ao apoio de diversos chefes de polícia e políticos proeminentes, alguns dos quais haviam sido subornados com muito dinheiro e alguns — embora Laws não tenha incluído esse fato no artigo — que haviam sido motivados pela promessa de enganar a morte.

A compaixão pública pelas médiuns assassinadas teve o bizarro efeito de aumentar a venda de ingressos para o show, permitindo que o sr. Huddle acrescentasse mais uma semana nas apresentações de Sacramento. Laura de Force tinha ido a uma delas como convidada de Laws, testemunhando em primeira mão a apresentação sob transe de Edie, com forte carga política. Depois de ir aos bastidores para se desculpar com todos pela falta de intervenção da divisão local na questão das mulheres de Belden Place (*muito pouco e muito tarde para fazer qualquer diferença*, conforme Lillian comentou depois com Edie em particular), Laura tinha praticamente encurralado Edie. Quase no mesmo instante, Edie já estava preenchendo um requerimento para estudar direito.

No entanto, mesmo com a carta de recomendação de Laura de Force, Edie sabia que suas chances de ser aceita em Hastings eram muito baixas. A faculdade agora aceitava mulheres — tinha sido forçada já que Laura os processou para ela mesma entrar —, mas a formação escolar de Edie havia sido… errática, para dizer o mínimo. Ela era principalmente autodidata.

Ela não tinha nem de perto o nível de preparação que a maioria dos rapazes tinha — e até mesmo algumas moças.

E nesse momento a resposta finalmente tinha chegado. Edie havia usado o escritório novo de Laws no *Chronicle* como seu endereço de correspondência já que ela e Violet haviam passado o último mês se mudando de um lugar para o outro, ficando nas casas do aparentemente interminável grupo de novos amigos do teatro, desde que Lillian, Ada e o resto da turnê tinham ido para a próxima parada.

Laws abanou o envelope.

— Você vai abrir? Ou essa é uma nova forma de tortura que criou para me levar à loucura?

Edie inspirou fundo e então arrancou o envelope das mãos dele. Devagar, com cuidado, deslizou o dedo sob a aba do envelope.

Laws soltou um gemido.

— Ah, pelo amor de Deus. Rasgue logo!

Edie sorriu para Laws. Então rasgou o envelope de uma vez só.

Uma única folha de papel saiu flutuando. Edie a agarrou.

"Prezada srta. Bond,
É nosso prazer dar as boas-vindas…"

Edie deu um salto da poltrona e jogou os braços em volta de Laws. Ele riu quando ela colidiu nele, e segurou sua cintura, envolvendo-a.

— Eu sabia que você conseguiria — sussurrou ele em seu ouvido. — Nunca tive nenhuma dúvida.

Edie riu de novo e se afastou o suficiente para ver o rosto dele.

— Está mentindo, Laws Everett! Você estava tão nervoso quanto eu.

Laws abriu um sorriso torto.

— Você já deveria saber, srta. Bond. Eu nunca minto.

Ele abaixou a cabeça e deu um beijo na ponta do nariz dela.

Atrás deles, uma mulher arfou, e um homem pigarreou. Edie corou, e Laws também.

Naquele mesmo instante, o lustre iluminado a gás pendurado no teto do teatro se enfraqueceu, e a cortina começou a subir. Edie e Laws se sentaram às pressas em suas poltronas enquanto os atores tomavam o palco.

A peça começou com a promessa das fadas, e então logo mudou para um discurso zangado de um pai que estava furioso, porque sua filha se recusava a viver a vida que ele havia planejado para ela. Laws apertou de leve a mão de Edie. Ela havia lhe contado tudo sobre a última ação do seu pai na morte.

E então a cena mudou, e Violet irrompeu no palco. A nova mecha branca em seu cabelo — um resquício do seu tempo no Véu — brilhou gloriosa sob a luz. Seu papel era o da apaixonada e desprezada Helena, e seus apelos modestos e lamuriosos logo arrancaram gargalhadas da multidão.

— Ela é mesmo muito boa — Laws sussurrou no ouvido de Edie.

Os outros atores saíram do palco, deixando Violet sozinha. Depois de um suspiro longo e prolongado — que provocou no público outra gargalhada estrondosa —, Violet se lançou em seu primeiro monólogo.

Edie já havia visto a irmã se apresentando em um palco, claro. Ela havia passado horas assistindo a Violet das coxias ou sentada do outro lado da mesa de uma sessão espírita. Havia visto a irmã desempenhar todos os tipos de personagens. Mas nunca tinha visto nada daquela maneira. Nunca a tinha visto atuar com todo o seu coração. Era como se ela, por algum milagre, tivesse encontrado um lugar no mundo que lhe servia perfeitamente.

Edie balançou a cabeça e se inclinou na direção de Laws.

— Não — murmurou ela no ouvido dele. — Ela é melhor do que boa. Ela é uma estrela.

Laws apertou sua mão, concordando, e Edie se virou de novo para o palco. Violet tinha terminado seu monólogo em grande estilo, lançando sua última fala e recebendo outra salva de palmas.

E então, logo antes de ela se virar para sair do palco, os olhos de Violet piscaram para onde Edie estava sentada na plateia.

Uma linha significativa passou entre as irmãs. Algo que as ligava desde o nascimento e tinha ficado ainda mais forte nos meses em que fora testada.

Uma linha que sem dúvida seria testada de novo. Uma linha que precisaria ser esticada, e aumentada, e adaptada para elas seguirem seus próprios caminhos individuais. Em alguns momentos, ficaria quase fina demais para segurar; em outros, seria a única coisa que as sustentaria.

Mas quando Edie e Violet se entreolharam por aquele breve segundo no teatro — tão rápido que ninguém além delas notou —, as duas entenderam uma coisa que sempre seria verdade.

Essa era uma linha que nunca se romperia.

Nota da autora

Esta história foi inspirada em minha bisavó Edie Bond e sua irmã gêmea, Violet.

Meu fascínio por essas irmãs começou com uma fotografia — um retrato posado em estúdio das duas adolescentes — que ficava em uma prateleira de livros na casa onde cresci. Eu achava aquela foto estranhamente assustadora. Cada vez que passava por ela, eu parava para fazer contato visual com as irmãs, convencida de que havia alguma coisa que elas queriam que eu soubesse.

Mais tarde, quando descobri que tanto Edie quanto Violet eram ávidas espiritualistas, que conduziam sessões espíritas regulares, meu interesse por elas só cresceu. Mas foi apenas alguns anos depois, quando eu estava pesquisando sobre o movimento espiritualista do século XIX, que as coisas fizeram sentido e a peça final do quebra-cabeça dessa história se encaixou.

Há uma infinidade de excelentes histórias quando se trata de espiritualismo, mas foi a obra da escritora e estudiosa Ann Braude que realmente fez a história de Edie e Violet desabrochar para mim. Em seu excelente livro *Radical Spirits: Spiritualism and Women's Rights in Nineteenth-Century America* (que recomendo fortemente para uma leitura mais profunda), Braude esclareceu a interseção entre o espiritualismo antigo, uma das poucas religiões na época que davam às mulheres igualdade em relação aos homens, e os movimentos de direitos das mulheres do século XIX. Fiquei tão intrigada ao descobrir que, em um tempo quando as mulheres quase nunca eram encorajadas a falar em público, muitas defensoras influentes dos direitos das mulheres desenvolveram suas habilidades de oratória viajando pelo país como médiuns espíritas e em apresentações sob transe.

A popularidade do espiritualismo criou uma espécie de brecha por onde as mulheres podiam ter suas vozes ouvidas em público. Isso aconteceu durante uma época em que as mulheres eram bastante encorajadas a cultivar uma natureza pura, devota, passiva e doméstica — qualidades que efetivamente as barravam de papéis de liderança. Mas a invenção da médium espírita contornava esse obstáculo de forma hábil. Permitiu às mulheres apenas *aceitarem* mensagens do mundo espiritual como veículos *passivos*. De repente, jovens adolescentes que moravam no interior estavam viajando pelo país como médiuns de transe, aparentemente inconscientes no palco enquanto os espíritos falavam através delas sobre tudo, dos direitos das crianças e das mulheres à reforma no casamento, individualismo ideológico, reforma no vestuário, socialismo, reforma no trabalho e liberdade religiosa. E o público engolia, como constatado nessa citação autêntica, incluída por Braude em seu livro, que surgiu em uma edição de 1858 do *Christian Spiritualist* depois de uma apresentação sob transe feita pela jovem médium Emma Jay:

"'Que uma jovem dama de não mais de dezoito anos de idade possa falar por uma hora e um quarto, de maneira tão eloquente, com tanta clareza lógica e filosófica' provou ao observador a presença de um 'poder não natural à educação ou mentalidade da oradora'."

Neste livro, Edie usa suas apresentações sob transe de modo consciente, como uma maneira inteligente de compartilhar em público suas próprias ideias e opiniões, mas é importante lembrar que essa era uma época em que era erroneamente ensinado à maioria das mulheres que elas eram, por sua própria natureza, *incapazes* de falar em público. Porém, de alguma forma, quando elas tinham a oportunidade de abrir a mente para os espíritos, as ideias simplesmente fluíam. Vou deixar que você chegue a suas próprias conclusões sobre a verdadeira fonte dos tópicos dessas apresentações e comunicações com os espíritos; a minha opinião é que muitas das médiuns que praticavam o espiritualismo provavelmente acreditavam de verdade que a inspiração concedida a elas sem dúvida era um presente do mundo espiritual.

Apesar de este livro ter se inspirado no movimento espiritualista real, assim como em eventos, ambientes e figuras históricas reais, também é uma ficção e, como tal, tomei certas liberdades, contudo sempre tomando cuidado de me manter fiel ao espírito desse tempo e lugar.

Laura de Force, ou Laura de Force Gordon, como ficou conhecida depois de se casar, foi uma figura histórica real. Ela iniciou sua jornada no circuito de apresentações sob transe com pouca idade antes de processar a Faculdade de Direito de Hastings para ser admitida e se tornar uma das primeiras advogadas da Califórnia. Ela não discursou em público em defesa de Dorothy Dryer, que é uma personagem fictícia inspirada pela repressão — essa, sim, real — ao acesso ao controle de natalidade e contraceptivos que entrou em prática desde que a Lei de Comstock de 1873 passou a vigorar. Entretanto, Laura estava morando no Norte da Califórnia durante esse período e defendendo com fervor o sufrágio e os direitos das mulheres, então eu gosto de pensar que, se o caso de Dorothy fosse real, Laura teria algo a dizer sobre ele. Também é importante notar que, como Ada e Lillian sugerem no livro, Laura de Force Gordon, como muitas das proeminentes líderes pelos direitos das mulheres da época, deixava a desejar quando se tratava de lutar pelos direitos das mulheres de cor ou outros grupos de minoria oprimidos — uma atitude inaceitável. E ainda assim, apesar do racismo e do preconceito presentes no movimento nacional de sufrágio, mulheres negras e outras mulheres de cor lutaram incansavelmente pelo sufrágio e pelos direitos das mulheres.

A popularidade do espiritualismo cresceu depressa após o imenso número de mortos com a Guerra da Secessão e, apesar da médium um tanto convencida, Cora Bradley, ser fictícia, sua história sobre ser convidada à Casa Branca pela primeira dama Mary Todd Lincoln é baseada nas sessões espíritas reais da sra. Lincoln realizadas na Sala Vermelha enquanto seu marido, Abraham Lincoln, era presidente. Ela se iniciou na prática do espiritualismo após a morte de seu filho de onze anos por febre tifoide e continuou a praticá-lo depois que o marido foi assassinado.

As calçadas de Sacramento eram realmente elevadas a alguns centímetros do chão por causa do transbordamento frequente do rio Sacramento. Ainda dá para ver evidências disso hoje em dia se você visitar o bairro Old Sacramento e fizer uma das fascinantes excursões subterrâneas (*Underground Tours*) do Museu de História de Sacramento. Contudo, Sacramento não teve um sanatório gótico com um porão dedicado a experimentos sobrenaturais. Isso foi invenção minha. As outras práticas horríveis em sanatórios que Lillian descreve a Laws, porém, eram muito reais em grande parte do país. Alguns anos depois dos acontecimentos dessa história, a intrépida repórter Nellie Bly expôs notoriamente o revoltante funcionamento interno dos sanatórios em sua obra revolucionária *Dez Dias no Manicômio*, que recomendo bastante para qualquer leitor curioso.

Quando a Edie e a Violet da vida real cresceram e formaram suas próprias famílias, elas construíram uma passagem ligando suas casas. Para mim, essa passagem fala tudo sobre o amor eterno que elas sentiam uma pela outra. Acho que ambas iriam gostar da aventura que escrevi para elas sobre duas irmãs que têm uma ligação que é testada e precisam lutar para encontrar seu lugar no mundo. Obrigada por me permitir compartilhar esta história com vocês.

Edie Bond (*à esquerda*) e Violet Bond (*à direita*), aos dezesseis anos de idade.

Agradecimentos

Tenho a mania de fazer uma lista de agradecimento sempre que me sinto estressada, ansiosa ou sobrecarregada. Já que escrever um livro — ainda mais o *primeiro* livro — é tão emocionante quanto avassalador e tão empolgante quanto um gatilho para a ansiedade, gostaria de agradecer às pessoas maravilhosas por sua ajuda, orientação e apoio na elaboração deste livro, e todas elas apareceram incontáveis vezes nas páginas dos meus diários, nas margens dos Post-its e nos versos de vários recibos. E é uma grande alegria poder agradecer oficialmente agora.

Para minha maravilhosa agente, Sara Crowe, obrigada pelo telefonema que mudou a minha vida e por ser a minha defensora assim como de Edie e Violet. Temos tanta sorte de ter você e a fabulosa equipe da Pippin do nosso lado.

Desde a nossa primeira conversa, eu soube que havia encontrado uma grande afinidade com a minha brilhante editora, Laura Schreiber. Laura, trabalhar com você neste livro foi um dos maiores prazeres da minha vida. Obrigada por compartilhar a minha visão da história de Edie e Violet e por me ajudar com maestria a moldá-la da melhor forma possível.

Escrever palavras em uma página e acreditar que você é de fato um escritor podem parecer duas coisas bem diferentes às vezes. Eu mantenho no coração uma chama de gratidão sempre acesa pelos meus amigos, professores e mentores que me ajudaram a encontrar a confiança para preencher essa lacuna. Obrigada, Elana K., Arnold, Brandy Colbert, Anne Ursu, Jennifer Jacobson e Gretchen McNeil não só por me inspirarem com sua escrita, mas por me ajudarem a encontrar e aprofundar a minha própria. Um agradecimento especial a Nina LaCour, cuja crença inabalável na história de Edie e Violet me sustentou desde o início e me amparou mais vezes do que posso contar. Meus mais sinceros agradecimentos a todos do programa

Hamline MFAC, por terem criado uma comunidade inspiradora e solidária da qual me sinto bastante sortuda por fazer parte.

Agradeço à incrível equipe da Union Square & Co. por abraçar este livro com tanto entusiasmo. Emily Meehan, Tracey Keevan, Melissa Farris, Hannah Reich, Jenny Lu, Daniel Denning e Chris Vaccari: eu não poderia imaginar um lugar melhor para este livro, é uma honra ter o talento de vocês por trás dele. Um agradecimento do fundo do coração para a incrivelmente talentosa artista Marcela Bolívar e a designer Whitney Manger, por terem criado a linda e assustadora capa dos meus sonhos. Agradeço a Phil Gaskill e Haley Jozwiak pela orientação gentil, atenciosa e perspicaz (e por fazerem parecer que eu sei como usar ponto e vírgula). E agradeço a minha sensível leitora Amber Williams, por sua generosa percepção e feedback.

Nenhum arquivista foi prejudicado durante a composição deste livro, mas vários foram consultados. Sou eternamente grata pelo trabalho árduo de muitos arquivistas pesquisadores, que não apenas me ajudaram a desenterrar ensaios e fatos esquecidos, como também trabalham incansavelmente para manter detalhados bancos de dados *on-line*, que tornam a escrita de ficção histórica uma verdadeira alegria de descoberta. Obrigada a todos do Museu de História de Sacramento e, sobretudo, a Shawn Turner, por responder as minhas inúmeras perguntas e organizar uma excursão subterrânea especial pela cidade velha de Sacramento durante a pandemia com Thomas Legget, o guia mais incrível e informativo que um escritor poderia pedir. Agradeço também a Jared Jones por sua compreensão dos jornais do século XIX. Todo e qualquer erro é meu, claro.

Se você vai escrever um livro, recomendo de olhos fechados se cercar de outros escritores brilhantes que estarão nas trincheiras com você. Olivia Swomley, obrigada por ser a minha primeira amiga escritora e por sempre me inspirar com o seu próprio trabalho. Sou eternamente grata pelas incontáveis sessões de *brainstorming* e, sobretudo, por aquele dia em que você largou tudo para ler um rascunho deste livro e me tirar das profundezas do desespero. Eu estaria perdida sem a minha amiga e colega escritora Veronica Derrick, que em um passe de mágica sabe quando me encorajar e quando puxar a minha orelha! Estou sempre admirada com a sua magnífica mente de escritora e sou muito agradecida por suas inestimáveis ideias e sugestões. Para Lindsey Olsson, uma escritora incrível e amante de todas as coisas fantásticas e de garotos bonitos com cabelos impecáveis, seu apoio e suas ideias me sustentam. Eu poderia falar de história e sistemas mágicos com você até o fim dos tempos. Agradeço também a Alex Fallgren, K.X. Song, Ari Tison,

Tina Kim e todos os 22 Debuts por sua amizade e seu apoio nesta jornada que chamamos de publicação!

Para as minhas queridas amigas Meredith Wieck e Avalon Hernandez, que literalmente me forçaram a enviar os primeiros rascunhos deste livro para elas, obrigada por me apoiarem nos momentos de dúvida. Tenho muita sorte de ter amigas como vocês. A Kit Steinkellner, obrigada por ter sido a minha primeira colaboradora e uma fonte contínua de inspiração e encorajamento. Obrigada, Preeti Hehmeyer, por ter se tornado minha amiga na escola e nunca ter desistido de mim. Você tem sido a minha tábua de salvação em tudo e sou muito grata por isso.

Tenho sorte de ter crescido em um lar cheio de arte, música, livros e histórias. Agradeço à minha mãe, Nancy, por ter incutido em mim um profundo apreço pela arte em todas as suas formas e por ter me passado seu amor pela leitura, pelo qual sou grata todos os dias. Ao meu pai, Rick, obrigada por "publicar" o meu primeiro livro com uma impressora do escritório que tinha em casa, papel timbrado sobressalente e um grampeador, e por ter me dito que eu era uma escritora décadas antes de eu acreditar nisso.

Para Susie Glaze e Steve Rankin, obrigada por todos aqueles jantares maravilhosos e pelo interminável encorajamento. Para Lynne e Kevin Clifton e para Embry, Ty e Toren Maynard, obrigada por terem me acolhido em sua família e por não se importarem com a minha mania de ficar escrevendo todas as manhãs, mesmo durante as férias. E o prêmio Gato Mais Valioso vai para os meus companheiros de escrita Dash e Jenova, que se revezavam ao meu lado todas as manhãs, enquanto eu escrevia este livro.

Para minha irmã, Georgia, que é e sempre será a minha pessoa favorita em todo o mundo. É uma honra muito grande poder compartilhar esta vida com você, G. Sem você, eu estaria perdida.

E, por último, ao meu parceiro Blake. Que leu cada palavra muitas, muitas e muitas vezes. Fiquei com medo de mostrar a alguém aquelas primeiras páginas provisórias, mas você insistiu em lê-las e me disse que estavam maravilhosas (mesmo que provavelmente não estivessem). E ainda me perguntou quando poderia ler um pouco mais. Eu te amo muito. Este livro é para você.

Campanha

Há um grande número de pessoas vivendo com HIV e hepatites virais que não se trata. Gratuito e sigiloso, fazer o teste de HIV e hepatite é mais rápido do que ler um livro.

Faça o teste. Não fique na dúvida!

FARO EDITORIAL

ESTA OBRA FOI IMPRESSA EM ABRIL DE 2023